Do mesmo autor:

Adeus às armas

A quinta-coluna

As ilhas da corrente

Contos (obra completa)

Contos — Vol. 1

Contos — Vol. 2

Contos — Vol. 3

Do outro lado do rio, entre as árvores

Ernest Hemingway, repórter: Tempo de morrer

Ernest Hemingway, repórter: Tempo de viver

Morte ao entardecer

O jardim do Éden

O sol também se levanta

O velho e o mar

O verão perigoso

Paris é uma festa

Por quem os sinos dobram

Ter e não ter

Verdade ao amanhecer

O VERÃO PERIGOSO

2ª edição

Tradução
Ana Zelma Campos

Rio de Janeiro | 2014

Copyright © 1960 by Ernest Hemingway, renovado em 1968,
1985 by Mary Hemingway
Copyright renovado © 1999 by Hemingway Foreign Rights Trust
Copyright © Introdução,1985, James A. Michener

Título original: The Dangerous Summer

Capa: Angelo Allevato Bottino

Imagem de capa: Alvaro Martinez/Getty Images

Editoração eletrônica: Imagem Virtual Editoração Ltda.

Preparação de texto: Veio Libri

Texto revisado segundo o novo
Acordo Ortográfico da Língua Portuguesa

2014
Impresso no Brasil
Printed in Brazil

CIP-Brasil. Catalogação na fonte
Sindicato Nacional dos Editores de Livros, RJ

H429v	Hemingway, Ernest, 1899-1961
2ª ed.	O verão perigoso / Ernest Hemingway; [introdução de James A. Michener]; tradução Ana Zelma Campos. – 2. ed. – Rio de Janeiro: Bertrand Brasil, 2014.
	266p.; [16]p. de estampas; il; 23 cm.
	Tradução de: The dangerous summer Caderno de fotos de 16 páginas ISBN 978-85-286-1855-6
	1. Hemingway, Ernest, 1899-1961 – Viagens – Espanha. 2. Ordóñez Araujo, Antonio,1932- . 3. Dominguín, Luis Miguel, 1926- . 4. Touradas – Espanha. 5. Toureiros – Espanha – Biografia. 6. Escritores americanos – Biografia. 7. Espanha – Descrições e viagens. I. Campos, Ana Zelma. II. Título.
	CDD — 818
13-07340	CDU — 821.111(73)-8

Todos os direitos reservados pela:
EDITORA BERTRAND BRASIL LTDA.
Rua Argentina, 171 — 2º andar — São Cristóvão
20921-380 — Rio de Janeiro — RJ
Tel.: (0xx21) 2585-2070   Fax: (0xx21) 2585-2087

Não é permitida a reprodução total ou parcial desta obra, por
quaisquer meios, sem a prévia autorização por escrito da Editora.

Atendimento e venda direta ao leitor:
mdireto@record.com.br ou (0xx21) 2585-2002

Sumário

Apresentação 7

Introdução de James A. Michener 13
O verão perigoso 57
Glossário de termos de tauromaquia 249

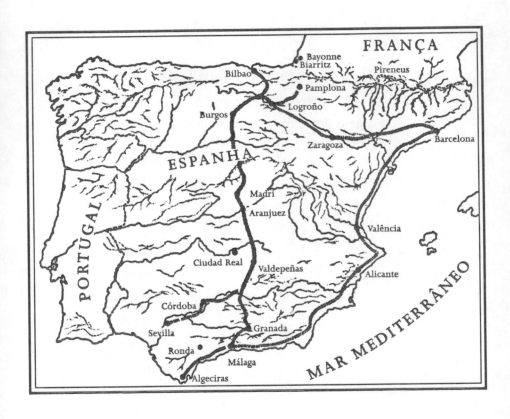

Apresentação

A Morte Onipresente

O verão perigoso é um retorno de Hemingway a cenários e temas — as touradas, a Espanha — muito caros a seus anos de juventude, e que ele revê num momento crítico de sua vida. Em 1926, o escritor publicara seu primeiro romance, *O sol também se levanta*, com grande impacto no público e no meio literário. Hemingway foi de pronto apontado não apenas como uma *revelação*, algo mais comum para quem lança seu romance de estreia, mas como uma espécie de *jovem-prodígio*, uma referência já consolidada de uma nova literatura — e, como se viu, também dos modos e mentalidade de toda uma geração do pós-Primeira Guerra. Na história, com fortes tintas autobiográficas, um jovem, marcado por sua experiência na Guerra, escapa da decadência depressiva de seu círculo nas noites de Paris para o sol ofuscante, vital e apaixonado das touradas espanholas. Hemingway tinha, então, 27 anos.

Seis anos depois, surge *Morte ao entardecer*, um relato não ficcional que Hemingway dedica inteiramente à tradição espanhola da tourada, como um cerimonial de coragem e honra. Acusou-se Hemingway, na Espanha, de entender menos da tauromaquia do que pretendia. E também de carregar demais nas críticas ao matador Manolete (Manuel Laureano Rodríguez Sánches, morto aos 30 anos, em 1947, em consequência de ferimentos sofridos numa tourada em Linares, Espanha), um ídolo dos aficionados da tourada — a quem Hemingway, segundo se conta, jamais assistiu a tourear. Mas não havia quem negasse que Hemingway nutria profunda fascinação pelas touradas, sua arte e seus heróis, e pela Espanha — onde lutou, na Guerra Civil, incorporado às forças republicanas, contra o general Franco. A Guerra Civil Espanhola é a ambientação de um de seus romances mais populares, *Por quem os sinos dobram*, de 1940.

Manolete já estava morto havia 12 anos e Hemingway era um autor premiado com o Pulitzer, em 1953, e o Nobel, em 1954, por conta de *O velho e o mar*, quando aceitou a encomenda da revista *Life* para escrever um relato sobre a temporada de 1959 das touradas espanholas (outra versão dessa história conta que ele contatou a *Life* depois de se resolver a escrever o relato, e ofereceu-o à revista). Fazia oito anos que Papa não escrevia um romance, e isso, além da saúde abalada, o perturbava. O convite da revista *Life* evocava também seu maior êxito de público até então, justamente *O velho e o mar*, que, antes de sair em livro, foi publicado na edição de 1º. de setembro de 1952 da revista. Para a *Life*, havia mais do que razões afetivas envolvidas, é claro, já que não seria nada mau reeditar o êxito de vender, em dois dias, mais de 5 milhões de exemplares. A primeira parte de *O verão perigoso* saiu na edição de 5 de setembro de 1960 da *Life*. As demais partes foram saindo nas edições seguintes. A edição em livro só ocorreu depois da morte de Hemingway.

Há trechos de *O verão perigoso* em que Hemingway atravessa paisagens onde lutou na Guerra Civil Espanhola. Para os que exaltam as imagens viris cultivadas pelo escritor, nada como as descrições das cenas de tourada, principalmente no momento brutal do abate do touro. No entanto, para os que descobrem nas brechas da narrativa o outro lado de Hemingway, a sombra contra a qual luta permanentemente seu espírito, talvez caiba deter-se naquelas passagens em que rememora fugazmente os combates de que participou pelo ideal antifascista, e perceber, quem sabe, não uma exaltação, mas, antes, uma lembrança dolorosa e incômoda. Hemingway amava a Espanha e as touradas, mas não demonstra amar a guerra. Aliás, já havia deixado isso acintosamente claro em um outro romance seu, *Do outro lado do rio, entre as árvores*, de 1950, que fora massacrado pela crítica.

Sob o olhar de Hemingway, mesmo quem reprova o que acontece aos touros, nas arenas, compreende ali um sentido que não se resume a abater, nem sequer vencer o animal. Esse pode ser o aspecto mais flagrante da tourada, mas, se tudo se resumisse a isso, seria mais prático matar o touro a tiros. O sentido da tourada é, para o toureiro, vencer a si mesmo, ao medo da morte. É deixá-la, a morte, se aproximar o mais possível, o mais imaginavelmente possível, e manter os pés fincados no chão, só se desviando no último instante. É portar-se com honra e arte, enquanto aquela potência da natureza, pesando meia tonelada e dotada de chifres capazes de rasgar ao meio uma pessoa e lançá-la nos ares, passa rente a ele.

Em *O verão perigoso*, é marcante também o *sentido plástico* dos movimentos do toureiro, que Hemingway nos passa, ressaltando antes a arte — uma arte peculiar que envolve bravura, entrega e morte — dos passes, das estocadas das espadas, da postura do toureiro, de sua pureza e lealdade ao enfrentar o touro sem lhe furtar uma chance de combate, sem truques que evitam dissimuladamente o perigo de fato. A morte, perceptível nas entrelinhas, é estetizada.

E, também, divinizada...

Tomba o touro, ou tomba o toureiro. Da feita em que entram na arena, não pode haver outra alternativa; um dos dois será sacrificado. E Hemingway, a cada descrição do embate, principalmente nos momentos em que a poderosa cabeça do touro quase raspa a roupa cerimonial do matador, ou que este ergue a espada e se debruça sobre os chifres mortais do touro, para matá-lo, parece ansioso por manter essa expectativa em nossa mente e nos transmitir que tal certeza, a do desfecho trágico, se torna uma pulsação descontrolada que explode nas suas veias de observador e de narrador, num arrepio que energiza todo o seu corpo e captura a respiração. A tourada é um ritual. A arena é um templo. Touro e Matador são divindades que se enfrentam, não personificando nem o Bem nem o Mal, mas vida e morte — de ambos os lados.

Em *O verão perigoso*, Hemingway acompanha dois toureiros: Antonio Ordóñez Ortega e Luis Miguel Dominguín, em sua temporada de touradas, rodando as arenas da Espanha, no ano de 1959. Há um drama particular entre os dois matadores. São cunhados, amigos, mas também ferrenhos rivais. Ordóñez vem ganhando fama, assomando como o maior matador em atividade, quando Dominguín — que já ostentou esse título — abandona sua aposentadoria e retorna às arenas, justamente para se confrontar com Antonio. Em várias apresentações, os dois matadores se enfrentam no mano a mano, alternando-se na arena para oferecer ao público a oportunidade de compará-los e decidir quem tem a primazia. Dominguín tinha, então, 33 anos, e Ordóñez, seis anos menos. De certa maneira, o episódio repete o enredo da morte de Manolete, que também retornara de sua aposentadoria para um mano a mano com Dominguín, 12 anos antes. Manolete morreu nessa disputa, e Dominguín é agora o matador mais velho, carregando cicatrizes, lesões que se tornaram crônicas e mesmo um temor residual em relação à morte (incutido em seu íntimo a cada chifrada que penetrou em seu corpo ao longo dos anos), a ser dominado.

Hemingway está bem ciente desse drama extra — é amigo de ambos os toureiros, e nos coloca junto a eles. O escritor destaca magistralmente a disputa entre os dois, em todos os seus aspectos, em *O verão perigoso*. E com uma linguagem domada para ser descritiva (trata-se de um relato não ficcional, afinal de contas), mas impregnada da arte que a torna vívida e emocionante, mesmo sem *exibir-se* como tal. A tourada pode ser espetacular, mas nunca é um *espetáculo*, porque ali a morte está onipresente em cada linha, é real e próxima, às vezes uma assombração tangível, e não mera *atração*; ronda a arena permanentemente, como um ator eclipsado pela coragem do toureiro, mas jamais afastado de vez. Assim como a fúria e a força do touro, mesmo quando sob o controle da capa e dos movimentos do toureiro, jamais são suprimidas e podem explodir letalmente a qualquer distração. A presença, ou mesmo a proximidade em cena, da morte, da qual pouco se fala explicitamente, é outra fascinação das touradas conforme vistas e narradas por Hemingway — que talvez já travasse também um combate íntimo com a morte, que as touradas tanto cortejam.

Em 2 de julho de 1961, Hemingway matou-se, com um tiro de espingarda de caça. O suicídio do escritor tem recebido muitas explicações. Alguns dizem que ele não suportou a evidência da velhice que se avizinhava; outros, que ele já se encontrava no ocaso de seu prestígio e de sua produção literária, o que também pressentiu que não conseguiria suportar. Entretanto, talvez, nessa concomitância da morte em *O verão perigoso*, que, de certo modo, o acompanhou e transparece em diversas de suas outras obras, esteja não a explicação tão buscada, que é algo, sobretudo, impossível, mas uma representação que ele nos deixa do que anteviu desse mistério.

Luiz Antonio Aguiar

Introdução

Este é um livro sobre a morte escrito por um vigoroso homem de 60 anos de idade, que, no entanto, tinha motivos para recear que a própria morte estivesse próxima.

É também um relato afetivo do retorno aos dias heroicos de sua juventude, quando aprendia sobre a vida nas arenas de touro da Espanha.

No verão de 1952, a sucursal da revista *Life* em Tóquio enviou um mensageiro à linha de frente na Coreia com uma mensagem atordoante. Depois de muito me procurar pela área montanhosa ao longo da qual as operações se desenrolavam, encontrou-me num posto de vanguarda com um pequeno destacamento de *marines*.

— A *Life* resolveu entrar numa tremenda aventura — sussurrou-me em tom de conspiração. — Vamos dedicar um número inteiro à obra de um único autor. E o que torna a iniciativa ainda mais audaciosa é que se trata de uma obra de ficção.

— De quem?

— Ernest Hemingway.

O nome explodiu na trincheira com tal força, tal fantasia, que me envolveu instantaneamente. Sempre admirara

Hemingway, considerando-o nosso melhor escritor, o homem que havia libertado a frase inglesa de seus freios e posto em circulação uma nova linguagem, direta e contundente. Em minhas viagens pelo mundo, encontrei sempre escritores estrangeiros dispostos a afirmar-me que, embora se considerassem tão bons quanto Hemingway, não desejavam imitá-lo. Possuíam seu próprio estilo e estavam muito satisfeitos com ele. E comecei a imaginar por que nunca me diziam: "Não quero escrever como Faulkner..." — ou Fitzgerald, ou Wolfe, ou Sartre, ou Camus. Era sempre Hemingway que não queriam copiar, o que me fazia desconfiar de que fosse exatamente isso o que muitos estariam fazendo.

Se alguém me tivesse perguntado, um dia antes daquele encontro com o homem da *Life*, eu teria dito: "Admiro Hemingway imensamente. Foi ele quem proporcionou a todos nós um novo desafio. Mas, naturalmente, não quero escrever igual a ele."

O emissário continuou:

— Com tanto risco envolvido nesse empreendimento, a *Life* não se pode dar ao luxo de errar.

— Com Hemingway? Como poderiam deixar de acertar?

— Parece que você não tem acompanhado as resenhas. Os críticos trucidaram seu último livro.

— *Do outro lado do rio, entre as árvores*? Não é um livro sensacional, mas não se pode condenar um artista por um...

— Não é esse o caso... Não só abominaram o romance, o que já é bastante patético, como também questionaram sua capacidade, seu direito de publicar qualquer outra coisa.

— Não posso acreditar.

— Você não leu a paródia que fizeram sobre ele e o seu romance? Foi muito triste.

— Não fiquei sabendo. Também, neste fim de mundo... Mas não se pode parodiar um escritor a menos que ele seja muito bom... a menos que os leitores estejam tão familiarizados com sua obra, que possam perceber a ironia. Ninguém perde tempo ridicularizando alguém que nada signifique.

— Aquilo não foi nem ridicularizar. Foi um golpe na jugular.

— Na certa Hemingway mandou que todos fossem para o inferno.

— Talvez, mas ficou profundamente magoado. E a *Life* está consciente de que o deboche lançou sombras sobre qualquer coisa que ele venha a publicar. — O homem fez uma pausa para examinar o campo de batalha diante de nosso abrigo e depois foi diretamente ao assunto. — Estamos jogando tudo, dinheiro, prestígio, nesse único número.

— E por que é que você veio me procurar?

— Gostaríamos de apresentar a história da melhor maneira possível.

— Mas o que posso fazer? Nem conheço Hemingway.

— Você o respeita?

— É um dos meus ídolos.

— Ótimo! É exatamente o que os editores desejam. — Olhou-me bem dentro dos olhos. — Querem que leia as provas... que faça sua própria apreciação... sem qualquer pressão de nossa parte. E, se gostar, poderia fazer uma declaração que usaríamos na publicidade a ser feita por todo o país.

— Com que propósito?

— Para liquidar de vez com qualquer lembrança daquelas críticas devastadoras. Para invalidar qualquer suspeita de que o velho possa estar acabado.

— Diga-me a verdade. Consultaram outros escritores mais conhecidos do que eu? Eles recusaram?

— Não sei. Mas posso afirmar que os editores acham que sua abordagem da guerra e do papel dos homens nela envolvidos o tornam adequado. Acham que os leitores lhe dariam atenção.

— E Hemingway sabe disso?

— Ficaria mortificado se soubesse que julgamos precisar de ajuda. Só vai saber quando ler seu texto, se você o escrever.

A decisão foi fácil e automática. Garanti ao emissário que leria o original, rezando para que fosse bom, e que, se achasse isso, não hesitaria em dizê-lo claramente. Um escritor em início de carreira, como eu era naquele momento, raramente teria tido a oportunidade de render seus tributos a um dos mestres.

— Guarde isto como se fosse a sua vida — disse o emissário. — É a única cópia além da que está em Nova York. E se decidir fazer a declaração, encaminhe-a a nós depressa. — Colocando o frágil pacote em minhas mãos, despediu-se, prevenindo-me para que não o deixasse ao alcance de curiosos, e correu para pegar o avião para Tóquio.

As horas seguintes foram mágicas. Num canto pouco iluminado de uma tenda dos *marines*, em um remoto rincão das montanhas da Coreia do Sul, abri o envelope e comecei a ler a narração inspirada da batalha de um velho pescador com um enorme peixe e sua luta para afastar os tubarões que estavam determinados a arrebatá-lo. Fiquei enfeitiçado desde as primeiras palavras de Hemingway, passando pela construção do clímax até a coda, que parecia tocada em órgão. Mas estava tão ofuscado pela pirotecnia verbal que não conseguia confiar em mim mesmo para escrever uma apreciação imediatamente depois de terminar.

Eu sabia que Hemingway era um mago capaz de adotar no livro todos os truques extraordinários de Balzac, todos os artifícios técnicos que Flaubert, Tolstoi e Dickens achavam úteis, por isso suas obras frequentemente pareciam melhores do que eram em realidade. Eu adorava sua forma de escrever, mas ele provara em *Do outro lado do rio, entre as árvores* que poderia ser banal; eu não queria mergulhar no limbo, caso ele tivesse feito a mesma coisa novamente.

Mas quando me sentei sozinho naquele canto, afastando as provas de mim, como se eu me quisesse livrar de seu encanto, tornou-se surpreendentemente claro que estivera lendo uma obra-prima. Nenhuma outra palavra serviria para descrevê-lo. *O velho e o mar* era um daqueles milagres incandescentes que os escritores geniais podem às vezes produzir. (Soube mais tarde que Hemingway o escrevera em sua forma completa em oito semanas, sem qualquer correção.) E, enquanto refletia sobre sua perfeição, descobri-me comparando-o com outros romances preciosos que tanto tinham significado para mim: *Ethan Frome*, de Edith Wharton; *Juventude*, de Joseph Conrad; *The Aspern Papers*, de Henry James, e *O urso*, de Faulkner.

Depois de ter posicionado adequadamente a fábula de Hemingway entre seus pares, escondi com todo cuidado as provas debaixo de meu colchão e saí para a noite coreana, perturbado pelo contato com o extraordinário texto. Enquanto procurava me encontrar naqueles difíceis terrenos, tomei a decisão de que, apesar do que críticos mais competentes do que eu tinham dito sobre os desastres anteriores de Hemingway, teria que emitir minha opinião sincera. *O velho e o mar* era uma obra-prima; a prudência que fosse para o inferno.

Envergonha-me dizer que não me recordo do que escrevi. Meu julgamento apareceu em anúncios de página inteira por todo o país, e acho que disse alguma coisa sobre a felicidade que acometia escritores como eu ao ver um campeão recuperar seu título. Ninguém que lesse minhas palavras poderia duvidar do fato de que se tratava de um livro que valia a pena ser lido imediatamente.

De qualquer maneira, a *Life* apreciou entusiasticamente minha declaração e pagou-me, mas o que eu não sabia era que, enquanto seu agente em Tóquio me entregava a "cópia ultrassecreta das provas" — "a única além da que está em Nova York" — a *Life* distribuía outras seiscentas a formadores de opinião nos Estados Unidos e na Europa, cada uma delas "ultrassecreta" e única. Quando surgiu, na primeira semana de setembro de 1952, o número que continha o romance de Hemingway, *O velho e o mar* já era uma sensação internacional. Foi uma das promoções mais inteligentes já orquestradas, tendo como resultado a venda imediata de 5.318.650 exemplares da revista; a versão em livro alcançou rapidamente o topo das listas de *bestsellers*, obtendo um Prêmio Nobel.

Hemingway tinha reconquistado o título por estupendo nocaute no nono *round*.

O sucesso dessa ousada aventura publicitária teve consequências surpreendentes. A *Life* ficou tão encantada com sua jogada, que seus editores resolveram experimentar a sorte mais uma vez e, quando estavam decidindo quem seria o escritor que pudesse produzir um outro sucesso compacto, lembraram-se do homem que se tinha atirado de cabeça quando precisaram de uma apreciação pioneira para o seu Hemingway.

Outro emissário, desta vez de Nova York e ocupando cargo muito mais elevado na hierarquia da empresa, veio me procurar, acho que em Tóquio, com uma proposta deslumbrante:

— Tivemos um sucesso tão sem precedentes com O velho e o mar, que gostaríamos de repetir a dose. E achamos que você seria a pessoa indicada para isso.

— Mas não há outro Hemingway dando sopa...

— Poderia fazê-lo por suas próprias qualidades. Você entende de homens em ação. Não tem alguma história na cabeça?

Sempre tentei responder a essas perguntas diretamente. Adoro escrever. Adoro o jogo e o ritmo das palavras quando tangem as emoções humanas. Claro que tinha dúzias de ideias, a maioria delas sem valor algum quando cuidadosamente inspecionadas, mas duas pareciam ter força verdadeira.

— Fiz alguns combates aéreos sobre a Coreia...

— Na sua idade?

— E várias missões de patrulha em terra. Acho que tenho alguns temas que valem a pena.

— Como o quê, por exemplo?

— Como é perigoso para uma democracia entrar em guerra sem declarar a guerra. Como é moralmente errado enviar jovens para a ação, enquanto os velhos ficam em casa recebendo soldo sem pagar impostos nem experimentar as privações da guerra. Como, principalmente, é errado convocar alguns homens arbitrariamente, permitindo que outros, com semelhante qualificação, fiquem a salvo em casa.

— Sua história levantaria essa bandeira?

— Não carrego bandeiras.

— Escreva. Acho que pode haver algo aí!

Tomado por um calor que raramente tinha conhecido antes, e excitado com a perspectiva de seguir as pegadas de Ernest Hemingway, deixei de lado todos os outros trabalhos. Em 6 de julho de 1953, a Life lançou seu segundo número com um romance completo, *As pontes de Toko-ri*. Isto aconteceu menos de um ano após o grande sucesso de *O velho e o mar* e, como da primeira vez, os editores resguardaram-se pedindo a outro escritor que autenticasse a legitimidade de seu lançamento. Desta vez escolheram Herman Wouk para dizer coisas agradáveis e, embora eu não me lembre do que disse sobre Hemingway, lembro-me perfeitamente do que Wouk disse a meu respeito: "Seus olhos viram a glória." Esta frase tornou-se o chamariz das vendas desta vez, mas um amigo meu, escrevendo crítica para o *New York Herald Tribune*, afirmou mais cuidadosamente:

> Uma declaração publicitária diz que esta é "a primeira grande obra de ficção escrita expressamente para *Life*". Não estamos certos se querem dizer que *encomendaram* uma grande obra de ficção ao senhor Michener, que acedeu sem questionar, ou se felizmente o romance tornou-se uma grande obra de ficção depois de completado. Não temos nem mesmo a certeza, para dizer a verdade, de que seja um grande trabalho de ficção...

Embora as vendas desse meu trabalho nem se aproximassem das alcançadas pela obra de Hemingway, a segunda tentativa foi suficientemente gratificante para que os editores começassem a procurar um terceiro e um quarto sucessores, julgando que aquilo se poderia tornar um ritual repetido anualmente. Acredito que tenham planejado manter a cadeia crescendo: eu aplaudindo o trabalho de Hemingway e depois escrevendo o meu; Wouk aplaudindo o meu e depois escrevendo o dele, e quem elogiasse Wouk escreveria o quarto. Infelizmente Wouk não tinha qualquer trabalho que desejasse inscrever na corrida; portanto, a *Life* elegeu um escritor inglês com reputação quase igual à de Hemingway; o resultado de seu romance, entretanto, foi um desastre, e o projeto número quatro por isso foi abandonado. A inovação editorial da revista *Life* funcionou sensacionalmente com a safra de Hemingway. Foi moderadamente aceita com alguém como eu, e um fracasso se o texto não conseguisse ser inspirado e compacto. Assim, o experimento morreu.

Só encontrei Hemingway uma vez. Numa tarde de inverno em Nova York, meu velho amigo Leonard Lyons, colunista do *New York Post*, ocasional confidente e companheiro de viagens de Hemingway, telefonou.

— Papa chegou de Cuba. Estamos aqui no Toots. Venha para cá.

Quando cheguei ao famoso bistrô, lá estava Shor* em seu canto favorito, distribuindo insultos:

— Imaginem só um homem com a minha capacidade perdendo um dia inteiro com um bando de escritores idiotas.

Hemingway, Lyons e dois outros, cujos nomes não me recordo, contavam histórias de guerra e, apesar de Leonard ter afirmado que Papa desejava conhecer o homem que se tinha atirado na defesa de *O velho e o mar*, Hemingway não fez a menor menção

---

* Toots Shor, dono do bar-restaurante com seu nome, muito popular à época, em Nova York. (N. T.)

ao fato; na realidade, mostrou-se tão egocêntrico e rude que se recusou até mesmo a perceber que eu tinha me juntado ao grupo.

Duas observações suavizaram-no. Num determinado momento, ele disse:

— Nunca desejei ser conhecido como "aquele escritor talentoso da Filadélfia". Queria mesmo era enfrentar os campeões, Flaubert, Pío Baroja.

Ficou muito surpreso quando eu disse que uma vez prestara minhas homenagens pessoais a Baroja, um escritor realista que eu muito admirava. Pouco antes da morte de Baroja, Hemingway chegou a dizer-lhe: "É você quem merecia o Prêmio Nobel, não eu." E falamos carinhosamente sobre aquele espanhol durão.

Mas o que deixou Hemingway mais surpreso foi saber que eu tinha viajado com uma quadrilha de toureiros mexicanos, e ficou encantado quando soube que eu conhecera os maiores deles: Juan Silveti, com seu eterno charuto; o destemido Luis Freg, que morreu afogado num acidente de barco em Mérida; Carnicerito de Méjico, morto numa arena de touros; o soberbo Armillita, que não tinha queixo e jamais foi tocado por um animal; o afetado Lorenzo Garza; o atraente Silverio Pérez.

Ficamos durante algum tempo falando sobre esses matadores, Hemingway condenando a maioria dos mexicanos a uma segunda categoria até que mencionei o espanhol Cagancho, aquele cigano extravagante que Hemingway tanto admirava por sua covardia assumida. Isso levou a uma discussão sobre as corridas que eu tinha visto na Espanha, quando era estudante em férias. Ao saber que na primeira luta que assisti em Valência — com Domingo Ortega, Marcial Lalanda, El Estudiante — ficara encantado com Ortega, um toureiro triste e muito bravo, ele disse a *Toots*:

— Qualquer homem que escolha Domingo como herói sabe do que está falando.

E eu lhe disse:

— Quando estive em Madri pela última vez, para a festa de San Isidro, Ortega era conselheiro do presidente e, tendo-se lembrado de mim dos tempos quando eu o seguia, convidou-me para entrar com ele na arena.

Hemingway demonstrava sua aprovação, mas não foi capaz de agradecer-me pelo que eu tinha dito sobre *O velho e o mar*, nem eu queria trazer o assunto à baila. Não muito tempo depois, em julho de 1961, soube que tinha morrido aos 61 anos.

O último trabalho de alguma importância que Hemingway escreveu foi outra encomenda para *Life*, e é possível visualizar os espertos editores da revista reunidos em alguma sessão estratégica em 1959, propondo: "Não seria maravilhoso se conseguíssemos que Hemingway atualizasse seu livro sobre touradas?" Todos os presentes, lembrando-se do grande sucesso que a *Life* tinha obtido com *O velho e o mar*, devem ter pulado de alegria ao ouvir a sugestão e, quando foi apresentada a Hemingway, ele também deve ter apreciado a ideia.

Ele tinha publicado na *Fortune*, em 1930, um artigo longo e esclarecedor sobre a tourada como esporte e indústria, que o levou, dois anos mais tarde, a escrever o notável ensaio ilustrado *Morte ao entardecer*. Foi um desastre de crítica, que não conseguia entender por que um escritor com o seu talento perderia tempo com material tão esotérico, mas logo se tornou um livro *cult*.

Aqueles de nós que apreciavam as touradas, reconheciam-no como homenagem apaixonada, fiel e elaborada sobre uma forma de arte pouco entendida por pessoas de língua não espanhola. Aplaudimos sua audácia de trazer o assunto a um público indiferente e sabíamos que o livro estaria destinado a uma vida subterrânea. Mas era um texto sensacional.

As décadas subsequentes assistiram a sua elevação à respeitabilidade, com a Scribners vendendo centenas de milhares de exemplares e reeditando-o dúzias de vezes. Com a popularização das touradas, através de vários filmes de mérito que lhes trouxeram novos admiradores, *Morte ao entardecer* tornou-se uma espécie de Bíblia. Seus aficionados de biblioteca (que nunca tinham assistido a uma tourada) debatiam ardentemente o desempenho de Belmonte, Joselito e Niño de la Palma. Quando viajei pelo México com os toureiros, levei o livro comigo.

Hemingway voltou à Espanha em 1959, e durante aquele verão longo e encantador, quando já começava a sofrer a devastação que o iria destruir — monomania de ser espionado, desconfiança de seus amigos mais fiéis, dúvida sobre sua capacidade de sobrevivência —, esse homem poderoso, uma lenda de sua própria criação, retornou às cenas vibrantes de sua juventude. Teve a grande sorte de chegar à Espanha exatamente quando dois jovens matadores, cunhados, bonitos e carismáticos, iriam entregar-se a um duelo mano a mano que se estenderia por longo tempo e junto com seus admiradores às arenas mais famosas da Espanha.

Os matadores eram Luis Miguel Dominguín, de 33 anos, o mais artístico dos dois, e Antonio Ordóñez, de 27, o brilhante filho de Cayetano Ordóñez (toureando com o nome de Niño de la Palma), que Hemingway tinha louvado em *Morte ao entardecer*.

Igualmente dotados de habilidade e coragem, sabiam que apresentavam espetáculos estupendos. Foi afinal um refulgente verão, o mais perigoso em muitos anos. Hemingway adotou esse conceito como título de sua série de três matérias, *O verão perigoso*.

São muito significativos alguns fatos sobre o original produzido por ele. A *Life* tinha-lhe encomendado um artigo de 10.000 palavras que seria sobre a volta ao seu passado, mas Hemingway ficou tão obcecado pelo drama do verão — a maior parte do qual montou sobre base sólida — que não foi capaz de impedir a torrente das palavras que o assolava. O primeiro rascunho tinha 120.000 palavras. O manuscrito revisado, do qual foram tirados os três excertos da *Life* e este livro, tinha aproximadamente 70.000 palavras. A versão atual, que contém cerca de 45.000 palavras, consegue transmitir com honestidade ao leitor o que havia de melhor na obra.

Não posso criticar o excesso de palavras e de ideias utilizado por Hemingway — 120.000 palavras, quando só teria que escrever 10.000 — porque frequentemente também trabalho dessa maneira. Quase sempre entregava às revistas e aos jornais para que trabalhava três ou quatro vezes o número requisitado de palavras acompanhado pela mesma nota que seguiu com estas páginas quando as entreguei à Scribners:

> Vocês estão autorizados a copidescar este texto superlongo de modo a adaptá-lo ao espaço disponível. Os senhores são editores capazes, e cortar é tarefa sua.

Até mesmo quando escrevo um romance, tenho a tendência de escrever mais do que me é exigido e depois corto ate chegar ao esqueleto. Quando uma publicação recente pediu-me para escrever seis páginas enxutas sobre um determinado tópico, tive que avisar:

— Em seis páginas não consigo dizer nem mesmo alô. Mas estão convidados a cortar o necessário.

Gostaria de saber o que se passou nos escritórios dos editores da Life quando viram o que seu pedido de 10.000 palavras tinha gerado. Certa vez um amigo enviou-me uma fotocópia de uma nota escrita à margem de um de meus trabalhos para uma outra revista: "Alguém deveria dizer a este filho da puta que ele está escrevendo para uma revista, e não para uma enciclopédia."

O que a Life fez foi contratar A. E. Hotchner, bom amigo e companheiro de viagens de Hemingway, para editar o original, cortando-o ferozmente. Pretendendo ser originalmente um ensaio nostálgico e para ser publicado numa única edição, acabou virando uma longa narração em três partes do duelo peripatético dos dois matadores. Foi-me permitido ver a versão original da parte II do seriado para a Life, e posso dizer com segurança que nenhuma revista poderia ter publicado a versão integral. Nenhuma editora de livros aceitaria também publicar a obra, pois era redundante, cheia de divagações e superlotada de minúcias sobre touradas. Duvido mesmo que exista alguma razão para se publicar o todo, e tenho a certeza de que até mesmo o leitor que idolatra o autor pouco perderá com a versão atual do livro. Mais especificamente, acho que Hotchner e os editores da Life fizeram um bom trabalho ao resumir de forma adequada a enxurrada de palavras escritas por Hemingway, e acredito que os editores da Scribners desempenharam sua função ainda melhor ao apresentar sua essência neste livro.

Eu estava na Espanha acompanhando as touradas logo depois que a série foi lançada pela revista Life: em posição, portanto, de avaliar sua aceitação pelo público internacional de touradas, um público geralmente desconfiado e ciumento. Tanto os homens quanto as mulheres tomavam posições definidas e o consenso parecia ser: foi ótimo que Don Ernesto tenha voltado. Ele descreveu a temporada entusiasticamente. Foi parcial demais com seu toureiro favorito. E devia ser posto diante do paredão e fuzilado pelas coisas que disse sobre Manolete.

A opinião geralmente aceita entre os fãs das touradas é que os dois maiores matadores da história recente houvessem sido Juan Belmonte, o gnomo recurvado dos anos 1920, e Manolete, o espantalho alto e trágico dos anos 1940. Alguns acrescentam o mexicano Carlos Arruza, morto prematuramente, e os adolescentes e turistas franceses acreditam que o fenômeno recente, El Cordobés, deva ser incluído nessa lista, embora os puristas o rejeitem com desprezo, por causa de sua pose excessiva.

Para um forasteiro americano como Hemingway, apesar de todo o serviço que prestou à arte, invadir a Espanha e denegrir Manolete era a mesma coisa que um espanhol meter o nariz no green do Augusta e clamar que Bobby Jones não sabia jogar golfe. Ouvi acusações bastante severas e, nos bares de aficionados, até ameaças de surras em Hemingway se ele ousasse dar as caras; mas, com o passar do tempo, os clamores tornaram-se menos severos, até que mesmo os seguidores de Manolete reconheceram que ter um Prêmio Nobel, como Hemingway, tratando seriamente sua obsessão e, ainda por cima, numa revista com a circulação da Life, era desejável. Don Ernesto foi reendeusado como o santo patrono da arte.

O aspecto mais sério, creio, é a acusação de que, ao escrever sobre o mano a mano entre os cunhados, Hemingway abusou da posição de escritor, ficando abertamente a favor de um deles,

Ordóñez, que conhecia melhor e que obviamente idolatrava. Inúmeras vezes demonstrou sua preferência — justificada pelos deslumbrantes desempenhos do toureiro — em frases que um repórter imparcial jamais teria usado: "Não sei o que Luis Miguel (Dominguín) fez, ou mesmo se dormiu, na noite anterior à primeira batalha decisiva em Valência. Disseram que teria ficado acordado até tarde; mas sempre dizem algo depois que as coisas acontecem. De uma coisa, entretanto, eu sei: ele estava preocupado com a tourada, e nós não." (O grifo é meu.)

Muito tempo depois da publicação dos artigos, Hemingway confessou que não tratara Dominguín com justiça e, de certa forma, desculpou-se; mas o mal já tinha sido feito. Este livro constitui, assim, um ataque injustificado a Dominguín, que não foi de forma alguma superado naquele longo duelo, como Hemingway afirma.

Os artigos não estavam há muito tempo em circulação, quando rumores nos chegaram aos ouvidos de que a Life considerava sua publicação um verdadeiro desastre. Os leitores ficavam impacientes com as longas digressões, que nem mesmo a cuidadosa edição de Hotchner tinha conseguido eliminar. A novidade que distinguira *Morte ao entardecer* à época de seu lançamento foi substituída por certo tédio que levava os leitores a murmurarem: "Já lemos isso antes." Garantiram-nos erroneamente, como descobrimos mais tarde, que a Life suspendera a publicação por causa da receptividade tão negativa, e ouvimos outras afirmações verdadeiras, como também descobrimos depois, que o próprio Hemingway estava insatisfeito com toda a história, porque descobrira tarde demais que tinha cometido erros, em primeiro lugar, o de se repetir e, em segundo, escrever tão copiosamente. Representantes da revista Life admitiram que não apreciaram inteiramente os resultados. O texto não foi lançado sob a forma de livro, e Hemingway deu-se por feliz quando o assunto teve morte não lamentada.

Desta vez foi a morte em setembro — disse um fã de touradas frequentador do Bar Choko.

Minha opinião, tanto naquele momento quanto agora, é que não foi sábio da parte de Hemingway tentar esse retorno à sua juventude; ele esticou em demasia o delicado e esotérico fio de uma série de touradas; produziu, entretanto, um original que muito revelou sobre uma grande figura da literatura americana. Vale a pena tê-lo.

Para um amante da literatura sobre touradas, sua descrição da histórica corrida de Málaga de 14 de agosto de 1959, no Capítulo 11, é um dos sumários mais evocativos e exatos de uma corrida jamais publicados. É uma obra-prima. Naquela memorável tarde, os cunhados enfrentaram excepcionais touros Domecq, e o sucesso daquela apresentação ainda tem suas reverberações, pois os dois homens cortaram dez orelhas, quatro rabos e duas patas. Nunca se tinha assistido a um desempenho tão elaborado numa arena de categoria.

Hemingway poderia ter finalizado seu manuscrito nesse ponto, mas, sendo um artista que amava tanto o drama quanto os meandros e surpresas da arena, terminou sua série com uma corrida de qualidade muito diferente e, com sua nota tragi-heroica, encerrou o que tinha a dizer sobre os dois homens, cujos passos tinha seguido como um menino deslumbrado.

Aos muitos que têm bom senso e reclamam contra o fato de Hemingway ter desperdiçado tanta atenção com assunto tão brutal quanto a tourada, ou de um editor tão importante ter ressuscitado seu ensaio, ou de eu estar defendendo a obra, posso apenas dizer que, tendo muitos americanos, ingleses e europeus em geral encontrado nas arenas alguma coisa que lhes chamasse a atenção, é digno de nota que um dos nossos maiores autores tenha decidido elucidar seus segredos tanto na juventude quanto na velhice. Nunca me envergonharei, pois, de seguir seus passos.

A tourada é menos bárbara do que a luta de boxe americana, e é muito menos frequente que termine com a morte da pessoa envolvida. Nos últimos anos, poderíamos contabilizar aproximadamente sessenta mortes no ringue para uma na arena de touros. E poucos americanos estão conscientes de que nosso futebol entre equipes universitárias mata um número extremamente chocante de jovens, muito mais do que as touradas, e torna paraplégicos numerosos deles.

Não podemos negar que existam elementos de brutalidade nas touradas, mas o mesmo acontece com a cirurgia, com a caça e com o imposto de renda. *O verão perigoso* é uma cuidadosa descrição das coisas brutais, maravilhosas e perturbadoras que aconteceram durante uma temporada na Espanha.

O Cenário

Como *O verão perigoso* focaliza as touradas e seus participantes, tanto na arena quanto nas arquibancadas, é essencial que o leitor compreenda e talvez até tente apreciar os maravilhosos rituais que governam essa forma de arte, essa dança da morte elaboradamente coreografada. Certas definições serão de grande auxílio.

Temporada: o período de realização. Compreendendo aproximadamente do final de março até o início de outubro, a palavra engloba todas as touradas em todas as arenas da Espanha, embora existam outras temporadas (que acontecem em períodos diferentes) no México e no Peru, por exemplo. Este livro narra a excitante temporada espanhola de 1959.

Corrida: trata-se, especificamente, de uma tarde inteira de touradas, geralmente com três matadores, cada um deles matando dois touros.

Plaza de toros: praça de touros, a arena. A maior parte das cidades espanholas tem alguma coisa que passa por praça de touros, consistindo muitas vezes em apenas uma praça cercada de carroças. A arena de Madri é a principal do mundo, e a precedência entre matadores é determinada por quando o homem se apresenta como matador completo pela primeira vez em Madri. A praça majestosa de Sevilha é a mais bonita, e a segunda em importância. A da cidade do México é, sem dúvida alguma, a maior de todas. A de Ronda é a mais antiga e, apesar de bonita, é muito pequena. A de Bilbao tem os fãs mais exigentes e os maiores touros.

Mano a mano: grande desafio entre dois matadores já reconhecidos; cada um ocupa a arena sozinho e tem de matar três touros. A rivalidade pode se tornar exacerbada, principalmente se os dois tiverem alguma rixa entre si.

Cartel: literalmente, cartaz, mas, por extensão, a reputação nos círculos das touradas, como: "Tenho um cartel tremendo em Barcelona"; analogia exata ao *vaudeville* americano dos velhos tempos, quando alguém se vangloriava: "Eles me adoraram em Omaha." Os protagonistas deste livro tinham enorme cartel de igual intensidade.

Aficionado: alguém que tem afeição por alguma coisa. Empregada principalmente em relação às pessoas que admiram as touradas. Hemingway era reverenciado na Espanha como um verdadeiro aficionado e profundo conhecedor.

La prensa: a imprensa. Além de qualquer comparação, a imprensa espanhola especializada em touradas é sem sombra de dúvida a mais corrupta do mundo. Pode ser vibrante, colorida, aduladora e está à disposição dos interessados, apresentando julgamento favorável de qualquer matador que pague alguns dólares. É bem possível assistir-se a uma tourada no domingo, na qual o matador apresentou-se de forma tão deplorável que a polícia teve de ser convocada para protegê-lo, e ler-se, na segunda-feira, que ele, "apesar de ter recebido em sorteio touros péssimos, apresentou maravilhas para o público, tendo de deixar a arena, em meio a vivas e música, nos ombros de seus fiéis fãs".

Os Touros

Ganadería: rancho de touros, de *ganado*, rebanho de gado. Cada rancho tem seu nome, carrega sua reputação e produz touros com características mais ou menos consistentes. Os temidos Miúras são famosos como assassinos. Concha y Sierra produziu animais de primeira classe durante várias décadas. É costume dizer-se que os Pablo Romeros são "tão grandes quanto três caminhões um ao lado do outro". Nestas páginas, Hemingway elogia os *Palhas*, mas também gosta dos Cobaledas. Quando conheci estes últimos a eles se referiam com desprezo como "as rosquinhas", porque possuíam pernas notoriamente fracas e caíam logo após qualquer mínimo esforço.

Divisa, distintivos. Cada rancho possui suas cores particulares, que são reconhecidas imediatamente pelos aficionados. Quando um touro de um determinado rancho está para entrar na arena, uma pequena bandarilha ou seta com um pedaço de pano mostrando sua divisa é enfiada na sua corcova, para que exiba suas cores.

Tienta, teste. O ganadeiro enfrenta um terrível dilema. Precisa testar seus touros jovens para saber se serão valentes, mas nunca pode fazê-lo com capa ou pedaço de tecido, porque os touros aprendem depressa e nunca se esquecem. E quando um touro descobre que não existe um homem por trás do tecido que está sendo agitado diante dele, ignorará para sempre a capa e buscará diretamente o homem. Até mesmo o matador mais habilidoso não resistiria por mais de dois minutos a um adversário que soubesse disso. Numa segunda fase, o ganadeiro faz com que cavaleiros espetem seus touros para ver como eles suportam a dor, mas a melhor maneira de se fazer essa estimativa é observando a coragem da mamãe vaca, porque se acredita que o touro herda a coragem de sua mãe. Não existe aspecto mais emocionante para um verdadeiro aficionado de touradas do que ser convidado para uma *tienta* de algum rancho famoso, para ver as vacas sendo testadas por matadores verdadeiros usando capas de verdade. Geralmente fazem uma festa e, com o avançar da tarde, os observadores são convidados a descer de suas arquibancadas para tentar a sorte com as vacas menores. Muitas vezes, o matador que está encarregado da *tienta* convida uma moça bonita para segurar um lado de sua enorme capa, enquanto ele segura o outro. Se tiverem sorte, a vaca, assustada, passará entre eles. Hemingway foi convidado para assistir a várias *tientas* e toureou algumas vacas, o que não deve causar riso, porque as vacas são quase tão perigosas quanto os touros.

Encierro: de *cerrar*, fechar. É o nome que se dá à entrega dos seis touros de uma *ganadería* à arena onde serão toureados. Antigamente, isso era feito em tremendo galope pelas ruas; hoje em dia, os animais são entregues em caminhões.

Sorteo: sorteio, loteria. A formalizada distribuição dos seis touros aos matadores que lutarão com eles. É realizada ao meio-dia do próprio dia da tourada, com os assistentes dos matadores, que retiram cédulas das urnas e voltam a seus patrões com a invariável promessa: "*Maestro*, conseguimos os dois melhores para o senhor. Eles correm como se estivessem em trilhos, vai ver."

O Vestuário

Para um aficionado, constitui honra sem igual ser convidado a assistir ao ritual solene de o toureiro vestir-se para a tourada, o que acontece às quatro horas da tarde. Começando pelas ceroulas brancas, justíssimas, meticulosamente limpas — porque, se o matador for atingido no ventre ou na virilha, o tecido que entra em contato com o ferimento deve ser antisséptico —, o toureiro usa o uniforme tradicional que data do século XVII. Fala-se em voz baixa. Os rituais de boa sorte são rigorosamente observados.

Traje de luces: traje de luzes, assim chamado por causa dos cequins brilhantes que o adornam. O uniforme do toureiro é uma roupa pesada, bonita e cara, feita em brocado e seda. O do peão é parecido, só que velho e gasto. Um matador renomado terá vários trajes, de cores diferentes para diferentes ocasiões. Durante a tourada, o sangue do touro, dos cavalos, ou do próprio matador pode manchar o dispendioso traje; portanto, depois de cada tourada, o criado do toureiro limpa a roupa com uma escova de dentes.

Capilla: capela. Todas as arenas de touro possuem uma capela para as orações feitas antes da tourada, e todos os matadores que conheci rezavam nelas, ou em suas capelas particulares. Mesmo que um matador se torne *blasé*, ele sabe que dois dos maiores toureiros que já vestiram o *traje de luces* foram mortos por seus touros. Vários outros menos famosos também morreram, e eu mesmo conheci três que morreram na arena e dois que ficaram incapacitados para o resto da vida. Mesmo os mais bravos rezam, porque provavelmente os que morreram foram homens como eles.

Na Arena

Patio de Caballos: pátio dos cavalos. Neste local, os toureiros começam a preparar-se aproximadamente meia hora antes do início da corrida. Conversam com os admiradores e também observam as lindas mulheres que os vêm cumprimentar. Sempre apreciei esse momento nervoso, excitante, quase tanto quanto a própria tourada.

Quadrilha: encontro das pessoas, de todo o grupo de participantes que auxiliará um dado matador: seus três bandarilheiros e homens da capa e seus dois picadores. Todos, vestidos em uniformes completos, segui-lo-ão em fila única quando ele entrar na arena.

Toureiro: o homem que luta com os touros. Esse é um título honrado e reverenciado por todos os participantes da tourada, desde um grande matador, coberto de fama, até um bandarilheiro iniciante. "Eu sou um toureiro" é uma declaração de enorme dignidade.

Matador: vem do verbo *matar*; palavra famosa e popular até mesmo nas sociedades de língua inglesa, passou a ser usada relativamente tarde na Espanha para significar o toureiro principal. Meu dicionário clássico de espanhol dá como seu significado apenas *assassino*, tendo o uso corrente origem desconhecida. Hoje, até mesmo a Espanha já adotou a palavra na conotação tauromáquica.

Novillero: principiante. Os jovens que aspiram a ser matadores passam por rigoroso aprendizado, enfrentando velhos touros perigosos em localidades rurais, por pouco ou nenhum dinheiro, esperando atrair a atenção. Existe uma frase que diz tudo: "Aquele touro que enfrentei em Los Riñones era tão experiente que me dizia onde eu devia ficar."

Sobresaliente: substituto. Pode ser empregada tanto para o homem quanto para o touro. Quando os seis touros de uma *ganadería* são colocados nos cercados para uma tourada, um ou dois substitutos, quase sempre de *ganadería* diferente, são mantidos na reserva para o caso de um dos touros escalados ser ferido ou se mostrar covarde. E muitas vezes o *sobresaliente* entra na arena. Quando dois matadores estão toureando mano a mano, a organização deve manter um terceiro matador, chamado de *sobresaliente*, para assumir no caso de ambos ficarem incapacitados. Isto acontece com frequência. Mas, se somente um dos dois profissionais ficar ferido a ponto de ter que se retirar, o outro deve matar sozinho todos os touros que restarem. Várias vezes assisti, logo nos primeiros momentos de um mano a mano, a um matador ser enviado à enfermaria, o que significou que o número dois teve de tourear os seis touros em sequência; presenciei também uma ocasião histórica, quando os dois matadores foram parar na enfermaria nos primeiros cinco minutos. O pobre *sobresaliente* saiu-se muito bem e até foi agraciado com música no final da tourada.

Rejoneador: toureiro que luta a cavalo, usando um *rejón*, uma lança de cabo longo. Muito popular em Portugal, onde nunca se mata o touro, mas também um espetáculo na Espanha, quando o *rejoneador*, sempre a cavalo, deve matar o touro com um preciso golpe único. Isso, entretanto, acontece muito raramente; o mais frequente é o toureiro ter de descer do cavalo, pegar uma muleta comum e uma espada e acabar com o touro. Os puristas acham a apresentação com *rejón* muito aborrecida, mas a colocação das bandarilhas — o cavaleiro não segura nas rédeas, guiando o cavalo apenas com os joelhos — pode ser emocionante, principalmente quando duas bandarilhas, medindo apenas vinte centímetros de comprimento, são colocadas com uma das mãos. Um dos maiores *rejoneadores* foi Conchita Cintrón, filha de um oficial do exército peruano treinado em West Point, onde se casou com uma americana. Conchita era tão audaciosa, que até mesmo os matadores mais valentes ficavam honrados em participar da mesma corrida que ela.

Bandarilheiro: o que coloca bandarilhas. Esta palavra difícil é mais mal-empregada do que qualquer outra. Durante uma transmissão da *Carmen* pela televisão, o apresentador anunciou: "Vejam, lá vêm as bandarilhas!" Elas estavam vindo, é verdade, mas carregadas nos braços dos bandarilheiros.

Picador: aquele que espeta o touro com as lanças. Trata-se de um cavaleiro fortemente protegido por armaduras de couro, que porta uma lança longa e afiada, com a qual ele espeta o pescoço do animal para obrigá-lo a baixar a cabeça, a fim de que o matador possa trabalhar com ele. Antigamente, na época em que Hemingway começava a comparecer às corridas, um único picador poderia causar a morte de cinco ou seis cavalos que usava como montarias. Isso causou tanta revolta que o governo espanhol exigiu proteção para os cavalos, uma espécie de armadura grossa, para que a carnificina na arena se tornasse menos frequente.

Direção da Tourada

Presidente: a lei civil coloca em suas mãos a responsabilidade do bom andamento da luta. Muitas vezes é chamado de juiz e fica sentado em um camarote elevado, olhando tudo o que se passa na arena. Geralmente é assistido por um ex-matador renomado, que ajuda a elucidar os meandros do combate. É o presidente que determina quais serão os prêmios que o matador merece, se for este o caso.

Alguaciles: guardas ou representantes do presidente. Elegantemente vestidos à maneira antiga, montados em belos cavalos, um ou dois *alguaciles* lideram o *paseo* pela arena no início da corrida; depois um deles desmonta e age como depositário das ordens do presidente. Esse *alguacil* supervisiona a divisão dos prêmios segundo a autorização dele e mais ou menos pode instruir os matadores quanto às suas obrigações.

Monosabio: macaco sabido. Este não usa o *traje de luces*; obedece às ordens do *alguacil*, espiaça os cavalos dos picadores a se aproximarem do touro e limpa a arena depois da morte deste. Durante cada temporada, muitas vezes um *monosabio* é ferido seriamente, encontrando até a morte.

Paseo: entrada formal dos matadores com suas respectivas quadrilhas a acompanhá-los. Na frente, vem o *alguacil* com seu cavalo; em último lugar vêm os picadores. O matador mais antigo, segundo a data de sua alternativa (apresentação formal em Madri), marcha à esquerda, segundo o ponto de vista da plateia, o matador menos destacado vem à direita, e o mais jovem, no meio. A banda toca acompanhando sua entrada.

Espontáneo: todas as apresentações de uma tourada são rigorosamente formais, menos uma. Ocasionalmente — numa corrida em vinte — algum jovem sonhador, com a esperança de estar entrando para a imortalidade, salta para a arena sem ser anunciado e trazendo um tecido vermelho em torno da cintura; dirige-se imediatamente para o touro, afastando-o do matador, e faz todos os passes que consegue antes que a quadrilha o agarre e o retire da arena. De vez em quando, aproximadamente uma vez em cada três anos, um *espontáneo* será tão bom a ponto de atrair a atenção de algum empresário, que desejará contratá-lo para uma *novillada*, uma tourada para *novilleros* com touros mais jovens.

A Luta (Tourada)

Capeando: trabalhando somente com a capa. Ao sinal do presidente, os clarins soam, as portas do toril se abrem, e o primeiro touro da tarde entra na arena levantando a poeira. O matador mais antigo trabalha com o touro com sua capa pesada e, quando termina sua melhor exibição, o segundo e terceiro matadores tentam por sua vez a sorte. Essa é a parte poética e graciosa da luta, apreciada por todos. Vários passes dos mais complicados têm seus nomes, mas citaremos apenas alguns:

Verônica: tirado do nome da santa que enxugou o rosto de Cristo com seu xale, quando ele foi retirado da cruz no Gólgota. O matador, segurando firmemente a pesada capa de brocado debruada de seda amarela, provoca o touro para que este atinja a capa e não o seu corpo. O toureiro deve ficar com os pés firmemente plantados no solo e não pode tremer de medo. Deve manipular a capa, fazendo com que o touro volte para atacá-lo e impedindo-o de correr selvagemente. Uma série de lindas *veronicas* pode ser o ápice de uma tourada artística.

Chicuelina: inventado por um matador de 1920, Chicuelo, que Hemingway conheceu e muito admirava. O matador agita a capa para o touro mas, quando o animal reage, o toureiro enrola corajosamente a capa em seu corpo e dá um passo à frente quando o touro passa por ele. É um verdadeiro passo de dança, muito bonito se bem-executado.

Mariposa: o matador abre a capa atrás de si, segurando-a pelas pontas de modo que apareça dos dois lados de seu corpo totalmente exposto. Enfurece então o touro, provocando-o primeiro com uma parte da capa, depois com outra, enquanto executa uma espécie de dança para trás, exibindo graça e bravura.

Picadura: refere-se ao ato do picador, que maltrata o touro, espetando a pesada lança no grande músculo da parte posterior de seu pescoço. Antigamente, quando os cavalos morriam com frequência, o picador, que os estivera montando, sofria golpes dolorosos quando o touro investia sobre seu corpo prostrado. Pelas regras atuais, que protegem o cavalo, o picador ainda pode ser atingido, mas não corre os mesmos riscos de outrora.

Quite: condução, um dos maiores atos da luta. O matador, ainda portando sua pesada capa, corre para o touro, que está dando chifradas no cavalo do picador, e tenta atraí-lo com passes que podem ser estranhos em sua delicadeza e magistrais no domínio da fera. Nesse momento, um belo cálculo entra em jogo. Se o touro coube por sorteio ao matador A e fica tonto com uma série de oito ou nove passes soberbos (isso acontece uma vez em cada quinze touradas), o toureiro que está lutando encontra-se diante de um dilema: "Se eu permitir que o touro receba mais duas picaduras, como dita a regra, os outros dois matadores estarão capacitados a exibir-se melhor do que eu. Então vou encerrar com a parte do picador e tirar a chance de brilho para eles. Claro que mais tarde, durante a luta, se o touro não estiver suficientemente cansado, poderei ter muitas dificuldades para dominá-lo, mas enfrentaremos isso quando chegar o momento." Indica, então, ao presidente seu desejo de que os picadores sejam afastados, frustrando seus dois competidores na luta daquele dia. É óbvio que, quando um dos outros conseguir um bom touro, fará o mesmo com ele.

Remate: final, conclusão. Um passe de mestre que já vi muitas vezes, mas em que, apesar disso, ainda não acredito. O matador, depois de terminar uma série de passes, deseja que o touro fique imóvel enquanto se prepara para a próxima série. E consegue, com uma girada do punho que enfuna uma das pontas da capa, deixando o touro totalmente perplexo pelo fato de conseguir ver o toureiro, sem poder, entretanto, atingi-lo. "Chega desse absurdo", o touro parece dizer, parado e atônito.

Bandarilhas: bastões longos, belamente decorados com papel colorido, com um espeto aguçado na ponta que é enfiado na ilharga do animal. Espectadores estrangeiros geralmente preferem esta parte da tourada, quando um toureiro ágil, gracioso, com grande velocidade nas pernas, perfeito controle do braço e agudeza de visão, corre fazendo inesperada trajetória, interceptando o touro quando este investe contra ele, inclinando-se sobre os chifres para enfiar as farpas com toda a habilidade. Alguns toureiros costumam eles próprios colocar suas bandarilhas, o que provoca enormes aplausos da plateia, mas geralmente existem na quadrilha dois ou três homens que podem fazer isto melhor, tornando-se especialistas no assunto. É um prazer vê-los em ação.

Bandarilhas de fogo: antigamente, se um touro recusasse a luta por covardia ou por não ficar suficientemente excitado, o juiz fazia um sinal com uma bandeira vermelha, e o *alguacil* entregaria ao bandarilheiro bastões com fogos de artifícios colocados perto das lanças. Quando as bandarilhas eram enfiadas, os foguetes explodiam, assustando o animal, que apresentava, então, o movimento necessário.

Durante uma de minhas primeiras corridas, quando ainda não conhecia esse truque, tais bandarilhas foram certo dia aplicadas bem perto do lugar onde eu estava, e consegui ficar mais assustado do que o touro. Essa prática está proibida desde 1950. Em seu lugar são usadas bandarilhas pretas, significando vergonha, providas de pontas extralongas que despertam até o mais letárgico dos touros.

O Âmago da Luta

Em dado momento, todas as pessoas, menos o matador e seus auxiliares imediatos, retiram-se da arena. Os cavalos também já se foram, e os adoráveis arabescos dos bandarilheiros estão quase esquecidos. O matador aproxima-se com uma pequena manta vermelha enrolada sobre um bastão, invariavelmente segura com a mão direita, na qual também se encontra a espada. Antigamente a espada era verdadeira mas, sendo pesada demais, hoje é frequentemente de madeira. Com o desenvolvimento da luta, o manuseio da manta e da espada, e sua troca de mãos, tornar-se-ão cruciais.

Brindis: o brinde. Antes de iniciar esta parte solene da tourada, o matador coloca-se sob o camarote do presidente e pede permissão para dedicar o touro a algum aficionado famoso, a um amigo, ou, na maioria das vezes, a uma senhora, de quem se aproxima a seguir. Com a muleta e a espada de madeira na mão esquerda, e a *montilla* (chapéu do toureiro), na direita, levanta o chapéu em honra da pessoa saudada, vira-se abruptamente de costas e atira o chapéu sobre o ombro para o homenageado que o guardará durante a exibição, devolvendo-o mais tarde. O brinde é um descendente direto do famoso grito dos gladiadores: *Ave Caesar, morituri te salutant.* (Ave César, os que vão morrer te saúdam.) Quando a *montilla* lhe é devolvida, é costume que a pessoa que foi assim homenageada esconda dentro dele o equivalente a uma nota de 10 dólares.

Faena: trabalho. É assim denominado tudo o que acontece com a muleta, depois da saída dos picadores até a hora da morte do touro. Designa principalmente, é claro, a sequência de passes executada com a muleta, como é frequentemente definido nos jornais: "Ele estava próximo de receber uma orelha por sua maravilhosa *faena*, mas perdeu-a por causa da matança desajeitada." Existem numerosos passes identificáveis que compõem uma *faena* magistral, mas, outra vez, mencionarei somente alguns:

Muleta: literalmente significa um suporte mas, na linguagem das touradas, refere-se à manta vermelha com que o touro é atraído no ato final da luta. Muito menor do que a capa, e também muito mais leve, é a única proteção do matador, e seu manuseio artístico determina grande parte do sucesso da luta.

Derechazo: trabalho com a direita. Um matador deve ser excelente no seu desempenho para ficar famoso, embora pouco crédito receba por ele. Com a espada de madeira e a muleta na mão direita, a espada servindo para manter a manta aberta próxima ao solo, neste momento, o matador incita (desafia) o touro, faz com que passe por ele, depois, com um rápido movimento com a extremidade da muleta, imobiliza o touro antes de o fazer voltar sobre si. Naturalmente, muitas vezes o touro não entende o convite para ficar e sai correndo, mas, se o matador consegue executar seis ou sete *derechazos* seguidos, mantendo o touro fixo, a multidão enlouquece.

Natural: executado com a muleta na mão esquerda, sem apoio da espada, em área muito menor, portanto. É o passe mais nobre feito com a muleta; o que ganha troféus. É majestoso porque, nesse momento, o matador segura a muleta com a mão esquerda, a espada, com a direita, frequentemente escondida nas costas. Consequentemente, quando o touro atacar, vai passar pelo corpo todo exposto do matador antes de alcançar a manta. Um passo em falso pode significar que o toureiro levará uma chifrada nas entranhas. Grandes reputações de toureiros são construídas com o *natural* e nenhuma *faena* é considerada completa sem uma série ou, pelo menos, a tentativa de um *natural*. Uma sequência de cinco ou seis torna-se memorável.

Pase de pecho: passe de peito. Qualquer sequência de *naturales* deve ser encerrada com este passe espalhafatoso, no qual o touro, cujos últimos ataques tinham sido baixos (próximos do solo), agora passa de cabeça erguida, muito próximo do peito do matador. Uma das fotografias imortais de tourada mostra o exibicionista matador mexicano Luis Procuna em sua eletrizante versão deste passe, com as pontas dos pés unidas, como se estivessem presas em cimento, o corpo ereto, sem que um só músculo se movesse, e um olhar de triunfo, enquanto o touro passa furioso, com o chifre quase tocando seu rosto.

Adorno: enfeite. Quando o toureiro se vê seguro de que seu touro está sendo mantido em posição fixa, como se hipnotizado, sente-se livre para fazer coisas inacreditáveis. No *teléfono*, descansa o cotovelo na cabeça do touro, colocando a mão na orelha e olha para o espaço como se estivesse de fato telefonando. Ou abocanha o chifre do touro e morde-o. Ou mantém corajosamente as costas voltadas para o touro perplexo, com o traseiro encostado nos chifres. O mais popular de todos, entretanto, é aquele no qual fica de joelhos bem diante do touro, com o nariz encostado no do animal, como se o desafiasse a fazer um movimento. Pessoalmente, não gosto de adornos porque sua intenção é ridicularizar o animal; mas com frequência fico surpreso com a audácia de alguns deles. Disseram-me que o toureiro pode prever, pelo movimento muscular do animal, até quando durará o efeito da hipnose do remate, mas o adorno continua sendo um mistério para mim.

Rodillas: joelhos. É um dos passes mais excitantes, feito com a capa ou a muleta e com o toureiro ajoelhado sobre um ou os dois joelhos. Esses passes podem fazer com que a música toque.

A Morte

Estoque: é a espada de verdade, estreita e muito afiada. O touro, seu cérebro já cansado pelas inúteis tentativas de ataque a um homem que parece sempre desaparecer no último momento, sua poderosa cabeça pendente ao peso e à dor das lanças, das bandarilhas e dos giros da muleta, encontra-se na condição física que propicia ao homem a oportunidade de matá-lo. O toureiro vai até a *barreira*, entrega ao *mozo de estoques* a espada de madeira com a qual conduziu sua exibição de muleta, toma da espada assassina, cuidadosamente amolada e curvada para baixo na ponte, e aproxima-se do touro, com a muleta na mão esquerda e bem abaixada. Não são muitos os homens capazes de fazer o que vem a seguir. Hemingway o chamava de "momento da verdade", aquele instante fatal quando o verdadeiro caráter de um homem se manifesta, revelando ao mundo sua maior ou menor fibra. Consideremos o conjunto de coisas altamente especializadas que o matador precisa desempenhar naquele momento: com a mão esquerda, deve manter a muleta abaixada, assegurando-se de que os olhos do touro não se afastem dela; com a mão direita deve erguer a espada ao alto e tê-la posicionada com grande cuidado; deve avançar com pés nervosos por um caminho cuidadosamente calculado; então, com todo o seu corpo em ação harmoniosa e controlada, deve curvar-se por sobre os chifres do touro, colocar a ponta da espada no local exato e empurrá-la para baixo até que sua mão quase encoste no lombo do animal. Se esse movimento for executado com precisão, a espada mata instantaneamente, mas isto acontece apenas uma vez em cada sessenta ou setenta tentativas. Mais frequentemente, a espada atinge um osso, ou entra em ângulo errado, ou erra completamente o golpe. E aí, a morte na tarde se pode tornar assunto muito complicado. Os jogadores de beisebol costumam dizer: "O jogador que faz mais pontos dirige o Cadillac." Os toureiros poderiam igualmente dizer que o toureiro que mata bem ganha a parada. A *faena* mais deplorável pode ser redimida por uma linda morte.

Descabelo: o ato de matar um touro que já esteja morrendo, mas que continua de pé, usando uma espada cujo braço (barra transversal) fique a aproximadamente dez centímetros, acima da ponta da lâmina. A barra impede que a espada penetre toda como na morte normal, mas a parte que fica exposta é extremamente afiada. Usando somente a mão direita, o matador com sua muleta pode fazer com que a cabeça do touro penda de modo a que fique exposto o ponto onde a coluna vertebral se liga ao crânio; um golpe rápido com a espada secciona a medula, e o touro cai, como se tivesse levado um tiro de rifle. Mas, aqui também, muitas vezes o matador tem que tentar três ou quatro vezes, enquanto os fãs que se encontram nos lugares mais baratos gritam das arquibancadas: Carniceiro! Carniceiro!

Recibiendo: recebendo. Pode-se assistir a centenas de touradas sem nunca se ver uma verdadeira morte *recibiendo*, pois essa forma de matar é tão perigosa que pouquíssimos toureiros ousam tentar. Tive a oportunidade de vê-la várias vezes executada em sua forma perfeita pelos já falecidos matadores Mondeño e El Viti, que faziam deste golpe a sua profissão. O toureiro faz exatamente o que fazem os matadores comuns mas, em vez de ir ao encontro do touro no meio do caminho, fica parado, imóvel como uma estátua, deixando que o animal venha em sua direção e ele passa a depender do impulso violento do corpo do touro para a penetração mortal da espada. É manobra extremamente audaciosa e emocionante, e a plateia fica enlouquecida quando ela é apropriadamente executada. Hemingway era grande admirador da morte no estilo *recibiendo*, pois, para ele, representava o mistério máximo da tourada.

Pontilheiro: homem da adaga. Não é fácil matar um touro. Raras vezes um milagroso golpe certeiro mata o animal imediatamente. O descabelo produz a morte imediata pelo seccionamento da medula. Mas, normalmente, o touro não morre por nenhuma dessas formas. Na realidade, o que acontece é que o toureiro cansa o touro e o leva a um passo da morte com um golpe de espada que será, no final, a causa da morte; o touro, entretanto, ainda pode resistir durante muitos minutos antes de morrer. Para resolver esse problema, um pontilheiro fica sempre a postos com uma adaga curta e afiada e, quando o touro cai, ele secciona a medula para apressar-lhe a morte. E faz exatamente o que um matador realiza com um descabelo: um golpe rápido e vigoroso na base do crânio.

Troféus

Os toureiros exibem-se por dinheiro, mas lutam também pela honra, por troféus e pela aclamação popular, como demonstram os termos que menciono a seguir:

Pundonor: orgulho, meticulosidade. Manolete, Armillita de México e o meu preferido, Domingo Ortega, definiram a honra na arena de touros. Ocasionalmente, entretanto, defrontamo-nos com algum toureiro menos notável, como Limeño de Sanlucar de Barrameda, que ano após ano se oferecia para enfrentar os Miúras assassinos e os gigantescos Pablo Romeros, quando homens muito mais jovens ficavam temerosos de entrar na arena com eles; isso mostra ao mundo o que é pundonor, orgulho. São esses homens que promovem a honra das touradas, e Hemingway prestava-lhes suas homenagens, da mesma forma que eu faço.

Música: é o primeiro e mais delicioso dos prêmios concedidos, surgindo nos últimos estágios de uma *faena* que seja realmente notável, quando a banda começa a tocar. Talvez o toureiro nem receba qualquer um dos outros prêmios maiores, mas, no dia seguinte, os jornais anunciarão: "E, no segundo touro, ele ouviu a música"; o leitor saberá, então, que o toureiro fez uma bela exibição.

Peticiones: petições. Se música foi tocada para homenagear um toureiro, é provável que seus torcedores peçam aos juízes, no final da exibição mencionada, para conceder-lhe um troféu mais valioso como prêmio. O jornal dirá: "Ele ouviu petições."

Pañuelos: lenços. Os espectadores também fazem seus pedidos aos juízes, acenando seus lenços brancos e, se o juiz demorar em conceder sua resposta, a arena pode se tornar quase totalmente branca: "Via-se uma nuvem de *pañuelos*."

Vuelta al ruedo: circuito triunfal da arena. Se o juiz conceder um dos prêmios maiores, o matador faz uma volta completa em torno da arena — às vezes duas ou três — carregando o troféu no alto. Entretanto, mesmo que não vá receber qualquer prêmio, um toureiro habilidoso nas relações públicas, principalmente se tiver um esperto bandarilheiro em sua quadrilha, pode incitar o público a pedir uma *vuelta*. Então o matador, fingindo modéstia, vai até o centro da arena, desculpa-se com o juiz, encolhendo os ombros como se dissesse: "Senhor, foram eles que exigiram, poderia haver uma confusão se eu não aceitasse." E lá vai ele, com todos os membros de sua quadrilha cercando-o, seguindo-o em sua volta pela arena e despertando as emoções. Vi uma vez um matador inteligente que, mesmo contra a vontade do juiz, fez duas *vueltas* completas, negando apaixonadamente a cada passo ser merecedor de tal honra, mas...

Oreja: orelha. Não sei de onde surgiu o costume de premiar um matador com a orelha de um touro que tivesse enfrentado com bravura, mas é sempre um momento excitante, quando o juiz deixa cair seu lenço na beirada do camarote para sinalizar ao *alguacil* que pode ir até o touro morto, cortar uma orelha e entregá-la ao matador, que faz, então, um circuito justificado na arena sob os gritos da multidão. Mais raramente ainda, são concedidas as duas orelhas como prêmio por uma *faena* incomum e uma morte estupenda.

Rabo: Quando comecei a comparecer às touradas, nos idos dos anos 1930, até onde sei, os rabos não eram dados como prêmio mas, quando voltei, em 1950, via-se ocasionalmente a entrega de um rabo cortado — depois que as duas orelhas já tinham sido entregues, naturalmente — e nos anos 1960 e 1980, vi isto acontecer várias vezes, na maioria dos casos imerecidamente.

Pata: mais recentemente, em raras ocasiões, quando um matador exibe o auge de sua arte — maravilhosas *chicuelinas* com a capa, uma cadeia de *naturales* magistrais com a muleta, uma morte perfeita na primeira tentativa, talvez mesmo um *recibiendo* — são-lhe concedidas as duas orelhas, o rabo e uma pata: *Todos de los trofeos.*

Salir en hombros: sair da arena carregado nos ombros dos fãs. Algumas vezes, os aficionados ficam tão deslumbrados com o desempenho do toureiro que irrompem na arena no final da tourada, pegam o matador e carregam-no nos ombros em triunfo até seu hotel ou até a limusine que o aguarda.

Cornada: ferimento causado pelo chifre. O touro às vezes também consegue os seus troféus. Poucos matadores atravessam uma temporada inteira sem serem feridos pelo menos uma vez. Um dia, eu estava em uma piscina com alguns toureiros e fiquei espantado pela quantidade de cicatrizes antigas que apresentavam, a maioria delas na barriga, próxima aos intestinos, uma visão apavorante. Antigamente alguns desses ferimentos seriam fatais mas, com a descoberta da penicilina, a maior parte pode ser controlada. Permanecem, entretanto, como lembrete de que às vezes o touro pode vencer.

Indultado: perdoado. Em ocasiões tão raras que até mesmo a maioria dos aficionados, eu mesmo, nunca presenciou, um touro pode demonstrar ser tão heroico, que o público recusa-se a deixá-lo ser morto. Muitas vezes o próprio matador, com lágrimas nos olhos, pede ao juiz que salve o incrível animal, que é então devolvido aos pastos. Um caso famoso propiciou uma das melhores fotografias de touradas: Civilón, um touro Cobaleda, indultado em Barcelona em 1936 por petição unânime, é visto pastando pacificamente em sua fazenda, enquanto oito dos filhos dos ganadeiros rodeiam-no de mãos dadas a uma pequena distância; o touro está olhando diretamente para eles, mas sem fazer qualquer movimento.

Esta nova incursão de Hemingway em forma de livro sobre as *artes et partes* da tauromaquia será apreciada por dois grupos especiais de pessoas. O de devotos da literatura americana que reverenciam Hemingway, do qual faço parte, que descobrirá nestas páginas a despedida confusa duma grande e legendária figura. Testemunhamos o comportamento curioso que tem em relação à sua mulher, quando adota várias jovens atraentes durante a feria, em Pamplona. Vemos a melancolia com que ele retorna aos sussurrantes bosques perto de Roncesvalles. Repentinamente chegamos à sua própria avaliação sobre *O sol também se levanta*: "Escrevi uma vez sobre Pamplona, e para sempre."

Certas passagens reverberam com o autêntico toque de Hemingway: "Paramos na cidade seguinte onde duas cegonhas faziam seu ninho no telhado de uma casa numa das curvas da estrada. A fêmea ainda não pusera os ovos no ninho semiconstruído, e o casal namorava. O macho acariciava com o bico o pescoço da fêmea, que olhava para ele com a devoção própria das cegonhas; em seguida ela percorria o horizonte com o olhar enquanto seu companheiro voltava a lhe acariciar o longo pescoço. Paramos, e Mary tirou algumas fotografias, ainda que a luz não estivesse muito boa."

Reencontraremos aqui muitas características da personalidade de Hemingway, sua fanfarronice, sua preocupação com a morte, sua intolerância com inferiores, sua maravilhosa generosidade quando se identificava com alguém que julgasse merecer respeito. Nesses anos, ele conheceu dois jovens americanos amigos meus, John Fulton, um rapaz da Filadélfia que aspirava ser toureiro, e Robert Vavra, um jovem da Califórnia que queria ser fotógrafo de animais. Quando ouviu as histórias que contavam, impulsivamente tirou da carteira um cheque que preencheu com 100 dólares e assinou. Quando lhe tentaram agradecer, ele só pôde dizer: *Buena suerte*.

Mas também podia ser terrivelmente agressivo. Quando conheceu outro amigo meu, Matt Carney, que sabia sobre touros mais do que ele, desafiou o rapaz a entrar em luta de socos com ele, mas retirou-se antes que a briga começasse.

Estas páginas também auxiliarão a elucidar alguns boatos que envolveram seu amigo A. E. Hotchner. Alguns críticos, ressentindo-se com o modo pelo qual Hotchner parecia ter-se apropriado de Hemingway, acusaram-no de ser um charlatão. Um artigo extremamente violento, que foi publicado na revista *Atlantic*, logo após o lançamento do livro de Hotchner, *Papa Hemingway*, chegou a me fazer duvidar de que Hotchner tivesse ao menos conhecido o mestre. O texto deste livro, bem como as fotografias que ilustraram os artigos da *Life*, provam que Hotchner não só conhecia intimamente Hemingway, como também era merecedor da sua confiança. Fiquei muito contente por ter esse esclarecimento.

Tenho grande carinho pelos parágrafos nos quais Hemingway nos conta a maneira dispersa como trabalhava, e sua recusa em usar vírgulas: "... entrei na jaula de um lobo que tinha sido aprisionado recentemente no local e brinquei com ele o que agradou Antonio. O lobo parecia saudável e tudo negava que ele pudesse estar hidrófobo então pensei a única coisa que ele pode fazer é morder você, por que então não entrar lá e ver se conseguiria me entender com ele. O lobo foi muito gentil e mostrou reconhecer alguém que gosta de lobos."

Foram mantidos na editoração vários trechos como este, que mostram calorosos aspectos da personalidade do homem e do escritor. Por outro lado, várias passagens exclusivamente sobre touradas foram bastante cortadas; um aficionado, portanto, perderá detalhes que teria adorado. Tanto os editores da *Life* como os responsáveis pelo presente volume decidiram — com propriedade, segundo meu julgamento — eliminar de grande parte das corridas os nomes e os desempenhos de matadores além de Dominguín e Ordóñez. Mas alguém como eu, que conheci vários dos matadores eliminados e suas histórias, lamenta a ausência de parágrafos tão reveladores como os seguintes:

"Havia mais dois matadores no programa daquela tarde. 'Miguelín', um rapaz local de basta cabeleira que era um palhaço destemido, e Juan García 'Mondeño', um jovem alto, circunspecto, com tamanha serenidade, calma e controlada pureza de estilo que enfrentava o touro como se estivesse oficiando uma missa em algum sonho. Foi o melhor toureiro que vi no ano passado."

"Miguelín era a mesma figura cômica de sempre, mas cada vez mais desagradável. Tratava os touros com insolência e desprezo que eles não tinham como revidar, e conhecia bastante do assunto, além de possuir reflexos suficientes para distribuir sua grossura e seu desprezo por tudo aquilo que tornava a tourada uma arte digna de ser assistida. Era como se estivesse derramando uma calda desagradável sobre a arena. Só lhe faltava mascar chicletes de bola, quando enfrentava um touro. Mas era natural daquela região, e seus vizinhos adoravam o seu desempenho."

"O segundo touro de Pepé Luis era difícil e fraco das pernas. Executou excelentes passes isolados com a capa e a muleta e tentou como pôde extrair alguma coisa do touro; depois, vendo que não conseguia, desistiu."

"O toureiro local Francisco Anton 'Pacorro' foi apropriadamente cuidadoso com seu primeiro touro, que era muito perigoso e corneava dos dois lados. Seus pés no início dançavam de propósito. Depois não os conseguiu controlar mais e pareceu por um instante que o touro sairia vivo. Seus conterrâneos não tiveram piedade dele, principalmente todos aqueles na plateia que, se tivessem o controle de seus próprios pés, poderiam ter sido toureiros...

"Com seu último touro, que era bom, esforçou-se de joelhos para dominar os nervos que lhe descontrolavam os pés. Logo que conseguiu recuperar sua firmeza, ergueu-se e trabalhou lindamente com o touro, executando passes antigos e clássicos. A tentativa do golpe mortal foi linda, mas atingiu o osso com força. Isto perturbou-o e ele voltou a ajoelhar-se e a fazer os passes. O touro pegou-o no solo, jogou-o para o alto e ele caiu no chão, como um boneco estraçalhado, obviamente ferido.

"Apesar disso, afastou as pessoas que o desejavam ajudar, voltando a enfrentar o touro com a muleta, e partiu para o golpe mortal precipitadamente. O touro saiu morto desse encontro depois de grande agitação. Pacorro foi carregado para o *callejón* e, sob as arquibancadas, para a enfermaria. As orelhas e o rabo do animal o acompanharam até a sala de operações, enquanto saíamos da praça de touros apinhada de gente, passando pelo local onde os touros estavam sendo retalhados indo em direção ao pátio de paralelepípedos onde ficavam os cavalos dos picadores e os carros estavam estacionados."

Eu poderia ficar durante horas lendo reminiscências como estas, mas reconheço que, enquanto aficionados como eu possam lamentar ter perdido alguma coisa com os cortes feitos, o leitor típico nada perdeu. Em verdade, uma pletora desse material — e existem longas páginas dele no chão da sala de cortes — afastaria de tal forma o público em geral, que o livro provavelmente nunca seria lido até o fim se tivesse sido publicado como se apresentava nos originais.

Os apaixonados leitores de touradas fora da Espanha naturalmente gostarão de saber o que aconteceu com o conquistador Ordóñez depois de seus incandescentes triunfos alcançados naquele perigoso verão de 1959. Nos anos subsequentes, vi-o tourear talvez uma dúzia de vezes, todas elas sem sucesso. Embora outras pessoas tenham visto bons desempenhos seus depois de 1959, nas vezes em que estive presente, ele estava abúlico e evasivo, aparentemente aterrorizado pela possibilidade de encontrar qualquer touro combativo. Lançou mão de todos os truques feios que Hemingway tanto desprezava, não executando passe algum com a capa e a muleta e matando com um vergonhoso golpe na lateral.

Mesmo assim, lotávamos as arenas para vê-lo, na esperança vã de mais uma tarde de triunfo honesto, que nunca veio. O que vimos foi um fracasso depois do outro, ouvimos vaias e assovios, desviando-nos das almofadas que caíam sobre ele como bombas, e assistimos à chegada da polícia para ajudar a resgatá-lo dos furiosos fãs que tentavam invadir a arena. Hemingway foi poupado dessas indignidades. Ele acompanhou Ordóñez quando o matador era de fato incomparável, e foi sobre essa grandeza que escreveu.

James A. Michener
Austin, Texas
1984

1

Era estranho estar voltando novamente à Espanha. Jamais esperara retornar ao país que amara mais do que qualquer outro além do meu, e não pretendia mesmo voltar enquanto algum de meus amigos estivesse na cadeia. Mas, durante a primavera de 1953, discuti em Cuba com alguns amigos, que lutaram em lados opostos na Guerra Civil Espanhola, sobre a ideia de parar na Espanha quando estivéssemos a caminho da África, e eles concordaram que eu poderia retornar sem demérito ao país desde que não renegasse o que tinha escrito e mantivesse a boca fechada sobre assuntos políticos. Não haveria problema com o visto, que não era mais exigido para turistas americanos.

Em 1953 já nenhum de meus amigos se encontrava preso, e comecei a fazer planos de levar minha mulher Mary à *feria* em Pamplona, indo de lá até Madri, onde visitaríamos o Prado e, depois disso, se ainda estivéssemos dispostos, continuaríamos até Valência para ver as touradas antes de pegar o navio para a África. Sabia que nada poderia acontecer a Mary, pois ela nunca estivera na Espanha em sua vida e conhecia somente pessoas influentes. Se enfrentasse qualquer problema, elas de certo viriam resgatá-la.

Passamos alguns dias em Paris e viajamos rapidamente de carro pela França via Chartres, Vale do Loire e, desviando por Bordeaux, rumamos a Biarritz, onde estavam hospedadas várias pessoas aguardando para se juntar a nós ao atravessarmos a fronteira. Comemos e bebemos muito bem e estabelecemos um horário de encontro em nosso hotel em Hendaye Plage, para então irmos juntos até a fronteira. Um de nossos amigos tinha em mãos uma carta do Duque Miguel Primo de Rivera, então embaixador espanhol em Londres, que deveria operar maravilhas caso eu tivesse alguma dificuldade. Isto me animara vagamente.

Tinha chovido quando chegamos a Hendaye e continuava escuro e enevoado pela manhã, o que não nos permitia ver as montanhas da Espanha cobertas pelas nuvens pesadas e pela neblina. Nossos amigos não apareceram no hotel. Dei-lhes uma hora, depois mais meia hora. Então partimos para a fronteira.

Continuava cinzento quando passamos no posto de inspeção. Levei os quatro passaportes para a polícia, e o inspetor estudou o meu cuidadosamente sem levantar os olhos. Isto é costume na Espanha, mas sempre nos deixa apreensivos.

— Tem algum parentesco com Hemingway, o escritor? — perguntou, ainda com os olhos baixos.

— Sou da mesma família — respondi.

Examinou as páginas do passaporte e depois observou a fotografia.

— O senhor é Hemingway?

Controlei-me como pude e disse:

— *A sus ordenes* — que significa em espanhol não só "às suas ordens", como também "à sua disposição". Vi e ouvi esta frase ser dita nas mais diferentes circunstâncias e esperava tê-la dito adequadamente e no tom de voz correto.

Levantou-se, apertou minha mão e disse:

— Li todos os seus livros e os admiro muito. Vou carimbar logo o passaporte e verei o que posso fazer para ajudá-lo com a alfândega.

Foi assim que voltamos à Espanha e parecia bom demais para ser verdade. Todas as vezes que fomos parados pela Guardia Civil nas três barreiras ao longo do rio Bidassoa temi que fôssemos detidos e mandados de volta para a fronteira. Mas os guardas examinaram com atenção nossos passaportes e nos dispensavam cordialmente. Éramos um casal americano, um alegre italiano do Vêneto, Gianfranco Ivancich, e um motorista também italiano, de Udine, indo para San Fermin, em Pamplona. Gianfranco, um ex-oficial de cavalaria, que tinha lutado com Rommel, era um amigo muito querido, que morara conosco em Cuba enquanto trabalhava lá. Tinha trazido seu carro para nos encontrar em Le Havre. Adamo, o motorista, tinha ambições de tornar-se agente funerário. Conseguiu alcançar suas metas e, se por acaso o leitor morrer em Udine, é ele quem cuidará de tudo. Ninguém lhe perguntou em momento algum de que lado da Guerra Civil Espanhola ele lutara. Para minha própria paz de espírito durante aquela primeira viagem, tinha às vezes a esperança de que tivesse sido dos dois lados. Conhecendo-o melhor e apreciando sua versatilidade, que era leonardesca, acredito que isso fosse perfeitamente possível. Poderia ter lutado de um dos lados por seus princípios, do outro pelo seu país, ou pela cidade de Udine; se houvesse um terceiro lado, poderia ter lutado por seu Deus ou pela indústria de automóveis Lancia ou pela empresa funerária, sendo profundamente devotado a tudo isso.

Quando se gosta de viajar alegremente, como é o meu caso, deve-se sempre viajar com bons italianos. Viajamos com dois ótimos, num confortável Lancia, subindo do verde vale Bidassoa pela estrada cercada de nogueiras e com o nevoeiro dissipando-se ao alto; sabíamos, portanto, que estaria tudo claro logo depois que passássemos o Col de Velate e alcançássemos o platô elevado de Navarra.

Todo este texto deveria ser a respeito de touradas, mas naquele momento eu estava pouquíssimo interessado nelas, exceto por meu desejo de mostrá-las a Mary e a Gianfranco. Mary tinha visto Manolete tourear em sua última apresentação no México. Era um dia de ventania, e ele enfrentara os piores touros, mas ela gostara da corrida, que tinha sido péssima; percebi então que, se ela gostara daquela, gostaria de uma tourada verdadeira. Dizem que se alguém puder se manter afastado das touradas durante um ano, poderá ficar afastado delas para sempre. Não é exato, mas existe alguma verdade nesse pensamento, e eu, exceto por algumas touradas que assistira no México, tinha estado afastado por quatorze anos. No entanto, a maior parte desse tempo foi como se estivesse na cadeia, só que preso do lado de fora, não dentro.

Durante esse período, li e ouvi de amigos, em quem confiava, sobre os abusos que passaram a fazer parte das touradas durante os anos em que Manolete as dominava e a partir de então; para proteção dos principais matadores, por exemplo, os chifres dos touros eram cortados nas pontas e depois recobertos para que parecessem chifres de verdade. Mas as pontas tornavam-se tão macias como dedos com as unhas cortadas o mais rente possível; se o touro batesse com eles nas tábuas que cercavam as arquibancadas, sentiria tanta dor que passaria a ter muito cuidado para não esbarrar com eles em mais nada. O mesmo efeito seria produzido se atingisse as armaduras de lona pesada que protegiam os cavalos.

Com a diminuição do comprimento dos chifres, o touro também perdia seu senso de distância, e o matador enfrentava perigo muito menor de ser atingido. Um touro aprende a usar os chifres nas fazendas em brigas diárias, disputas e, às vezes, até em lutas mais sérias com seus irmãos, ficando a cada ano mais habilidoso em seu uso. Assim, os agentes de certos astros, que se tornavam cada vez menos matadores, faziam com que os criadores de touros produzissem o que chamamos de *medio-touro* ou meio-touro. É um touro de pouco mais de três anos e, portanto, ainda sem bom domínio dos chifres. Para que suas pernas não fiquem muito fortes e mais irredutíveis à muleta, não deve precisar percorrer um caminho muito longo do pasto à água. Para alcançar o peso adequado ministram-lhe uma ração de grãos. Com isso, ele se parece com um touro, tem o peso de um touro e entra na arena rápido como um touro. Mas, na realidade, é um meio-touro, o sofrimento o amolece e o torna facilmente manejável e, a menos que o matador cuide dele com muito cuidado, no final estará perdido.

É possível matar ou ferir alguém com um golpe mais forte do chifre mesmo estando aparado. Muitas pessoas foram feridas por chifres aparados. Mas um touro que teve seus chifres alterados é pelo menos dez vezes mais seguro para ser toureado e morto do que um touro com os chifres intactos.

O espectador comum será incapaz de identificar um chifre aparado, pois, não tendo experiência com chifres de animais, não percebe a superfície lixada cinza-esbranquiçada. Olha para as pontas dos chifres e vê uma extremidade preta brilhante, não sabendo que aquele efeito foi produzido esfregando-se o chifre e polindo-o com óleo usado de manivela. Isto dá ao chifre aparado brilho mais intenso do que o de sabão em botas de caça; para o observador treinado, entretanto, é tão fácil de detectar como o é para um joalheiro a falha num diamante, e pode ser percebido a grande distância.

Os empresários inescrupulosos da época de Manolete ou dos anos seguintes geralmente eram também os promotores das touradas, ou tinham ligações com eles e determinados criadores de touros. O ideal para seus matadores contratados era o meio-touro, e muitos criadores concentravam-se em produzi-lo em grandes quantidades. Cuidavam primeiro dos touros menores, fazendo com que ficassem velozes, dóceis e facilmente irritáveis, alimentando-os então para que aumentassem de peso e dessem a impressão de maiores. Não se preocupavam com os chifres, que podiam ser alterados, e o público veria os milagres que poderiam ser executados com esses animais — toureiros lutando de costas, encarando o público e não o touro enquanto este passava sob seus cotovelos; ajoelhando-se diante do animal feroz e colocando o cotovelo esquerdo na orelha do touro enquanto fingiam falar com ele ao telefone; atirando-se aos chifres e jogando fora a espada e a muleta e olhando para a plateia como atores canastrões quando o touro estava ferido, sangrando e hipnotizado — e o público assistia a esse circo pensando estar testemunhando uma nova era de ouro das touradas.

Quando esses empresários inescrupulosos tinham de aceitar touros verdadeiros com chifres inalterados, de criadores honestos, havia sempre a possibilidade de alguma coisa acontecer aos animais nas passagens escuras ou nas baias de pedra das arenas onde ficavam confinados depois de terem sido sorteados às doze horas, no dia da corrida. Assim, caso se tivesse visto no *apartado* um touro de olhos brilhantes, ligeiro como um gato, e esse mesmo touro surgisse depois fraco das pernas traseiras, é provável que alguém tivesse deixado cair um pesado saco de alimentos sobre seus quadris. Ou, se passeasse pela arena como um sonâmbulo, e o matador só conseguisse exibir-se com ele através de seu torpor, tendo diante de si um animal desinteressado e que se esquecera da utilidade de seus grandes chifres, na certa ele teria sido dopado por alguém com uma seringa para cavalos, cheia de barbitúricos.

É claro que algumas vezes eram obrigados a enfrentar um touro verdadeiro com os chifres inalterados. Os melhores toureiros seriam capazes de conseguir fazê-lo, mas não gostavam por ser perigoso demais. Todos, entretanto, tinham de passar por isso, algumas vezes por ano.

Por muitos motivos, principalmente pelo fato de me ter afastado do papel de espectador, perdi muito de minha antiga emoção pelas touradas. Mas uma nova geração de toureiros tinha crescido, e eu estava ansioso por vê-la na arena. Conhecera seus pais, alguns deles muito bem, mas, depois que uns tantos já tinham desaparecido por medo e por outros motivos, resolvi nunca mais ter um amigo toureiro porque sofria muito por eles e com eles quando não conseguiam enfrentar o touro por medo ou pela incapacidade provocada pelo medo.

* * *

Naquele ano de 1953 ficamos instalados fora da cidade, em Lecumberri, e dirigíamos vinte e cinco quilômetros para chegar em Pamplona todas as manhãs às seis e meia, a fim de assistir, às sete, à corrida dos touros pelas ruas.

Instalamos nossos amigos no hotel de Lecumberri e nos preparamos para os famosos sete dias de agitação. Depois dessa semana de festividade contínua, todos nos conhecíamos muito bem e já gostávamos uns dos outros, pelo menos a maioria de nós, o que significava que tinha sido uma ótima *fiesta*.

No princípio, eu achava que o Rolls Royce debruado de ouro do Conde de Dudley era um tanto pretensioso. Agora, acho-o encantador. Era assim que as coisas aconteciam naquele ano.

Gianfranco tinha se juntado a uma das quadrilhas de dança e bebida formada por engraxates e alguns aspirantes a batedores de carteiras, e sua cama em Lecumberri quase não o via. Foi o protagonista de uma história interessante quando dormiu na passagem cercada por onde os touros entrariam na arena, garantindo, assim, acordar para o *encierro*, que já perdera em outras oportunidades.

De fato, não o perdeu, pois os touros passaram sobre ele. E todos os membros de sua quadrilha ficaram muito orgulhosos.

Adamo ia para a arena todas as manhãs, querendo matar um touro, mas a administração das touradas tinha outros planos.

O tempo estava terrível e Mary ensopava-se nas touradas, pegando sério resfriado com febre que a acompanhou o tempo todo até Madri. As touradas não eram realmente boas, exceto por um fato histórico. Foi a primeira vez que vi Antonio Ordóñez.

Percebi que era maravilhoso no momento em que o vi fazendo seu primeiro passe longo e lento com a capa. Era como se estivesse vendo todos os grandes manejadores de capa, e havia muitos ainda vivos e em ação; só que ele era melhor do que todos. Com a muleta, então, era perfeito. Matava bem e sem dificuldades. Observando-o cuidadosa e criticamente, vi logo que seria um grande matador se nada lhe acontecesse. Não sabia naquele momento que ele seria grande apesar do que lhe iria acontecer, e que teria coragem e paixão aumentadas depois de cada ferimento grave.

Tinha conhecido seu pai, Cayetano, há alguns anos, e fizera uma descrição de seu desempenho em *O sol também se levanta*. Tudo o que existe naquele livro sobre a arena de touros é exatamente como aconteceu e como ele toureava. Todos os incidentes que ocorrem fora da arena são inventados e imaginados. Ele sempre soube disso e nunca reclamou de qualquer parte do livro.

Observando Antonio trabalhar o touro, vi que tinha tudo o que o pai possuía em seus melhores dias. Cayetano apresentava perfeição técnica absoluta. Sabia dirigir seus subalternos, picadores e bandarilheiros, de modo que toda a apresentação com o touro, os três estágios que levam à morte, fosse executada com ordem e razão. Pois Antonio conseguia ser muito melhor; cada passe que fazia com a capa, desde o momento do aparecimento do touro, e cada movimento dos picadores na colocação de cada bandarilha eram inteligentemente dirigidos para a preparação do touro para o último ato da tourada: o domínio do animal pela bandeira vermelha colocada na muleta que o prepara para a morte pela espada.

Nas touradas modernas não é suficiente que o touro seja simplesmente dominado pela muleta para ser morto pela espada. O matador deve desempenhar uma série de passes clássicos antes de matar o touro, se o animal ainda tiver condições de atacar. Nesses passes, o touro deve passar pelo corpo do matador sem sequer esbarrar nele com os chifres. O toureador chama e dirige a atenção do touro e, quanto mais perto do homem ele passar, maior será a emoção dos espectadores. Todos os passes clássicos são extremamente perigosos, e neles o touro deve ser controlado pela flanela escarlate que o toureiro mantém enrolada em um bastão de aproximadamente um metro. Foram inventados muitos passes com truques, nos quais o toureiro passa pelo touro, em vez de fazer o animal passar por ele; ou quando aproveita sua passagem para saudá-lo, de fato, em vez de controlar e dirigir os movimentos do touro. Os passes mais sensacionais de saudação são executados com touros que atacam em linha reta, e o toureiro, sabendo disso, conclui ser comparativamente menos perigoso virar as costas para o animal ao iniciar o passe. É como se estivesse dando passes num bonde, mas o público adora esses truques.

A primeira vez que vi Antonio Ordóñez percebi que seria capaz de executar todos os passes clássicos sem fingir, porque conhecia os touros; que poderia matar bem se desejasse, e que era um gênio com a capa. Podia constatar que tinha os três requisitos necessários a um matador: coragem, habilidade no desempenho e graça diante do perigo da morte. Mas, quando um amigo mútuo veio me dizer na saída da tourada que Antonio queria que eu fosse ao Hotel Yoldi, para conhecê-lo, pensei: "Não comece novamente a ficar amigo de toureiros, especialmente deste que você já sabe quanto é bom e, portanto, quanto eu teria a perder se alguma coisa acontecesse com ele."

Felizmente, nunca aprendi a ouvir os bons conselhos que dou a mim mesmo nem a seguir os caminhos ditados por meus temores. Assim, conhecendo Jesús Córdoba, o toureiro mexicano nascido em Kansas, que fala um inglês excelente e que me havia dedicado um touro no dia anterior, perguntei-lhe onde ficava o Yoldi, e ele se ofereceu para me levar lá. Jesús Córdoba era um rapaz excelente, um bom e inteligente matador, e eu gostava de conversar com ele. Deixou-me na porta do quarto de Antonio.

Antonio estava deitado na cama, nu, exceto por uma toalha de rosto que usava como uma folha de parreira. A primeira coisa que me chamou a atenção foram seus olhos; os mais escuros, brilhantes e alegres que alguém jamais fitara. Era um rapazola de ar malicioso, com largo sorriso e não pude deixar de ver as cicatrizes em sua coxa direita. Antonio estendeu-me a mão esquerda, pois a direita tinha sido seriamente ferida pela espada em sua segunda matança aquela tarde, e disse:

— Sente-se na cama. Diga-me, sou tão bom quanto meu pai?

Olhando aqueles olhos estranhos — o sorriso agora tinha desaparecido junto com a insegurança quanto a virmos a ser ou não bons amigos — disse-lhe que, em meu julgamento, era melhor do que o pai e contei-lhe o quanto seu pai era maravilhoso. Depois falamos sobre sua mão. Disse-me que a poderia usar na tourada dentro de dois dias. Era um corte profundo, mas não atingira qualquer tendão ou ligamento. O telefone tocou; era sua noiva, Carmen, filha de seu agente Dominguín e irmã do matador Luis Miguel Dominguín; pedi licença para me afastar a fim de deixá-lo à vontade. Quando terminou, despedi-me. Marcamos um encontro em *El Rey Noble* com Mary e tornamo-nos amigos desde então.

Quando vimos Antonio tourear pela primeira vez, Luis Miguel Dominguín havia se aposentado. Nós o tínhamos encontrado antes em Villa Paz, a fazenda que acabara de comprar perto de Saelices, na estrada que ligava Madri a Valência. Eu mantivera boas relações com o pai de Miguel durante vários anos. Fora um bom matador numa época em que só existiam dois grandes artistas; mais tarde tornou-se um homem de negócios capaz e astuto. Foi ele quem descobriu e agenciou Domingo Ortega. Dominguín e sua mulher tinham três filhos e duas filhas. Os três rapazes tornaram-se toureiros. Luis Miguel era talentoso e hábil em tudo, um grande bandarilheiro, e o que os espanhóis chamam de um *torero muy largo*; isto é, possuía extenso repertório de passes e truques elegantes, era capaz de fazer qualquer coisa com um touro e podia matar tão bem quanto desejasse.

Foi Dominguín, o pai, que nos convidou para almoçarmos no rancho recém-comprado de Luis Miguel, em nosso caminho para Valência. Mary, Juanito Quintana, um amigo antigo de Pamplona — que eu tomara como modelo para Montoya, o gerente de hotel em *O sol também se levanta* — e eu chegamos na casa fresca e sombreada depois de viajar sob o calor de julho de Castilla la Nueva, com o vento quente que soprava da África levantando as palhas que se acumulavam nas construções ao longo da estrada. Luis Miguel era encantador, moreno, alto, quadris estreitos, o pescoço um pouco longo demais para um toureiro, com rosto grave e ao mesmo tempo zombeteiro que expressava desde a arrogância profissional até o riso fácil. Antonio Ordóñez estava lá com Carmen, a irmã mais nova de Luis Miguel. Ela era linda e bem morena, de rosto encantador e corpo bem-feito. Ela e Antonio estavam noivos, deveriam casar-se naquele outono, e podia-se perceber em tudo o que faziam ou diziam o quanto se amavam.

Examinamos os animais, as aves, os estábulos e a sala de armas, e eu entrei na jaula de um lobo que tinha sido apanhado recentemente no local e brinquei com ele, o que agradou Antonio. O lobo parecia saudável e tudo negava que ele pudesse estar hidrófobo; então pensei: a única coisa que ele pode fazer é morder você. Por que não entrar e ver se conseguiria me entender com ele? O lobo foi muito gentil e mostrou reconhecer alguém que gosta de lobos.

Vimos a piscina construída recentemente, que ainda não estava cheia, e admiramos a estátua de bronze em tamanho natural de Luis Miguel, coisa rara para um homem ter em sua própria fazenda e em vida. Considerei que Miguel era mais bonito do que sua estátua, embora esta parecesse um pouco mais nobre. Mas é muito difícil para um homem competir com sua estátua em bronze no próprio jardim.

A vez seguinte que vi Miguel foi em Madri, em maio de 1954, depois de voltarmos da África. Ele veio ao nosso quarto no Palace Hotel onde todos se tinham reunido depois de uma corrida particularmente ruim num dia de chuva e vento. O quarto estava cheio de pessoas, copos, fumaça, e havia muita conversa sobre um assunto que seria melhor ter esquecido. Miguel tinha uma aparência realmente contrafeita. Quando está em seus melhores dias, é uma combinação de Don Juan e um bom Hamlet, mas naquela noite barulhenta ele estava cabisbaixo, abatido e cansado.

Miguel continuava afastado das touradas, mas pensava em voltar à arena em algumas corridas na França, e fui com ele para o campo umas duas vezes, em direção ao Escorial, sob o abrigo das Guadarramas. Ele treinava com jovens vacas bravas, tentando calcular quanto tempo levaria para estar em forma novamente. Eu gostava de ver seu trabalho e seu inegável esforço, nunca descansando nem se poupando; quando começava a sentir cansaço ou quando perdia o fôlego, prendia-o até que o animal ficasse exausto. A seguir começava a trabalhar com outra vaca, o suor escorrendo, inspirando profundamente para recuperar o fôlego enquanto esperava o próximo adversário. Admirava sua graça e a facilidade com que toureava, baseando-se em suas faculdades físicas, suas pernas maravilhosas, seus reflexos, seu maravilhoso repertório de passes e seu conhecimento enciclopédico sobre touros. Era um grande prazer vê-lo exercitar-se, e o campo estava lindo naquela primavera, quando as chuvas já tinham parado. Só existia um problema para mim: seu estilo não me emocionava.

Não gostava do jeito com que manejava a capa. Tive a grande sorte de ter visto todos os maravilhosos manejadores de capa desde que a tourada moderna teve início com Belmonte e, mesmo no campo, podia ver que Luis Miguel não se encontrava entre eles. Mas isso era apenas um detalhe, e eu apreciava muito sua companhia e seu humor irônico. Era muito cínico, e aprendi muitas coisas quando tivemos a felicidade de o ter como hóspede em nossa fazenda em Cuba durante algum tempo. Tínhamos longas conversas à beira da piscina depois que terminava meu trabalho. Naquela época Luis Miguel não tinha a menor intenção de voltar aos touros. Estava descasado e aproveitava a vida, querendo ser uma coisa num dia e, no seguinte, outra coisa completamente diferente. Costumava sair à noite com Agustín de Foxa, o poeta espanhol que servia na Embaixada Espanhola como secretário. Agustín aproveitava bastante a vida, e durante esse período em que se divertia com Foxa, Luis Miguel, quando regressava à estância com nosso motorista Juan, o dia já amanhecendo, pensava seriamente em seguir a carreira diplomática.

Pensou também em escrever. Acho que imaginava: se Ernesto pode escrever, deve ser fácil. Expliquei a ele que não era complicado se fizéssemos a coisa corretamente e disse-lhe como fazia. Então, durante alguns dias, passamos as manhãs escrevendo, e ao meio-dia ele trazia para a piscina o que tinha escrito.

Miguel era uma companhia maravilhosa, um hóspede perfeito e contou-me as coisas mais fantásticas que já ouvi sobre a vida e as touradas.

Essa foi uma das coisas que tornaram a corrida de 1959 tão terrível. Se Luis Miguel tivesse sido meu inimigo e não meu amigo, irmão de Carmen e cunhado de Antonio, teria sido fácil. Talvez não exatamente fácil, mas eu não teria tido preocupação maior do que a despertada por qualquer outro ser humano.

2

Estivemos trabalhando em Cuba, desde o final de junho de 1954 até agosto de 1956. Eu não estava em muito boa forma, com um problema na coluna, lesionada em desastres de avião na África, e estava tentando recuperar-me. Ninguém sabia o que iria acontecer com minhas costas, até que tivemos que testá-las em Cabo Blanco, no Peru, quando pescávamos um grande marlim para o filme *O velho e o mar*. Elas aguentaram muito bem e, quando terminou nosso trabalho naquele filme, passamos o mês de agosto em Nova York.

Zarpamos de Nova York em 1º de setembro, planejando ir de Paris para a Espanha, a fim de ver Antonio tourear em Logroño e Zaragoza, e depois partir para a África, onde tínhamos negócios por terminar.

Descemos em Le Havre em meio a uma multidão de repórteres e cinegrafistas de todos os sexos e encontramos Mario Casamassima, que estava com um antigo Lancia novinho. Tinha sido enviado de Udine por Gianfranco para substituir Adamo, que se tornara um homem tão importante no mundo funerário de Udine e arredores que já não podia mais abandonar sua clientela, como se fosse um popular obstetra.

Estava tristíssimo, escreveu, por não poder desfrutar da Espanha de novo conosco, mas sabia que acharíamos Mario um bom representante de sua cidade natal, que possui número de Lancias *per capita* maior de que qualquer outra cidade do mundo. Nosso novo motorista tinha sido piloto de corridas, era diretor iniciante de televisão. Arrumava nossa bagagem sobre a capota do Lancia como se o carro fosse uma mula de carga e, apesar do peso, saía voando pela estrada, ultrapassando como uma ventania qualquer veículo que a Mercedes pudesse colocar na estrada. Era ainda o que os franceses chamam de *débrouillard*, que significa: aquele que, querendo algo, consegue e que, se você quiser algo, ele pode conseguir também, não a preço de liquidação, mas como empréstimo feito por seu mais recente amigo fiel. Fazia novas amizades todas as noites em todas as garagens e hotéis. Não sabia falar espanhol, mas se saía muito bem.

Chegamos a Logroño bem a tempo de ver a corrida. Foi uma das boas. Os touros eram valentes, grandes, rápidos e não adulterados, e os matadores exibiam-se perto, muito perto, o mais perto possível deles, cada qual fazendo tudo o que podia.

Antonio quase me tirou o fôlego em seus malabarismos com a capa. Não a espécie de sufocação que faz as pessoas soluçarem como na clássica foto dos franceses logo após a capitulação da França, mas a do tipo que faz com que o peito e a garganta se apertem, e os olhos enevoados vejam coisas que se pensava estarem mortas e acabadas, mas que surgem novamente diante de nós. Seu desempenho era o mais puro, o mais lindo, o mais próximo e o mais perigoso possível, e ele controlava o perigo, calculando-o precisamente com medidas micrométricas. Durante todo o tempo controlava com a capa de percal um animal violento de meia tonelada portando chifres mortais nos dois lados da cabeça, fazendo-o passar para a frente e para trás, diante de sua cintura e dos joelhos, transformando-se homem e animal como que numa escultura, sendo o inter-relacionamento das duas figuras e o movimento lento da capa que os envolvia algo tão bonito quanto qualquer estátua que eu já tivesse visto.

Quando terminou a primeira série de verônicas, Rupert Belville, nosso amigo inglês que já era um aficionado há décadas, Juanito Quintana e eu entreolhamo-nos e balançamos nossas cabeças. Não havia o que pudéssemos dizer. Mary apertava minha mão com força.

A primeira fase tinha terminado e ele faria agora o que julgasse mais adequado ao touro e a si próprio, passando então a uma grande *faena* e depois mataria o touro de forma a me agradar. Ele adora segredos, e eu não sabia o que se estava passando. O segredo era que ele iria matar *recibiendo*, o que é feito provocando o ataque por meio de um movimento do joelho esquerdo para a frente, balançando a muleta. Quando o touro ataca de cabeça baixa, esperando liquidar aquele inimigo imóvel à sua frente, deixa a descoberto um ponto entre as espáduas, e o matador empurra a espada com a palma da mão e punho firme, inclinando-se para diante de modo a formar uma figura única com o animal no momento em que a lâmina penetra e eles se juntam, a mão esquerda, durante todo o tempo, mantendo a cabeça do touro abaixada diante da muleta quase encostada no chão. É a maneira mais bonita de matar, e o touro tem de ser preparado para esse final durante toda a *faena*. É também a maneira mais perigosa, pois, se o touro não estiver perfeitamente controlado pela mão esquerda e levantar a cabeça, seu chifre atingirá o peito do toureiro. Naquele outono de 1956 Antonio, para seu próprio prazer, matava touros *recibiendo*, para mostrar ao público o que podia fazer, por orgulho de fazer algo que os outros não podiam ou não fariam, e para me agradar.

Eu não sabia disso até o final da estação, quando ele dedicou um touro a mim:

— Ernesto, você e eu sabemos que este animal não é dos melhores, mas vamos ver se consigo matá-lo do modo que você gosta.

E o fez. Mas, antes do final da temporada, o doutor Tamames, que era cirurgião particular dele e de Luis Miguel, além de velho amigo, disse-me:

— Se tem alguma influência sobre ele, diga-lhe para não fazer demais aquela coisa. Você sabe onde a chifrada atingiria, e o cirurgião sou eu.

Depois da última corrida em Zaragoza fiquei desgostoso e decidi que não queria saber de touradas por algum tempo. Sabia que Antonio poderia enfrentar qualquer touro e ser um dos maiores matadores de todos os tempos, e não desejava que seu lugar na história lhe fosse negado ou comprometido pelas manobras que ocorriam nos bastidores. Conhecia as touradas atuais, a maneira moderna de trabalhar e sabia que era muito mais perigosa, realizada infinitamente mais perto do touro do que antigamente; sabia também que para isso era necessário um meio-touro. Eu não me importava. Que tenham seu meio-touro, desde que seja suficientemente grande para ser respeitável. Nunca um novilho ou algum animal que tivesse nitidamente três anos de idade. E desde que os chifres estivessem intactos; jamais um touro com chifres adulterados. Mas algumas vezes e em certas cidades ele teria de enfrentar touros de verdade, e eu sabia que poderia manejá-los tão bem quanto os maiores toureiros.

Luis Miguel tinha se casado com uma moça encantadora e voltara da sua aposentadoria. Por ora, toureava na França e na África do Norte. Fui informado de que na França todos os touros tinham os chifres aparados; eu não tinha o menor interesse de ir até lá. Decidi esperar para ver Miguel toureando quando ele voltasse à Espanha.

Assim, regressamos a Cuba e trabalhamos todo o 1957 e todo o 1958, ora lá, ora em Ketchum, Idaho. Mary cuidou maravilhosamente bem de mim durante um longo período difícil e, com a ajuda de bastante trabalho e muito exercício, fiquei novamente saudável e em plena forma.

Antonio estava tendo uma ótima temporada em 1958. Preparamo-nos duas vezes para ir à Espanha, mas não pude interromper o trabalho no romance que estava escrevendo.

Enviamos um cartão de Natal a Antonio e Carmen, explicando-lhes por que tínhamos perdido a temporada de 1958, mas que por nenhum motivo perderíamos a de 1959, e que voltaríamos a tempo de ir à *feria* de San Isidro em Madri em meados de maio.

Quando chegou a hora de ir, odiei ter de deixar a América e odiei ter deixado Cuba quando chegamos lá. A *Gulf Stream* começava a avançar para a praia, e os grandes peixes voadores de asas negras já estavam aparecendo em cardumes no último dia em que me aproximei da costa de Havana, no *Pilar*, antes de voarmos para Nova York e pegar o navio para Algeciras. Odiei ter de perder uma primavera de minha vida na *Gulf Stream*, mas dera minha palavra no Natal e iria para a Espanha. Tinha decidido comigo mesmo que, se as touradas fossem arranjadas ou falsas, partiria imediatamente de volta a Cuba, explicando a Antonio por que não poderia ficar. Nada diria sobre o assunto a ninguém mais e sabia que ele compreenderia. Mas, com o que aconteceu, eu não só teria perdido a primavera, o verão e o outono, como abandonando qualquer outra coisa que pudesse estar fazendo. Teria sido trágico perdê-lo, como foi trágico assisti-lo. Não era, entretanto, algo que se pudesse perder.

3

A viagem no *Constitution* começou com tempo bom e ensolarado que durou um dia, passando depois a ser péssimo e chuvoso, nublado e pesado, de mares revoltos, permanecendo assim até quase o Estreito de Gibraltar. O *Constitution* era um navio grande e agradável com muitas pessoas simpáticas a bordo. Costumávamos chamá-lo de *Constitution Hilton*, porque parecia ser o meio de transporte menos náutico em que qualquer um de nós já tivesse viajado. Talvez *Sheraton-Constitution* servisse melhor, mas poderemos chamá-lo assim uma outra vez. Comparada com a viagem nos velhos *Normandie*, *Île de France* ou no *Liberté*, era como se estivéssemos hospedados em qualquer um dos bons hotéis Hilton, mas jamais como em nosso apartamento no Ritz em, Paris, dando para o jardim.

Depois de descermos em Algeciras fomos de carro para a casa dos Davis, Bill, Annie e seus dois filhos pequenos, nas colinas acima de Málaga em uma *villa* chamada La Consula. Havia um portão com um homem montando guarda quando não estava trancado. E um longo caminho de cascalhos ladeado por ciprestes. Havia também um bosque tão encantador quanto o Jardim Botânico em Madri. A casa maravilhosa era enorme e fresca, com grandes aposentos e tapetes de palha de capim *esparto* trançada nos corredores e nos cômodos, todos eles cobertos de livros, com mapas antigos e bons quadros nas paredes, e lareiras para quando fizesse frio.

Havia uma piscina alimentada pela água de uma fonte das montanhas e não havia telefones. Podia-se andar descalço mas, sendo maio, estava frio, e os mocassins eram mais adequados para as escadas de mármore. Comia-se maravilhosamente e bebia-se bem. Todos deixavam os outros em paz, e quando eu acordava pela manhã, saindo para o grande balcão que rodeava o segundo andar da casa, olhando por sobre os pinheiros no jardim para as montanhas e o mar, e escutando o vento nas árvores, dava-me conta de que nunca tinha estado em lugar mais agradável do que aquele. Era um espaço maravilhoso para se trabalhar, e comecei imediatamente a fazê-lo.

A temporada de touradas em Andaluzia chegava ao fim. A *feria* de Sevilha tinha terminado. Luis Miguel fora escalado para apresentar sua primeira tourada na Espanha naquela temporada em Jerez de la Frontera no dia em que o *Constitution* tinha atracado em Algeciras, mas apresentara um atestado médico, afirmando que não poderia aparecer por causa de uma intoxicação alimentar. Nada disso soava muito bem, e achei que a melhor coisa a fazer seria permanecer em *Consula*, trabalhar, nadar e assistir a alguma luta ocasional quando ocorresse convenientemente perto de nós. Mas tinha prometido a Antonio encontrá-lo em Madri para as touradas de San Isidro, onde eu pensava colher o resto do material de que necessitava para terminar um apêndice à nova edição de *Morte ao entardecer*.

A turma toda esperava encontrar-nos em Jerez quando Antonio toureou lá, em 3 de maio, segundo me disse Rupert Belville que apareceu em La Consula depois da corrida, dirigindo um Volkswagen cinza com forma de besouro que abrigava seu metro e noventa tão justo quanto a carlinga de um avião de combate. Antonio lhe dissera:

— Ernesto tem de trabalhar e eu também. Só nos encontraremos em Madri em meados do mês. — Juanito Quintana estava com Rupert, e perguntei-lhe como Antonio se tinha saído.

— Está melhor do que nunca — disse Juanito. — Mais confiante e absolutamente seguro. Encurrala o touro o tempo todo. Espere até vê-lo.

— Você viu alguma coisa errada?

— Não. Nada.

— Como está matando?

— Ele vai pelo alto, atingindo com perfeição, com a muleta para baixo, da primeira vez. Se atinge o osso, na segunda vez ele dá apenas um toque com a espada. É só um toque para pegar a artéria. Já descobrira o ponto exato quando o atingiu pelo alto, e executa o golpe exatamente como deve ser feito; o animal não tem a menor chance; aprendeu a evitar o osso.

— Ainda acha que estávamos certos quanto a ele?

— Sim, *hombre*, sim! É tão bom quanto pensávamos, e o sofrimento por que passou serviu para fortificá-lo, não o diminuiu em qualquer aspecto.

— E como está Luis Miguel?

— Ernesto, não sei como vai ser. No ano passado, em Vitória, ele participou de uma corrida com touros verdadeiros, Miúras, que não eram tão bons como os de nosso tempo. Eram touros bons e verdadeiros, mas ele não soube lidar com eles. Foi dominado, e ele é um dominador.

— Tem toureado algum que não tenha os chifres alterados?

— Creio que sim. Alguns. Certamente não foram muitos.

— Está em boa forma?

— Dizem que está em maravilhosa forma.

— Vai precisar estar.

— É — disse Juanito. — Antonio está um leão. Já tem onze ferimentos sérios agora, e fica melhor depois de cada um.

— Geralmente recebe um por ano — disse eu.

— Sempre um por ano — concordou Juanito.

Dei três pancadinhas no tronco do grande pinheiro sob o qual estávamos. O vento soprava forte no topo das árvores e na época das touradas tinha permanecido conosco durante toda a primavera e todo o verão. Nunca soube de um verão com tanto vento na Espanha, e ninguém se lembrava de outra temporada com tantos ferimentos causados por chifradas.

Para mim, o grande número de matadores seriamente feridos em 1959 deveu-se primeiramente ao vento que pode expor o toureiro quando está usando a capa ou a muleta e deixá-lo à mercê do touro; em segundo lugar ao fato de que todos os outros matadores estavam competindo com Antonio Ordóñez e tentando fazer o que ele fazia, com ou sem vento.

A tourada não tem valor sem a rivalidade. Mas com dois grandes toureiros torna-se mortal. Porque quando um deles faz algo, e pode fazê-lo regularmente, algo que ninguém mais consiga fazer e não se trate de um truque, mas de um desempenho perigoso e mortal somente possível através de nervos perfeitos, observação, coragem e arte, e esse toureiro vai aprimorando esse desempenho, aumentando cada vez mais o perigo, o outro, então, se sofrer algum fracasso temporário de nervos ou de observação, será gravemente ferido ou morto ao tentar igualá-lo ou ultrapassá-lo. Terá que recorrer a truques e, quando o público aprende a diferenciar os truques do desempenho verdadeiro, estará vencido e terá muita sorte se ainda estiver vivo ou em ação.

Juanito Quintana e eu nos conhecíamos há trinta e tantos anos e não nos víamos há dois; tínhamos, portanto, muito sobre o que conversar, caminhando pelo jardim naquela manhã. Conversamos sobre o que havia de errado com as touradas e o que estava sendo feito para remediar os abusos cometidos e quais remédios julgávamos que funcionariam e quais acreditávamos impraticáveis. Ambos tínhamos visto as touradas quase destruídas pelos abusos, pelos picadores que sangravam o touro até já estar quase morto, enfiando a lâmina da lança no mesmo local ferido, girando-a e retorcendo-a, espetando a coluna vertebral, entre as costelas, em qualquer lugar que pudesse destruir o touro em vez de tentar espicaçá-lo corretamente para cansá-lo e fazer com que baixasse a cabeça para ser morto de maneira adequada. Ambos sabíamos que por qualquer falha que o picador cometa a culpa é do matador ou, se o matador é jovem e sem autoridade, do bandarilheiro ou do administrador. Quase todos os abusos cometidos nas touradas devem-se a falhas do administrador; se, entretanto, o matador não concordar com elas, pode protestar.

Discutimos o fato de Luis Miguel e Antonio serem agenciados pelos dois irmãos de Luis Miguel, Domingo e Pepé Dominguín. Concordamos que poderia criar-se uma situação financeira muito difícil, pois Luis Miguel considerava-se atração de bilheteria muito maior do que o outro, já que possuía fama e fazia apresentações há muito mais tempo do que Antonio que, por sua vez, acreditava firmemente ser melhor matador do que Miguel, podendo demonstrar isto a qualquer momento. Parecia ser muito duro para a vida em família e muito bom para as touradas. Parecia também muito perigoso.

Os primeiros doze dias de maio passaram muito depressa. Eu começava a trabalhar bem cedo pela manhã, depois nadava ao meio-dia por prazer, mas com disciplina, para manter a forma; almoçávamos todos bem tarde, às vezes íamos à cidade para pegar a correspondência e os jornais e depois íamos à Boîte, uma espécie de clube noturno perto de Simenon, no grande Miramar Hotel da praia central de Málaga, onde já éramos conhecidos das pessoas que trabalhavam no local; depois, voltávamos para as colinas, a fim de jantar bem tarde em La Consula. No dia 13 de maio partimos para Madri, rumo às touradas.

Quando se vai de carro por uma parte do país que ainda não se conhece, todas as distâncias parecem muito maiores, os pontos difíceis do caminho, muito piores, as curvas perigosas ameaçam muito mais, e as ladeiras parecem muito mais íngremes. É como voltar-se à infância ou ao início da juventude. Mas a estrada à beira-mar que sai de Málaga, subindo e passando pela cadeia costeira de montanhas, é acidentada mesmo quando se conhece cada curva e cada cuidado que se deva tomar. Essa primeira viagem de Málaga a Granada e Jaen, com um motorista que fora recomendado a Bill, foi apavorante. Ele errava todas as curvas. Confiava na buzina para se proteger dos caminhões sobrecarregados que desciam e que nada poderiam fazer para salvá-lo se estivesse enganado. Ele me apavorava tanto na subida quanto na descida. Tentei observar os vales, as pequenas cidades de pedra e as fazendas que se espalhavam abaixo de nós enquanto subíamos e víamos às nossas costas as cadeias serrilhadas de montanhas descendo até o mar. Olhava para os troncos escuros e nus dos carvalhos que tinham tido sua casca cortada e descolada há um mês e, numa curva, observei ao pé dos precipícios os campos de tojo com pedras calcárias salientes que haviam rolado para longe e dos altos picos de pedra e suportei o jeito de dirigir estúpido do motorista, tentando apenas evitar que cometesse suicídio com tranquilas sugestões ou ordens referentes à velocidade e à ultrapassagem.

Em Jaen nosso motorista quase atropelou um homem na rua por excesso de velocidade e falta de cuidado com os pedestres. Isto tornou-o mais receptivo às sugestões e, como tínhamos agora uma boa estrada diante de nós, fomos em frente, atravessamos o vale de Guadalquivir em Bailén e dirigimo-nos para outro platô e para as terras montanhosas novamente, com Sierra Morena surgindo escura à nossa esquerda. Passamos pelas altas colinas de Navas e Tolosa, onde os reis cristãos de Casteĩa, Aragão e Navarra derrotaram os mouros. Era um terreno apropriado para uma batalha, tanto para a defesa como para o ataque, desde que a passagem tivesse sido forçada; era estranho rodar por ela e pensar como deve ter sido difícil passar por ali em 16 de julho de 1212, imaginando o que aquelas mesmas montanhas nuas devem ter observado naquele dia.

Então vencemos com dificuldade as várias curvas do passo de Despenaperros que separa Andaluzia de Castela. Os andaluzes costumam dizer que nenhum bom toureiro jamais nasceu ao norte dessa passagem. A estrada é bem-construída e segura para qualquer motorista que seja bom; lá no alto existem vários restaurantezinhos de beira de estrada e estalagens que iríamos conhecer muito bem durante aquele verão. Nesse dia, entretanto, descemos rapidamente a passagem pela estrada, que era bem melhor naquele trecho. Paramos na cidade seguinte, onde duas cegonhas faziam seu ninho no telhado de uma casa numa das curvas da estrada.

A fêmea ainda não pusera os ovos no ninho semiconstruído, e o casal namorava. O macho acariciava com o bico o pescoço da fêmea que olhava para ele com a devoção própria das cegonhas; em seguida ela percorria o horizonte com o olhar enquanto seu companheiro voltava a lhe acariciar o longo pescoço. Paramos e Mary tirou algumas fotografias, ainda que a luz não estivesse muito boa.

Descemos para as planícies vinícolas de Valdepenas, onde as parreiras estavam à altura das mãos, espalhando-se suavemente até as colinas escuras. Rodamos por uma ótima estrada recém-construída na aldeia vinícola e observamos as perdizes baixando na poeira do caminho de terra que margeava a estrada principal. Passamos a noite no Parador (estalagem) em Manzanares. Faltavam apenas 174 quilômetros para chegarmos a Madri, mas desejávamos viajar durante o dia; a tourada, além de tudo, só seria às seis horas da tarde seguinte.

De manhã bem cedinho, antes que todos acordassem na hospedaria, Bill Davis e eu caminhamos três quilômetros numa estrada secundária e chegamos ao centro da velha cidade de La Mancha, passando pela limpíssima e escondida arena de touros onde Ignácio Sánchez Mejías foi fatalmente ferido, e pelas ruas estreitas até a Praça da Catedral; depois seguimos a trilha dos comerciantes matinais que vinham do mercado, tradicionalmente vestidos de negro. Era um mercado limpo, bem organizado e com muitas coisas para se comprar, mas a maioria dos comerciantes exagerava nos preços; principalmente os de peixe e carne. Depois de Málaga, cujo dialeto eu não compreendia, era maravilhoso ouvir o claro e lindo espanhol, entendendo tudo o que estava sendo dito.

Numa taverna tomamos café com leite, mergulhando nele pedaços de gostoso pão; depois bebemos alguns copos duplos de vinho de barril e comemos fatias de queijo manchego. A nova autoestrada tinha marginalizado a cidade, e o homem do bar disse-nos que muito poucos viajantes paravam agora nas tavernas.

— Esta cidade está morta — disse ele. — Com exceção dos dias de mercado.

— Como vai ser o vinho este ano?

— É muito cedo para se saber. O senhor sabe tanto quanto eu. É sempre bom e sempre o mesmo. As videiras crescem como praga.

— Gosto muito dele.

— Eu também. É por isso que posso falar mal dele. Nunca se fala mal de alguma coisa de que não se goste. Não agora.

Andamos depressa de volta à hospedaria, fazendo um bom exercício na subida; a cidade atrás de nós era triste, e, portanto, fácil de se deixar.

Depois de colocarmos a bagagem no carro e ao sair do pátio para a estrada que levava à rodovia principal, o motorista benzeu-se com fervor.

— Alguma coisa errada? — perguntei. Ele já fizera o sinal da cruz antes, quando viajávamos na primeira noite de Algeciras para Málaga, e pensei estarmos passando por um local onde algo terrível tivesse acontecido, mantendo respeitoso silêncio. Mas a manhã estava linda, a estrada era ótima, e seria curto o percurso até a capital; além disso, eu percebera por suas conversas que o motorista não era especialmente devoto.

— Não, nada — disse ele. — Só que devemos chegar sãos e salvos a Madri.

Não o contratei para dirigir por milagres, pensei, nem exclusivamente pela intervenção divina. O motorista deveria contribuir com algum conhecimento, confiança e a cuidadosa verificação dos pneus antes de convidar Deus para ser seu co-piloto. Depois, pensando melhor, lembrando-me das mulheres e crianças envolvidas e da necessidade de nos solidarizarmos nesta vida passageira, repeti seu gesto. Em seguida, para justificar essa talvez excessiva preocupação com nossa própria segurança (aparentemente prematura, uma vez que teríamos de passar três meses, dias e noites, nas estradas da Espanha, e egoísta, já que iríamos passar esse período acompanhando toureiros), rezei por todos aqueles que dependiam do destino, por todos os amigos com câncer, por todas as moças, vivas e mortas, e para que Antonio tivesse bons touros naquela tarde. O que não aconteceu, mas pelo menos chegamos em segurança a Madri depois de uma viagem terrível através de La Mancha e das estepes de Castilla la Nueva. Sem darmos queixa dele, o motorista foi devolvido a Málaga quando descobrimos, na entrada do Hotel Suécia, que ele não sabia estacionar um carro na cidade. Bill Davis estacionou o carro para ele e assumiu a direção pelo resto da viagem.

O Suécia era um hotel novo e agradável atrás do antigo Palácio de Justiça na velha Madri. Soubemos por Rupert Belville e Juanito Quintana, que tinham vindo antes de nós, que Antonio passara a noite no Hotel Wellington localizado no novo bairro da moda onde fica a maior parte dos hotéis de classe. Desejava dormir e vestir-se longe de casa para evitar a presença incômoda de jornalistas, admiradores, seguidores e promotores. Além disso, o Wellington não ficava muito distante da arena e, como o tráfego é movimentado nos dias de San Isidro, o trajeto deveria ser o mais curto possível. Antonio gosta de chegar à arena com bastante antecedência, e ficar preso no trânsito é ruim para os nervos de qualquer um. É a pior preparação para uma tourada.

A suíte do hotel estava lotada de gente. Eu conhecia algumas pessoas, mas não a maioria. Havia um círculo íntimo de seguidores no salão. A maior parte de meia-idade. Dois eram jovens. Todos se mostravam muito solenes. Várias pessoas ligadas ao negócio das touradas e muitos repórteres, dois de revistas ilustradas francesas, com seus fotógrafos. As únicas pessoas que não estavam solenes eram Cayetano, o irmão mais velho de Antonio, e Miguellito, o carregador da espada.

Cayetano quis saber se eu ainda tinha comigo meu frasco de prata, com vodca.

— Sim — disse eu. — Para emergências.

— Esta é uma emergência, Ernesto. Vamos para o corredor.

Saímos, brindamos às nossas saúdes e voltamos para ver Antonio, que estava se vestindo.

Parecia o mesmo de sempre, exceto por estar um pouco mais maduro e com a pele bronzeada por sua vida na fazenda. Não parecia nervoso nem solene. Enfrentaria um touro dentro de uma hora e quinze minutos e sabia exatamente o que deveria e o que iria fazer. Ambos ficamos felizes em nos ver e, fosse o que fosse que sentíamos, foi exatamente o que expressamos ali.

Gosto de demorar muito pouco num quarto de vestir. Assim, depois que ele me perguntou por Mary e eu lhe perguntei por Carmen, e ele me notificou que jantaríamos todos juntos aquela noite, eu lhe disse:

— Vou deixá-lo agora.

— Voltará aqui depois?

— Claro — assegurei.

— Até lá — disse, e sorriu com aquele sorriso de menino malandro que lhe vinha natural, fácil e espontâneo, mesmo a instantes de sua primeira tourada do ano em Madri. É claro que pensava na tourada, mas não estava preocupado com ela.

A luta não foi boa, porém, e a arena estava lotada. Os touros se mostraram hesitantes e perigosos, atacando e parando no meio do ataque. Pareciam indecisos quanto a avançar sobre os cavalos. Superalimentados com grãos, tinham peso acima da média para o seu tamanho; os que chegavam a atacar os cavalos tinham os quartos traseiros enfraquecidos e perdiam logo o fôlego.

Victoriano Valencia, que tentava confirmar sua alternativa como matador em Madri, demonstrou não passar ainda de aprendiz; ainda que ostentasse alguns desempenhos brilhantes até ali, era óbvio que não tinha futuro. Julio Aparício, um matador completo e habilidoso, conduziu estupidamente a lide (o trabalho e a colocação de seus touros). Nada fez para controlar os defeitos deles e desperdiçou seu tempo demonstrando ao público que os touros não atacariam, em vez de fazê-los atacar. Exibia a displicência de um matador que ganhou muito dinheiro logo no início de sua carreira e que agora esperava sempre um touro que não lhe apresentasse dificuldades ou perigo, em vez de tirar de cada animal o que ele pudesse dar. Aparício não demonstrou qualquer valor com nenhum de seus touros; matou-os hábil e prontamente, mas sem estilo; sem provar para a plateia que se importava com o que fazia, nem, para si mesmo, que poderia fazer alguma coisa eficientemente. Ninguém ligou.

Antonio salvou a corrida do total desastre e deu a Madri a primeira visão daquilo que se tinha tornado. Seu primeiro touro não tinha qualidades. Estava hesitante com os cavalos e não queria atacar com vigor, mas Antonio provocou-o delicada e suavemente com a capa, enquadrou-o, ensinou-lhe as manobras, encorajou-o a passar cada vez mais perto. Transformou-o diante de nossos olhos num verdadeiro touro lutador. Antonio, com sua alegria e conhecimento de causa, parecia trabalhar a cabeça do touro até que ele entendesse o que era desejado dele. Se parecesse ter alguma ideia que não valesse a pena, Antonio o demovia sutil e firmemente.

Desde a última vez que o tinha visto, Antonio aprimorara até a perfeição a arte de seu trabalho com a capa. Não se tratava apenas de lindos passes feitos nas idas e vindas ideais de um touro que atacasse diretamente, o que todos os matadores sempre desejavam. Com cada gesto, ele dirigia e controlava o touro e fazia-o passar com toda a força diante dele, conduzindo-o com as dobras da capa, obrigando-o a retornar e trazendo-o de volta novamente. Sempre fazendo com que os chifres passassem a centímetros de seu corpo e movimentando a capa suavemente, executava os movimentos como se estes estivessem acontecendo em câmara lenta, ou num sonho.

Com a muleta ele não usava truque algum. O touro lhe pertencia então. Fizera-o, aperfeiçoara-o, convencera-o, sem nunca o ferir, machucar ou punir. Incitava-o pela frente com a muleta na mão esquerda e fazia com que o animal passasse por ele e em torno dele uma vez, outra e mais outra. Depois fazia com que os chifres e todo o enorme corpo passassem junto de seu peito, o verdadeiro *pase de pecho* e, com uma girada do punho, mantinha o touro estático, esperando a morte.

Desferiu o golpe uma vez, mirando cuidadosamente entre as espáduas, atingiu o osso e passou por sobre os chifres. Na segunda vez mirou o mesmo lugar, e a espada penetrou até a bainha. No momento em que os dedos de Antonio ficaram sujos de sangue, o touro estava morto, embora não o percebesse durante alguns instantes. Antonio ficou observando, a mão levantada, guiando sua morte como guiara o único desempenho de sua curta vida; repentinamente o touro estremeceu e desabou.

O segundo touro surgiu forte, mas desgastou-se com os cavalos e também começou a fraquejar das patas traseiras no meio dos ataques. Era ruim dos dois lados e atacava irracionalmente, tanto com o chifre esquerdo quanto com o direito, embora usasse principalmente este último. Não havia planejamento no modo pelo qual se defendia. Era nervoso, histérico e não se aprumava, não importando como Antonio o manejasse e trabalhasse com ele. Certos touros tornam-se mais confiantes em diferentes etapas da tourada, mas apesar de Antonio trabalhar próximo, baixo e ritmicamente com ele, castigando-o em seguida com passes baixos, fazendo com que virasse em torno de si mesmo para tentar subjugá-lo e impedir os meios-ataques, as chifradas e as corridas desordenadas, o touro continuava acovardado e histérico. Ninguém conseguiria executar com ele uma *faena* moderna sem ir parar no hospital. Desde o início das touradas existe apenas uma coisa a ser feita com esse tipo especial de touro que trota: livrar-se dele imediatamente. E foi o que Antonio fez.

Mais tarde, sentado na cama no quarto do Wellington, refrescado por uma chuveirada, Antonio disse:

— *Contento, Ernesto, con el primero?*

— Você sabe — respondi-lhe. — Todo mundo viu. Você teve que fabricá-lo. Teve que inventá-lo.

— Sim, é verdade, mas depois se saiu muito bem.

Naquela noite, jantando no Coto, um restaurante que tinha mesas ao ar livre num jardim sombreado por árvores, perto do velho Ritz e em frente ao Museu do Prado, estávamos todos muito contentes por vários motivos: Antonio tivera excelente desempenho com o primeiro touro; não teria que tourear no dia seguinte, cumprindo o intervalo de tempo ideal entre as touradas; havia touros maravilhosos nos currais; e ninguém sabia que o tempo ficaria horroroso. Estavam o nosso grupo, o doutor Manolo Tamames, cirurgião particular de Antonio e de Luis Miguel além de grande amigo; sua mulher; dois criadores de touros; Antonio e Carmen. Era bom estarmos juntos novamente; conversávamos e brincávamos a respeito de várias coisas. Como todas as pessoas verdadeiramente valentes, Antonio é bem-humorado e gosta de fazer piadas e rir de coisas sérias. No momento em que estava debochando de alguém e fingindo absoluta bondade, eu lhe disse:

— Você é tão nobre e bom!... O que foi que fez com seu grande amigo hoje à tarde?

Ele e Aparício eram muito bons amigos. Com um dos touros dessa sua primeira tarde da *feria*, Aparício demonstrara ao público como era impossível fazer qualquer coisa com a capa, tão ruim era o touro que lhe coubera. Em seguida, no seu quite, Antonio afastara o touro do cavalo e fizera seis lindas verônicas, lentas, infindáveis, destruindo assim o dia de seu amigo Aparício. Mostrara ao público como um touro pode ser manejado se o toureiro efetivamente resolver enfrentá-lo e arriscar todas as chances de perder a vida com ele.

— Ah, mas depois eu lhe pedi desculpas — justificou-se Antonio.

Luis Miguel enfrentara o seu primeiro touro na Espanha em Oviedo, nas Astúrias em 7 de maio, quando cortara as orelhas dos dois touros. Sua segunda corrida foi em Talavera de la Reina, no dia 16, o mesmo em que Antonio enfrentara os fracos touros Pablo Romero em Madri. Em Talavera, Luis Miguel toureara animais de Salamanca e conseguira um grande triunfo, cortando as duas orelhas e o rabo do primeiro touro, e as duas orelhas do segundo. Luis Miguel exibira maravilhoso desempenho e em dois dias iria apresentar-se em Barcelona. Ainda não se tinha conseguido encher a arena em Talavera.

Além das duas touradas na Espanha, Luis Miguel apresentara-se três vezes na França até então; em Arles, Toulouse e Marselha. Seu desempenho fora brilhante. Soube por meus informantes que em todas essas touradas os chifres dos touros foram aparados em graus diferentes. Sua próxima exibição seria em Nîmes, no dia seguinte; a de Antonio, no dia subsequente na mesma grande arena romana. Adoro Nîmes, mas não tinha vontade de sair de Madri, onde acabáramos de chegar. A possibilidade de fazer uma viagem tão longa para ver touros com chifres alterados me levou a decidir permanecer em Madri.

Mais cedo ou mais tarde Antonio e Luis Miguel teriam que se apresentar juntos em competição aberta, pois a parte econômica das touradas não ia muito bem com os preços vorazes exigidos pelos agenciadores; somente esses dois poderiam encher as arenas com aqueles preços. Conhecendo ambos, embora melhor Antonio, e sabendo que este receberia muito menos do que Luis Miguel, temia um confronto mortal.

Antonio voltou da França, onde tanto ele quanto Luis Miguel triunfaram em dias sucessivos. Luis Miguel cortara uma orelha do segundo de seus dois touros no dia 17 em Nîmes, e no dia 18 Antonio cortara uma orelha de cada um de seus touros, e as duas orelhas e o rabo do último touro que enfrentara e matara, substituindo El Trianero que tinha sido atingido ao tentar um passe de joelhos com a capa quando o touro entrou na arena, resultando em ferimento de cinco centímetros no braço esquerdo.

Numa parte do país onde Luis Miguel tinha enorme torcida e sempre fora considerado o toureiro número um, o público ficara enlouquecido com Antonio. A rivalidade entre eles estava agora projetada internacionalmente, com fotógrafos e repórteres de jornais ilustrados franceses e de outras partes da Europa chegando a Madri para ver sua próxima tourada.

4

Mary apanhara um terrível resfriado num dia em que a chuva começara a cair depois do terceiro touro durante a *feria* de San Isidro em Madri. Tentara curar-se, mas a *feria* fora muito confusa e os horários muito loucos, com as touradas começando muito tarde; tudo isso e mais aquele ventinho das Sierras que, como costumam dizer, mata um homem, mas não apaga uma vela, não permitiram que ela ficasse boa. Tentou descansar e ir cedo para a cama; chegamos mesmo a comer na cama umas duas vezes, e ela achou que estava em forma para enfrentar a viagem para Córdoba no dia 25 de maio. Rupert Belville nos deixara seu Volkswagen quando voltara para Londres e queria que o levássemos para Málaga. Assim, Bill Davis e eu fomos para Córdoba no Ford inglês, Mary e Annie Davis, no carro menor.

Percorrendo as mesmas terras de Castela e La Mancha que já tínhamos atravessado, vimos o quanto as videiras tinham crescido, e quanto o trigo novo fora danificado e devastado pelas tempestades que estragaram a *feria*.

Córdoba é, entre muitas outras coisas, uma cidade de gado e os hóspedes do Palace Hotel eram alegres, animados e contentes. O hotel estava cheio. Mary e Annie chegaram um pouco depois de nós, e um amigo emprestou seu quarto a Mary para que descansasse até a hora de ir para a arena.

Foi uma tourada estranha. Pepé Luis Vásquez, que fora um toureiro excelente, com estilo muito delicado, tinha voltado de seu retiro para enfrentar tantos touros quantos fossem necessários para comprar uma grande propriedade que desejava. Era um ótimo homem e um companheiro leal dos outros toureiros mas, tendo ficado afastado dos touros por tanto tempo, seus reflexos estavam fracos e não conseguia dominar os nervos se o touro apresentasse qualquer dificuldade ou caso se tornasse perigoso. Engordara durante o retiro. A delicadeza e as filigranas de seu estilo haviam se tornado tristes e lamentáveis agora que a gordura tirava a desenvoltura de seu trabalho. Ele não conseguia esconder o medo; foi muito fraco com os dois touros.

Jaime Ostos, um jovem de Ecija, um cidade encantadoramente branca a oeste de Córdoba no caminho para Sevilha, era tão corajoso quanto o urso selvagem das Sierras de seu país. Como o urso selvagem, era quase insanamente bravo quando zangado ou ferido. Parecia estar ainda perplexo com uma concussão que recebera em sua última tourada com Luis Miguel, em Barcelona. Gostei dele e fiquei terrivelmente preocupado com ele a tarde inteira observando-o aumentar progressivamente o perigo em seu desempenho, chegando a parecer semissuicida. Eu sabia que ele estava se exibindo para o povo de sua cidade natal, que houvera uma disputa no início da temporada e que ele afirmara não aceitar tourear no mesmo programa que Antonio.

Mesmo levando tudo isso em consideração, parecia uma aposta segura que ele não sobreviveria à temporada. No entanto, exceto por alguns ferimentos pequenos, chegou bem ao final do ano. Naquele dia em Córdoba sua roupa branca e prateada estava coberta de sangue respingado quando o animal passava excessivamente perto dele. Nenhum toureiro jamais pediu tanto ao touro que o matasse, impedindo-o depois por meio de sorte, bravura e habilidade espantosas, quanto Jaime Ostos naquela tarde. Ele cortou as duas orelhas de seu primeiro touro e teria cortado as do segundo se não fosse a má sorte que fizera a espada entrar mal.

O primeiro touro de Antonio era bom e de bom tamanho, embora não exatamente grande. Tinha também os chifres adequados. Antonio foi maravilhoso com a capa, movendo-se na direção do touro, comandando-o e depois submetendo-o a passes com seu estilo lento, maravilhoso. Foi igualmente bom com a muleta e matou com perfeição. Lenços eram abanados por toda a plateia, mas o presidente não quis conceder a orelha. A única explicação plausível que pude dar a Mary foi que eles desejavam algo sobrenatural.

Seu segundo touro não era um meio-touro. Parecia ter três anos de idade no máximo; era pequeno, abaixo do peso e maldotado. O público protestou aos brados e, quando a presidência permitiu que o touro investisse contra os picadores, o protesto aumentou. Eu também estava zangado e imaginava se os agentes de Antonio acreditariam poder sair impunes da escolha daqueles touros. Aquele animal provavelmente nunca passara por um veterinário nem jamais participara de uma corrida formal.

Antonio mandou dizer ao presidente que desejava permissão para matar aquele touro e pagar um substituto, lutar com ele e matá-lo no final da corrida. Isto concedido, manejou o touro com a muleta, fez uns dois passes para colocá-lo no lugar, alinhou-o e matou-o com golpe único.

O touro que Antonio comprara para compensar o miserável quinto animal saiu da escuridão do toril portando o maior, mais possante e mais afiado par de chifres que eu já vira desde minha volta à Espanha em 1953. Era enorme sem ser gordo e perseguiu um dos bandarilheiros jogando-o por cima da barreira; depois ainda procurou-o por sobre o alto da cerca com o chifre direito. Antonio aproximou-se, incitou-o e, quando o touro atacou, moveu a capa diante dele vagarosa e suavemente, fazendo-o girar quando desejava, controlando-o completamente e dando uma lição de como fazer passes com um touro verdadeiro, com chifres enormes, obrigando-o a passar cada vez mais devagar e mais perto e mais lindamente do que qualquer outra pessoa poderia fazer com um meio-touro adaptado. Pediu ao presidente permissão para usar somente um picador, a fim de que nenhum mal ou acidente acontecesse a esse touro e informou os bandarilheiros sobre a maneira e os locais onde desejava que as bandarilhas fossem colocadas.

Observei-o aguardando impacientemente, os olhos fixos no touro, observando, analisando, pensando e planejando. Disse a Juan onde queria que o touro ficasse e logo a seguir comandou-o com quatro passes baixos; o joelho, a perna e o tornozelo esquerdos repousando na areia, a perna direita exposta enquanto conduzia o touro para a frente e para trás com a magia de sua muleta, prometendo tudo a ele, oferecendo-lhe um alvo e mostrando-lhe suave e gentilmente que esta parte do jogo da morte não feria nem punia.

Depois desses passes o animal já lhe pertencia, e ele demonstrara ao público o que um grande artista corajoso pode fazer com um touro verdadeiro com chifres possantes, longos e mortais. Exibiu todos os passes clássicos sem truques nem fingimentos ou concessões, fazendo o touro passar tão perto quanto Jaime tinha feito, mas com perfeito domínio o tempo todo. Depois de ter exibido tudo ao público da maneira mais próxima, pura e vagarosa, terminou com um *pase de pecho;* a seguir alinhou o touro, despediu-se dele com uma última elevação da muleta, abaixou-a e guardou-a, mirou-o com a espada e penetrou-a perfeitamente por entre os enormes chifres; e o touro caiu de suas mãos já morto enquanto a plateia delirava. O presidente concedeu-lhe as duas orelhas, enquanto a multidão da seção descoberta saltava sobre a cerca para carregar Antonio e Jaime em seus ombros em torno da arena. Antonio resistiu, mas finalmente conseguiram elevá-lo; via-se com clareza que sua atitude não fora planejada com antecedência. Havia gente demais, e estavam todos enlouquecidos.

Dormimos aquela noite na propriedade do Marquis del Merito, que fica nas colinas dos arredores de Córdoba. Fora originalmente o antigo Real Monastério de San Jeronimo de Valparaiso e é um dos lugares mais bonitos da Espanha. Foi maravilhoso subir até lá por uma daquelas clássicas estradas em mau estado que levam a todos os melhores monumentos da Espanha, percebendo na escuridão sua austeridade medieval e acordando depois num quarto que já fora uma cela monástica para deixar o olhar percorrer a planície de Córdoba e depois, à luz do dia, explorar os jardins, as capelas e os aposentos históricos.

Ninguém estava em casa. Peps Merito insistira para que ficássemos lá, pois os hotéis devem ser reservados com antecedência; telefonara de Madri para o caseiro, pedindo-lhe que cuidasse de nós. Planejáramos ficar lá somente aquela noite, mas Mary teve febre e na manhã seguinte estava doente demais para viajar. Mandamos buscar um médico na cidade e permanecemos até o meio-dia seguinte. Peps telefonava continuamente de Madri para saber se estava tudo bem e para ter a certeza de que estávamos confortáveis e satisfeitos. Naquele lugar maravilhoso, era como se estivéssemos acampados num palácio, coisa que raramente se pode fazer na vida civil.

Saímos de Sevilha com péssimo tempo no início da tarde seguinte e hospedamo-nos no velho Hotel Afonso XIII de desconfortável magnitude; almoçamos na Casa Luis a caminho da tourada; a refeição foi boa; a tourada, péssima.

Os touros de baixa qualidade, incertos no ataque, foram assassinados pelos picadores. Não pela forma como estes usavam suas varas; nada ilegal na maneira de picar os touros. Colocavam-nas bem e solidamente no local adequado e mantinham-se afastados dos ataques sem torcer as lanças. Alguma coisa errada havia, entretanto, em sua construção, pois a seta de metal penetrava inteira no touro, junto com o cabo de madeira. O aro de metal que deveria evitar que a ponta penetrasse mais do que três ou quatro oitavos de polegada desaparecia no animal seguido do cabo. Os touros estavam recebendo dos picadores estocadas correspondentes a ferimentos de espada e ninguém sabia o que um matador poderia fazer com um touro que lhe viesse já sangrando e quase morto. As lanças são inspecionadas e seladas pelas autoridades, e enviadas aos picadores por um funcionário do governo; portanto, não se pode culpar os picadores ou os matadores sob cujas ordens trabalham. Eu não via lanças daquele jeito desde os velhos tempos na França, onde, se os promotores tivessem comprado seis touros enormes, pesados e com chifres longos, o aro de aço no final da vara muitas vezes não passava de aro de borracha pintado com tinta de alumínio. Essas *redondelas* não poderiam impedir que toda a ponta da lança e o cabo entrassem na carne do touro, assim como uma adaga de borracha não poderia penetrar, e os touros já chegavam às mãos dos matadores quase mortos pelos picadores. Alguns de nós já tínhamos feito violenta campanha contra este procedimento e outros abusos por parte dos picadores no sul da França, e eu estava perfeitamente familiarizado com todos esses truques.

Nesse dia em Sevilha eu não desci para a passagem dos touros, nem para o pátio dos cavalos antes da luta, pois estava cuidando de Mary que, apesar de não mais estar febril, continuava doente e cansada; não tive, portanto, oportunidade de examinar as lanças; já tinham sido inspecionadas e aprovadas; deveriam estar perfeitas; causaram, entretanto, tremendo dano aos animais.

Depois da tourada, Antonio disse que a lança alcançara uma veia de seu segundo touro. E acontecera mesmo. Penetrara profundamente, atingindo várias e, se o picador não a tivesse retirado, teria chegado a uma grande artéria. Assim, o sangue brilhante jorrava do ferimento, descia pelas espáduas do touro e por suas pernas, deixando uma trilha na areia.

Eu sabia como Antonio podia ser grandioso com qualquer touro em condições de lutar. Tinha escrito para ele no Natal, dizendo-lhe que desejava vir para escrever a verdade, a verdade absoluta sobre seu trabalho e seu lugar nas touradas, fazendo um registro permanente, algo que ficasse como um documento depois de nossa morte. Ele concordara, certo de que podia lidar com qualquer animal que saísse do toril. Durante dois dias, entretanto, recebeu touros pequenos e imaturos, indubitavelmente por culpa de alguém. Ficava desgostoso cada vez que isso acontecia, e o touro de grandes chifres em Córdoba custara-lhe quarenta mil pesetas. Ninguém estava feliz no final daquela tourada em Sevilha.

Bill e eu acordamos logo que o dia clareou para voltarmos a Madri. As moças dormiriam até mais tarde e depois iriam no pequeno Volkswagen cinza até Málaga, pela linda estrada que atravessa o Antequera, para encontrar-nos em Granada, onde Luis Miguel se apresentaria num dia, e Antonio, no outro. Mary já não tinha febre ao se deitar, e eu acalentava esperanças de que um dia de descanso e o sol de La Consula a deixariam em forma. A programação era pesada, embora as lutas a que planejávamos assistir, depois das de Granada, fossem de acesso fácil a partir de Málaga, onde estávamos baseados.

O caminho para Madri foi percorrido sob nuvens baixas e chuva, o que não nos permitia ver o campo, exceto a pequenos intervalos.

Estávamos tristes tanto em relação ao tempo quanto às touradas, com touros metidos sorrateiramente na arena, abaixo do peso e imaturos. Bill mostrava-se pessimista quanto à temporada. Nenhum de nós ligava especialmente para Sevilha, o que é uma heresia em Andaluzia e no mundo das touradas. Pessoas que gostem delas devem ter um sentimento místico em relação a Sevilha. Ao cabo de muitos anos, entretanto, passei a acreditar que lá acontecem proporcionalmente muito mais touradas ruins do que em qualquer outra cidade.

Vimos, nas regiões selvagens, grandes revoadas de cegonhas, que buscavam gulosamente seu alimento em meio à chuva, e vários tipos diferentes de gaviões, que sempre me deixam feliz, todos sofrendo com o mau tempo e as consequentes dificuldades de sobrevivência, pois o vento mantinha as aves do solo abrigadas. De Bailén em diante, a estrada que passaríamos a conhecer tão bem desenrolava-se em direção ao platô central e, quando o tempo melhorava, os castelos e as pequenas vilas brancas desabrigados sob o vento — não havia como os abrigar, pois quanto mais nos dirigíssemos para o norte, mais o vento era avassalador — surgiam, lavados pela chuva nos campos de cereais batidos pelas tempestades e de videiras, que pareciam ter crescido bastante desde nossa passagem para o sul, há apenas três dias.

Parávamos para botar gasolina, tomar um copo de vinho ou comer queijo ou azeitonas no bar do posto, e tomar café preto. Bill nunca bebia vinho quando dirigia; eu, entretanto, levava na bolsa de gelo uma garrafa do leve *rosado* de Campanas e comi pão com um naco de queijo manchego. Adorava essa região em todas as estações e ficava sempre feliz quando a atravessava, para depois entrar na aspereza de La Mancha e Castela.

Bill não quis comer antes de chegarmos a Madri, temendo ficar sonolento ao volante; começava a se preparar para a maratona de viagens durante os dias e noites inteiras que, sabíamos, teríamos pela frente. Gostava da boa comida, conhecia-a e sabia onde encontrá-la em qualquer país melhor do que qualquer outra pessoa que já conheci. Quando veio a primeira vez à Espanha ficou baseado em Madri, viajando de carro com Annie por todas as províncias espanholas. Não havia cidade na Espanha que ele não conhecesse, nem os vinhos, a comida local, as especialidades, e os bons lugares onde se comer em todas as cidades grandes e pequenas. Era para mim um excelente companheiro de viagem, além de um homem de ferro na direção.

Chegamos a Madri a tempo de almoçar no Callejón, um restaurante estreito e superlotado na Calle Becerra, onde sempre comíamos quando estávamos sozinhos, porque ambos achávamos que, dia sim dia não, tinha a melhor comida da cidade. Apresentava uma especialidade regional diferente todos os dias e, permanentemente, os melhores legumes e verduras, peixes, carnes e frutas existentes no mercado; uma cozinha simples, maravilhosa. Serviam vinho tinto, clarete e Valdepeñas em jarras pequenas, médias ou grandes, e o vinho era sempre excelente.

O apetite de Bill aumentara depois de alguns copos de Valdepeñas tirados de um barril, na taverna que ficava antes do restaurante, enquanto aguardávamos uma mesa. Havia no cardápio a informação de que qualquer pedido satisfaria o freguês; Bill pediu um linguado grelhado seguido de uma especialidade regional das Astúrias que confirmavam a indicação do cardápio, pelo menos para duas pessoas. Provou e observou:

— A comida é muito boa aqui. — Depois da segunda jarra de Valdepeñas, acrescentou: — O vinho também.

Eu saboreava um prato de delicadas enguias fritas em alho, que pareciam brotos de bambu, levemente crocantes nas pontas e de textura suave. Enchiam uma travessa grande e funda e eram uma delícia; para o inferno quem quer que tivesse de ficar perto de mim num quarto fechado ou mesmo ao ar livre.

— As enguias estão excelentes. Ainda não posso dizer nada sobre o vinho. Quer um pouco de enguia?

— Talvez umazinha. — Bill aceitou. — Experimente o vinho. Acho que vai gostar.

— Outra jarra grande, por favor — pedi ao garçom.

— Sim, Don Ernesto. Já está aqui. Estava esperando.

O proprietário aproximou-se.

— Que tal um bife? — perguntou. — Estão muito bons hoje.

— Guarde para logo mais. E que tal os aspargos?

— Muito bons. De Aranjuez.

— Vamos ver os touros em Aranjuez amanhã — informei.

— Como vai Antonio?

— Muito bem. Veio de carro ontem à noite de Sevilha. Nós chegamos de manhã.

— Como estava Sevilha?

— Mais ou menos. Os touros eram péssimos.

— O senhor e ele vão jantar aqui hoje à noite?

— Acho que não.

— Reservo a sala particular se quiserem. Eles gostaram da última refeição?

— Muito mesmo.

— Boa sorte em Aranjuez.

— Obrigado — eu disse.

Tivemos sorte muito má em Aranjuez, embora eu não tivesse experimentado qualquer pressentimento ou premonição.

* * *

No dia anterior, enquanto Antonio toureava em Sevilha, Luis Miguel estava toureando em Toledo com Antonio Bienvenida e Jaime Ostos. Os ingressos estavam esgotados. Foi um dia horroroso de chuva; os touros eram de bom tamanho, mas desiguais quanto à bravura. Os chifres, segundo todos os repórteres que ouvi, estavam muito malcortados. Luis Miguel saiu-se bem com seu primeiro touro e muito bem com o segundo, cuja orelha cortou, depois de trabalhar lindamente com ele. E teria recebido as duas orelhas se tivesse tido mais sorte com a espada.

Senti muito não ter visto Luis Miguel tourear, principalmente porque não o poderíamos ver no dia seguinte em Granada. Mas era assim que nossos encontros aconteciam então, e eu sabia que logo poderíamos vê-lo. Tinha uma lista de seus compromissos e dos de Antonio, e em breve estariam toureando nas mesmas ferias e nas mesmas cidades. Depois nos mesmos programas e, eu sabia, mais tarde teriam que tourear juntos, só os dois. Enquanto isto mantinha-me informado sobre Miguel por pessoas em que confiava e que estavam assistindo às suas touradas.

5

Trinta de maio foi um bom dia para touros em Aranjuez. A chuva cessara, e a cidade brilhava recém-lavada, ao sol. As árvores estavam verdes, e as ruas de cascalhos ainda não haviam ficado empoeiradas. Havia muita gente do campo de macacões pretos, pessoas da província de calças listradas de cinzento e uma boa multidão de Madri. Fomos até o velho café-restaurante sob a sombra das árvores e observamos o rio e os barcos de excursão. O rio estava marrom e inchado pelas chuvas.

Mais tarde nossos dois hóspedes foram ver os jardins reais, rio acima, e Bill e eu caminhamos pela ponte, dirigindo-nos ao antigo Hotel Delicias para ver Antonio e pegar o jornal com Miguelillo, seu carregador de espadas. Paguei a Miguelillo por quatro lugares de barreira, pedi a um jovem repórter espanhol, que estava escrevendo uma série de artigos sobre Antonio para um jornal de Madri, para não perturbá-lo nesse momento, deixando-o descansar e expliquei por quê; depois fui falar com

Antonio, que se encontrava na cama, e saí rapidamente para dar exemplo aos outros.

— Você vai viajar direto até Granada ou vai dormir no caminho? — perguntou.

— Pensei em dormir em Manzanares.

— Bailén é melhor — ele disse. — Eu dirijo para você; podemos conversar e depois almoçar em Bailén. Então vou para Granada na Mercedes e durmo no caminho.

— E onde nos encontramos?

— Aqui, depois da tourada.

— Ótimo — eu disse. — Até lá então.

Sorriu e percebi que se sentia bem e muito sólido. Levei o jovem repórter do *El Pueblo* para fora do quarto. Miguelillo estava acomodando o equipamento religioso portátil. O pesado estojo da espada em couro decorado estava encostado na parede ao lado da penteadeira, onde ele colocava os escapulários e a lâmpada de óleo para queimar diante do quadro da Virgem.

A lama em torno da pequena arena, velha, bonita, desconfortável e decadente, secava, formando poeira. Entramos, encontramos nossos lugares e voltamos os olhos para a areia imediatamente abaixo.

Antonio ficou com o primeiro touro Sánchez Cobaleda. Era grande, preto e bonito, com grandes chifres de pontas muito afiadas. Antonio dominou-o com a capa na elegância lenta, confiante, baixa e dançante de suas verônicas, movendo-se em sua direção o mais distante que podia e depois controlando seus ataques de modo a fazê-lo passar por ele bem lentamente e com os chifres o mais próximo possível. A multidão não se animava como em Madri, e ele então continuou a exibição com *chicuelinas* menos perigosas e clássicas, mas delicadas peças de bordado sevilhano. Ofereceu a capa ao touro, mantendo-a à altura de seu peito. Depois girou lentamente, enrolando-se nela, movendo-se lentamente tanto para provocar como para escapar de cada ataque do animal. Apesar de muito bonito, trata-se basicamente de um truque, não de um passe. O touro inicia o passe, mas o toureiro desvia-se lentamente quando o touro penetra seu território. A audiência gosta disso. Nós também gostamos. É sempre bonito, embora nada provoque em nosso interior.

O touro vinha perigoso para a muleta tanto pela direita quanto pela esquerda e Antonio trabalhou baixo com ele como fizera com o touro em Córdoba, animando-o e dando-lhe confiança. Alguma coisa acontecera na cabeça do touro; talvez as *chicuelinas* o tivessem decepcionado. Já vi isto acontecer. Agora Antonio precisava lidar com ele de muito perto para excitá-lo. Não era o caso de uma mudança de visão. É algo que ocorre naqueles dez minutos de educação que o touro recebe e que o ensina a morrer.

Antonio deu-lhe confiança, deixando-o ter a perna e a coxa direitas como um objetivo solidamente plantado e mostrando-lhe depois como poderia seguir o chamariz sem sentir dor e que isso poderia ser um jogo.

Depois brincaram com cada uma das mãos separadamente, e outra vez, e mais uma, subindo e descendo. "Pegue agora, touro. Passe em torno de mim bonito, touro. Tente novamente, touro. Mais uma vez."

Então o touro teve algum pequeno pensamento quando Antonio fazia com que rodasse em torno dele. Interrompeu o jogo em meio a um longo passe, viu o corpo e tentou alcançá-lo.

O chifre errou o golpe por um centésimo de polegada, e a cabeça do touro bateu em Antonio quando passava. Antonio voltou-se para olhá-lo, espicaçou-o com a muleta, guiando-o para passar perto de seu peito.

Depois repetiu toda a lição para o touro, e fez com que executasse o passe exato que quase o atingira por duas vezes. Nesse momento já tinha conquistado completamente a multidão e trabalhava ao som de música. Finalmente matou o touro. O público exigia a orelha, sacudindo os lenços. Mas o touro caíra já sangrando pela boca, como tantos touros que são mortos com exatidão, e o presidente recusou a orelha apesar de a multidão continuar a acenar os lenços até o animal ser retirado da arena.

Antonio teve que rodear a arena e voltar duas vezes para saudar a multidão. Estava frio, zangado e distante; disse alguma coisa a Miguelillo quando este lhe deu um copo com água. Bebeu um pouco, olhando o vazio, depois bochechou e cuspiu a água na areia. Perguntei mais tarde a Miguelillo o que ele dissera.

— O que preciso fazer para cortar uma orelha, ele perguntou. Ora, ele tinha sido soberbo.

Chicuelo II foi o segundo matador. É, ou era, pequeno; não tinha mais do que um metro e sessenta de altura; circunspecto; o rosto digno e triste. Mais corajoso do que um texugo ou qualquer outro animal; mais do que a maioria dos homens. Creio que se iniciou na tourada como *novillero* e depois como matador em 1953 e 1954, vindo da escola terrível das *capeas*, que são touradas informais nas praças dos vilarejos de Castela e La Mancha e, em menor extensão, de outras províncias, onde os rapazes do local e *troupes* de toureiros aspirantes enfrentam touros já toureados várias vezes. Já foram enfrentados nas *capeas* animais que anteriormente mataram mais de dez homens. Estas touradas acoñtecem nas cidades e vilarejos que não possuem estrutura para uma arena, e as praças são delimitadas por carroças enfileiradas bloqueando as saídas; vendem-se aos espectadores longas varas de pastores ou boiadeiros, pesadas e pontudas, para que possam empurrar os toureiros amadores de volta ao ringue, ou bater neles se tentarem escapar.

Chicuelo II era um astro das *capeas* até a idade de 25 anos. No período em que os toureiros famosos da época de *Manolete* e mesmo depois dela enfrentavam touros e meios-touros de três anos com os chifres aparados, ele lutava com touros de até sete anos de idade com chifres intactos. Muitos desses touros já tinham lutado anteriormente, sendo, portanto, tão perigosos quanto qualquer animal selvagem. Toureava em vilarejos onde não existiam enfermarias nem hospitais ou cirurgiões. Para sobreviver precisava saber tudo sobre os touros; sobretudo como ficar perto deles sem ser atingido. Sabia como se manter vivo com touros dispostos a matá-lo a cada tourada e aprendera todos os passes, todos os truques circenses. Aprendera também a matar bem e com competência, sendo possuidor de mão esquerda habilidosa e sensacional que o protegia quando avançava para matar e que abaixava a cabeça do touro com perfeição, para compensar sua pequena estatura. Além de ser absolutamente corajoso, tinha estupenda sorte.

Deixara sua aposentadoria nessa temporada porque estava aborrecido por fazer tudo menos enfrentar os touros. Afastara-se porque tinha sorte e sabia que precisava preservá-la, não se expondo com tanta frequência. Voltara porque nada era tão divertido. Havia também, como sempre, a questão econômica.

Enfrentou um bom animal bastante grande que, em contraste com sua estatura diminuta, parecia enorme. O touro tinha dois bons chifres, e Chicuelo II fez sua famosa exibição de como se manter vivo na arena e como se aproximar do touro mais do que faria qualquer outra pessoa em perfeita sanidade mental. Pois enfrentou-o com sanidade e reflexos maravilhosos, matando-o sensacionalmente depois de executar com perfeição vários passes clássicos e todos os truques e passes circenses existentes nos livros.

Seria muito mais perigoso enfrentar o touro a uma maior distância e passá-lo da maneira clássica. Mas Chicuelo não pensava assim e fez ao contrário tudo o que pôde, encarando a plateia enquanto o touro passava sob seu braço estendido, recordando Manolete, que, com seu agente, tinha levado as touradas a seu estágio mais baixo, embora se tivesse tornado um semideus, escapando da crítica para sempre por ter sido morto na arena.

A multidão adorou Chicuelo II e com razão. Era um deles e lhes dava exatamente o que tinham aprendido a acreditar que fosse uma tourada, fazendo-o com um touro de verdade. Precisava de sorte, mas também de grande conhecimento e da coragem mais pura. Quando avançou para matar, atingiu o osso uma vez, mas em seguida fez com que a espada penetrasse do alto, mergulhando seu corpo entre os chifres, enquanto sua maravilhosa mão esquerda trazia o touro morto sob ela.

O presidente concedeu-lhe as duas orelhas e ele rodeou a arena com elas; gravemente feliz. Gosto de me lembrar dele durante todo aquele verão e não me interessa pensar no que aconteceu quando sua sorte terminou.

O segundo touro de Antonio surgiu lindo, de um preto reluzente, com bons chifres e valente. Fez sua entrada majestosa, e vi que Antonio desejou domá-lo imediatamente. Começara a exibir-se com a capa quando um toureiro aspirante, um rapaz de boa aparência e bastante competente, usando boné, camisa clara e calças azuis, saltou do setor descoberto à nossa esquerda, pulou a cerca e empunhou sua muleta na frente do touro. Enquanto Ferrer, Joni e Juan, os três bandarilheiros de Antonio, corriam para pegá-lo e entregá-lo à polícia antes que o touro o chifrasse, ficando inutilizado para a tourada, o rapaz executou uns três ou quatro passes bons. Tirou vantagem do brio natural do touro e conseguiu colocar-se obliquamente para enfrentar seus ataques, ao mesmo tempo evitando que os três homens velozes que corriam para ele o pegassem e o colocassem para fora da arena.

Nada pode estragar um touro para um matador tão rápida e completamente quanto a intrusão de um *espontáneo* na tourada. O touro aprende a cada passe, e um grande toureiro não faz um único gesto sem a intenção de um resultado definido. Se um touro atinge um homem e o fere com seus chifres no início da luta, terá perdido toda a inocência de um contato prévio com um homem a pé, fundamento da corrida formal. Percebi, entretanto, que Antonio observava o rapaz executar seus passes com habilidade e destreza, apesar de o estar expondo ao desastre sem demonstrar preocupação. Estudava o touro, aprendendo com cada movimento que o animal fazia.

Finalmente Joni e Ferrer agarraram o garoto, que foi obedientemente para a barreira. Antonio correu para ele com a capa, disse-lhe algo rapidamente e colocou seu braço em torno dele, abraçando-o. Depois voltou e enfrentou o touro com a capa. Já o conhecia e dominou-o completamente.

Seus primeiros passes apresentaram a elegância lenta, medida, inimitável e que parecia interminável quando movia a capa diante do touro. O público percebeu que assistia a algo jamais visto e sem qualquer truque. Nunca presenciara um matador congratular-se e perdoar alguém que poderia ter arruinado seu touro; podia apreciar agora uma coisa que antes, com o primeiro touro, tinha visto, mas não apreciado. Antonio usava a capa como ninguém jamais a tinha usado.

Encaminhou o touro para um dos irmãos Salas para ser picado, advertindo:

— Cuidado com ele e façam o que eu disser.

O touro era valente, forte e debatia-se sob o aço que fora colocado com perfeição. Antonio afastou-o e executou novamente suas lindas e lentas verônicas.

No segundo ataque da lança bem-colocada o touro investiu contra o cavalo e atirou Salas às tábuas da barreira.

Juan, seu irmão e fiel bandarilheiro, queria que o touro atacasse os cavalos novamente; era muito forte e poderia receber mais duas bandarilhas para que o músculo de seu pescoço cansasse, arriando sua cabeça para ser morto mais facilmente.

— Não me dê lições — Antonio lhe disse. — Quero o touro do jeito que ele é.

Antonio fez um sinal para o presidente, pedindo-lhe permissão para encerrar as bandarilhas. Com um único par colocado, pedia para enfrentar o touro novamente com a muleta.

Guiou-o tão suave, simples e magistralmente, que cada passe parecia ter sido esculpido. Executou todos os passes clássicos; depois parecia querer refiná-los e torná-los mais puros e perigosos, quando encurtou intencionalmente seus *naturales*, avançando com o cotovelo para trazer o touro cada vez mais perto, o que parecia ser impossível. Era um touro grande, inteiro, bravo, forte e com bons chifres, e Antonio executou com ele a *faena* mais completa e clássica que eu jamais vira.

Depois de tudo isto e com o touro já pronto para ser morto, julguei que tivesse enlouquecido. Começou a fazer os truques de Manolete, que Chicuelo II usara, só para mostrar ao público que, se era isso o que desejava, era o que seria feito. Trabalhava com o touro na areia, toda revirada pelos cascos dos últimos três touros que tinham sido picados. No momento em que fazia com que o touro passasse por trás dele no passe chamado *girardilla*, a pata direita do animal escorregou, fazendo-o oscilar, e seu chifre direito penetrar a nádega esquerda de Antonio. Não existe lugar menos romântico nem mais perigoso para ser chifrado, e o próprio Antonio provocara esse ferimento e sabia disso; sabia também o quanto era grave e odiou ter perdido a oportunidade de matar o touro e a impossibilidade de apagar seu erro. O touro atingira-o violentamente. Vi o chifre entrar, levantando Antonio do solo. Mas ele caiu de pé.

O sangue saía aos borbotões, e ele encostou as nádegas contra as tábuas vermelhas da barreira como se o quisesse estancar. Observando Antonio, não vi quem afastou o touro. O pequeno Miguelillo foi o primeiro a subir na barreira; levantou Antonio por um braço enquanto Domingo Dominguín, seu agente, e Pepé, seu irmão, saltavam para a arena. Todos sabiam da gravidade do ferimento, e seu irmão, seu agente e o rapaz que carregava a espada agarraram-no, tentando levá-lo para a enfermaria. Antonio afastou-os com raiva e disse a Pepé:

— E você se diz um Ordóñez!

Furioso e sangrando copiosamente, dirigiu-se para o touro. Já o tinha visto antes terrivelmente furioso na arena, toureando então com uma mistura de beatitude e inteligência, com fúria mortal. Iria matar aquele touro da melhor maneira que um touro pode ser morto, mas sabia que teria de matá-lo imediatamente, antes que sangrasse até desmaiar.

Ajeitou o touro na posição, e fiquei observando enquanto colocava a muleta mais baixa, mais baixa e mais baixa, sem tirar os olhos do ponto entre as espáduas do touro, onde pretendia fazer o orifício mortal; inseriu a espada com perfeição por entre os chifres, depois levantou a mão, enquanto encarava o touro, e comandou a morte que lhe impusera.

Ficou ali imóvel e sangrando, sem deixar que ninguém o tocasse até que o touro cambaleasse e caísse. Permaneceu parado e sangrando, seu pessoal com medo de o tocar depois do que ele lhes dissera, até que o presidente, atendendo ao apelo dos lenços e dos gritos, fez o sinal para a concessão das duas orelhas, da cauda e da pata. Observei-o aguardar que os troféus lhe fossem entregues e depois, sangrando, abrir caminho entre a multidão em direção à saída da arena que levava à enfermaria. Então virou-se, deu dois passos para começar a fazer a volta à arena e caiu nos braços de Ferrer e de Domingo. Estava perfeitamente consciente, mas sabia que sangrava abundantemente e que nada mais havia ali que ele pudesse fazer. Aquela tarde estava encerrada; teria que se preparar para voltar à luta.

Na enfermaria, o doutor Tamames examinou o ferimento, verificou o que precisava ser feito e o quanto era grave, fez o imediatamente necessário, fechou o ferimento e levou Antonio apressadamente para o Hospital Ruber, em Madri, para ser operado. Do lado de fora da porta da enfermaria, o rapaz que pulara na arena chorava.

Antonio estava acordando da anestesia quando chegamos à clínica Ruber. O ferimento tinha quinze centímetros de profundidade no músculo glúteo da perna esquerda. O chifre penetrara ao lado do reto, quase o atingindo e dilacerara os músculos até o nervo ciático. O doutor Tamames disse-me que, se tivesse atingido um oitavo de polegada mais à direita, teria penetrado o reto e o intestino. E que, se fosse menos de um oitavo mais profundo, teria atingido o nervo ciático. Tamames abriu o ferimento, limpou-o, fez o que deveria ser feito e suturou-o, deixando um dreno que funcionava ligado a um aparelho semelhante a um relógio. Ouvia-se o tique-taque, como o de um metrônomo.

Antonio já o ouvira antes; era seu décimo segundo ferimento grave em touradas. Seu rosto estava sério, mas sorria com os olhos.

— Ernesto... — pronunciava *Érnechto*, como em andaluz.

— Está doendo muito? — perguntei-lhe.

— Ainda não. Mais tarde.

— Não fale, recomendei. — Descanse o máximo o que puder. Manolo diz que está tudo bem. Se tinha mesmo que ser ferido, não poderia ter sido em melhor lugar. Conto a você tudo o que ele me disser. Vou embora agora. Descanse bastante!

— Quando você volta?

— Amanhã, quando você acordar.

Carmen estava sentada ao lado da cama segurando sua mão. Beijou-o, e ele fechou os olhos. Não estava ainda acordado de todo, e a dor verdadeira ainda não começara.

Carmen saiu do quarto comigo e eu lhe contei o que Tamames me dissera. O pai dela fora um matador. Tinha três irmãos que eram matadores. Agora estava casada com um matador. Era linda, adorável, amorosa e calma em todas as emergências e desastres. Tinha atravessado a pior parte, e sua função estava apenas começando. Enfrentava a mesma coisa uma vez por ano, desde que se casara com Antonio.

— Como aconteceu mesmo? — perguntou-me.

— Não havia motivo para acontecer. Não era para acontecer. Ele não precisa lutar de costas.

— Diga a ele.

— Ele já sabe. Não preciso dizer-lhe.

— Diga-lhe assim mesmo, Ernesto.

— Ele não precisa competir com Chicuelo II — completei. — Está competindo com o passado.

— Eu sei — ela respondeu. E eu sabia que estava pensando que em breve seu marido competiria com seu irmão favorito, com o passado observando. Lembrei-me de que três anos antes conversávamos durante o jantar em seu apartamento, e alguém comentava o quanto seria maravilhoso e lucrativo se Luis Miguel resolvesse voltar à arena e lutar mano a mano com Antonio.

— Nem falem nisso — ela dissera. — Eles se matariam.

Naquela noite disse apenas:

— Boa-noite, Ernesto. Espero que ele consiga dormir.

Bill Davis e eu ficamos em Madri até que Antonio estivesse fora de perigo. Depois da primeira noite a dor realmente começou e aumentou até e além do limite de tolerância. A bomba de sucção continuava a drenar o ferimento que se mantinha inchado e tenso sob a roupa. Eu odiava assistir o sofrimento de Antonio e não queria ser testemunha da agonia que atravessava nem de sua luta para evitar que a dor o humilhasse quando crescia em intensidade, como o vento em ascensão na escala Beaufort. No dia em que esperávamos a chegada de Tamames para remover a primeira atadura, eu diria que se encontrava aproximadamente no grau dez, quase chegando ao nível de furacão, que era como medíamos a dor em nossa família. Aquele era o momento de sabermos, a menos que ocorressem inesperadas complicações, se ele vencera ou não. Se não tivesse gangrenando e o ferimento estivesse limpo, teríamos vencido. Com um ferimento nessas condições, nosso toureiro poderia estar em ação novamente dentro de três semanas ou menos, dependendo de seu estado de espírito e de seu preparo.

— Onde ele está? — perguntou Antonio. — Devia estar aqui às onze horas.

— Está no outro andar — respondi.

— Se ao menos silenciassem essa máquina — disse. — Posso aguentar tudo menos esse tique-taque.

Aos toureiros feridos que deverão tourear novamente o mais rápido possível, dá-se um mínimo de sedação. A teoria é que não devem receber nada que afete seus nervos ou reflexos. Num hospital americano com certeza fariam com que não sentisse dor alguma, *dopando-o*, como se diz. Na Espanha encara-se a dor como algo que o homem deve suportar. Se a dor faz ou não tanto mal aos nervos de um homem quanto a droga que a impede, isso não é considerado.

— Não lhe pode dar alguma coisa para aliviar a dor? — eu pedira a Manolo Tamames mais cedo.

— Dei-lhe um sedativo ontem à noite — respondera Tamames. — Ele é um matador, Ernesto.

Era realmente um matador, e Manolo Tamames, um grande cirurgião e um verdadeiro amigo, mas a teoria é muito dura quando posta em prática.

Antonio queria que eu ficasse com ele.

— Melhorou alguma coisa, afinal?

— Está ruim, Ernesto, muito ruim. Talvez ele possa substituir o tubo quando mexer nele. Onde acha que ele está?

— Vou mandar procurá-lo.

Estava um dia claro e frio lá fora, com a brisa que vinha dos Guadarramas; o quarto escuro era fresco e agradável, mas Antonio suava abundantemente por causa da dor, apertando os lábios acinzentados; não os queria abrir, mas os olhos pediam a vinda de Tamames. Fora do quarto havia muitas pessoas sentadas silenciosamente ou sussurrando. Miguelillo recebia os telefonemas. A mãe de Antonio, uma mulher morena, bonita, saudável, com os cabelos puxados para trás, entrava e saía do quarto, sentava-se a um canto, abanando-se ou ao lado da cama. Carmen respondia às chamadas telefônicas em outro quarto, quando não estava sentada junto à cama. No corredor alguns picadores e bandarilheiros estavam sentados, outros, de pé. Visitantes chegavam e partiam, deixando mensagens e cartões. Miguelillo mantinha todos, menos a família, fora do quarto.

Finalmente Tamames apareceu, seguido de duas enfermeiras, retirando do quarto todos os que não deveriam ver o que iria acontecer. Mostrava-se ríspido, resmungão e irônico, como sempre.

— O que há com você? — perguntou a Antonio. — Acha que não tenho outros pacientes?

— Venha cá, distinto colega — disse a mim. — Fique aqui. Vire-o de bruços. Vire de bruços, você aí; de barriga para baixo. Não corre qualquer perigo com Ernesto ou comigo.

Cortou a grande atadura e, quando levantou a gaze, cheirou-a rapidamente, passando-a para mim. Cheirei-a e a deixei cair na bacia que a enfermeira segurava. Não havia odor de gangrena. Tamames olhou pra mim e sorriu. O ferimento estava limpo; um pouco feio em volta das quatro linhas de pontos, mas parecia em ordem. Tamames puxou o tubo de borracha do dreno, deixando apenas uma pequena parte.

— Chega de tique-taques — disse. — Pode se acalmar, nervosinho.

Limpou, examinou e colocou rapidamente a atadura pedindo-me para o ajudar a fixá-la.

— Agora vejamos a dor. Sua famosa dor — disse. — O curativo tinha que ficar bem apertado. Entendeu? O ferimento incha. É natural. Não pode enfiar uma coisa de quinze centímetros em você e fazer toda aquela destruição no músculo sem provocar dor e inflamação. A atadura aperta o machucado e aumenta a dor. Agora está mais confortável, não está?

— Sim — disse Antonio.

— Então não quero mais ouvir falar em dor.

— Você não sentiu a dor que ele teve — disse eu.

— Nem você — retrucou Tamames. — Felizmente!

Fomos para o canto, e a família voltou a ficar junto da cama.

— Quanto tempo, Manolo? — perguntei.

— Estará pronto para tourear em três semanas, se não houver complicações. É um ferimento muito profundo, Ernesto, e houve razoável destruição de músculos e tecidos. Sinto que tenha sentido tanta dor.

— Sofreu um bocado.

— Ele irá encontrar com você em Málaga para se recuperar?

— Irá.

— Ótimo. Dou alta assim que ele puder viajar.

— Vou amanhã à noite se ele estiver bem e sem febre. Tenho muito trabalho a fazer.

— Muito bem. Eu lhe digo se estiver em condições de sair.

Deixei um recado dizendo que voltaria à noite. No momento havia ali muita gente da família e velhos amigos, e eu queria sair com Bill para a luz do dia e para a cidade. Sabia que agora estaria tudo bem e não queria me intrometer. Ainda havia tempo de se chegar ao Prado enquanto estava claro. Possuíam luzes cambiantes para as diferentes horas do dia.

Quando Antonio e Carmen desembarcaram do avião no pequeno e alegre aeroporto de Málaga, ele apoiado pesadamente numa bengala, tive que ajudá-lo a atravessar a sala de espera e a entrar no carro. Já fazia uma semana que o deixara no hospital. Ele e Carmen estavam mortos de cansaço; fizemos uma ceia tranquila, e ajudei-o a chegar ao seu quarto.

— Você acorda cedo, não é, Ernesto? — perguntou-me. Sabia que ele costumava acordar ao meio-dia ou até mais tarde quando viajava ou toureava.

— Acordo, mas você vai dormir até tarde. Durma o máximo que puder e descanse.

— Quero sair com você. Sempre acordo cedo quando estou no rancho.

De manhã bem cedinho antes que o orvalho tivesse secado nos jardins, ele subiu as escadas e veio até o meu quarto pelo corredor, apoiado na bengala.

— Você quer caminhar? — perguntou.

— Claro.

— Vamos — disse. Colocou a bengala na minha cama. — Já chega de bengala. Pode ficar com ela.

Caminhamos durante meia hora, eu segurando-o cuidadosamente pelo braço para que não caísse.

— Mas que jardim! — disse. — É maior do que o Botânico de Madri.

— A casa é um pouco menor do que o Escorial. Mas por outro lado não existem reis enterrados por aí, pode-se beber vinho, e é permitido cantar.

Em quase todos os bares e bodegas espanholas existem cartazes informando sobre a proibição de cantar.

— Pois cantemos — disse ele. Caminhamos tanto quanto julguei que lhe fosse bom. De repente ele acrescentou: — Tenho uma carta de Tamames para você, orientando quanto ao tratamento que deve ser seguido.

Esperava ter todos os medicamentos e vitaminas necessários, ou que pelo menos os conseguisse em Málaga ou em Gibraltar.

— Vamos lá em casa buscá-los, para que possamos começar. Não queremos perder tempo.

Deixei-o na entrada, e ele foi sozinho tentando caminhar firme, mas apoiando a mão na parede, até seu quarto. Voltou com um pequeno envelope endereçado a mim. Abri-o, peguei o cartão e li: "Distinto colega, entrego meu cliente Antonio Ordóñez a seus cuidados. Se tiver que operá-lo, faça-o con mano duro (faça-o com mão forte e firme). Manolo Tamames."

— Ernesto, vamos começar o tratamento?

— Acho que podemos começar com uma taça de Campanas rosado.

— Acha que é indicado? — Antonio perguntou.

— Não normalmente tão cedo pela manhã, mas como laxativo suave.

— Podemos nadar?

— Só ao meio-dia, quando o tempo esquentar mais.

— Talvez água fria fosse bom para o ferimento.

— Pode ser, mas vai ficar com dor de garganta.

— A dor de garganta já passou. Vamos nadar agora.

— Só vamos nadar quando o sol aquecer a água.

— Está bem. Então vamos andar mais um pouco. Conte-me tudo o que aconteceu. Tem escrito bastante?

— Alguns dias, sim. Outros, nem tanto.

— Também sou assim. Há dias em que não se consegue escrever nada. Mas somos pagos para escrever o melhor que pudermos.

— Acho que tem escrito muito bem, ultimamente.

— É. Mas você sabe como é. Às vezes há dias em que não se consegue nada.

— Sim. Mas sempre me forço e uso a cabeça.

— Eu também. Mas é maravilhoso quando se escreve mesmo. Não há nada melhor.

Ele gostava muito de chamar a *faena* de escrita.

Conversamos sobre todos os tipos de coisas: os diferentes problemas do artista no mundo em que vive; coisas técnicas e segredos profissionais; finanças; e às vezes sobre economia e política. Algumas vezes sobre mulheres, aliás, muito frequentemente sobre mulheres e como devíamos tentar ser bons maridos; depois, talvez sobre mulheres de novo, mulheres dos outros, sobre nossas vidas e problemas diários. Conversamos durante todo o verão e todo o outono, viajando de carro depois de touradas ou indo para elas, durante as refeições e durante estranhas horas nos períodos de recuperação. Por diversão e também como um jogo, julgando as pessoas no momento em que as víamos, como se faz com os touros. Mas isso foi mais tarde.

Naquele primeiro dia em La Consula conversamos e brincamos, felizes com a recuperação do ferimento e pelo início do restabelecimento. Antonio nadou um pouco no primeiro dia. O ferimento ainda estava secando, e eu troquei a pequena atadura. No segundo dia caminhou cuidadosamente sem mancar nem tropeçar. Cada dia ficava mais forte e melhor. Fazíamos exercícios, nadávamos, praticávamos tiro ao prato nos campos de oliveiras, por trás dos estábulos, e treinávamos bastante; comíamos, bebíamos bem e nos divertíamos. Depois ele exagerou, indo nadar no mar num dia de ressaca, e a rebentação cheia de areia abriu parcialmente o ferimento, mas vi que estava secando depressa e bem; limpei-o e coloquei a atadura e os esparadrapos.

Todos estavam felizes e era como se Carmen e Antonio estivessem em lua de mel. A necessidade da convalescença depois do acidente deu-lhes a oportunidade de ter um curto período de vida de casal normal no mês de junho; embora tenha sido pago com sangue e diminuição de vencimentos, os dois aproveitaram bastante, e Carmen ficava cada dia mais bonita.

Finalmente foram para o rancho que possuíam e que ainda estavam pagando, em Valcargado, nas colinas de Medina Sidonia, abaixo de Cádiz. Coloquei uma última atadura para a viagem na caminhoneta Chevrolet que tinha sido convertida em ônibus de viagem para a quadrilha com todo o equipamento. Despedimo-nos e eles saíram pelo portão com Antonio ao volante.

6

Luis Miguel toureara quatro vezes desde que Antonio fora ferido em Aranjuez, e todos disseram que estivera fantástico. Eu tinha visto Miguel e falado com ele quando, depois de seu grande sucesso em Granada, viera, visitar Antonio no hospital; estava ansioso para vê-lo tourear. Prometera-lhe que iríamos a Algeciras, onde se deveria apresentar duas vezes.

Fizemos uma linda viagem pela estrada costeira até Algeciras, num dia claro e de bastante vento. Estava preocupado com o efeito do vento sobre a tourada, mas a arena de Algeciras foi construída de modo a ficar muito bem protegida do forte vento do leste, que chamam de levante. Esse vento é a maldição da Andaluzia costeira, assim como o mistral é da Provença, mas não perturbou os toureiros, embora a bandeira que fica no alto do mastro da arena sacudisse violentamente.

Luis Miguel estava tão bom quanto afirmavam todos os relatórios que ouvira sobre ele. Era orgulhoso sem ser arrogante, tranquilo, à vontade o tempo todo na arena, e em completo controle de tudo o que se passava. Era um prazer vê-lo dirigir a tourada e observar sua inteligência em funcionamento. Possuía em seu trabalho aquela concentração completa e respeitosa que marca todos os grandes artistas.

Era melhor com a capa do que eu me lembrava, mas suas verônicas não me comoviam. Seu repertório variado, entretanto, era delicioso: todos os passes infinitamente habilidosos e perfeitamente executados.

Bandarilheiro magistral, colocou três pares da mesma forma que os melhores bandarilheiros que eu já vira. Não se tratava de uma exibição circense nem executada com exagero. Sem galopar em direção ao touro, chamava sua atenção desde o início e o atraía até que entrassem em contato, guiando-o através de um exercício geométrico, para, quando o chifre buscava o homem, levantar os braços bem alto e mergulhar as varas no ponto exato em que deveriam penetrar.

Seu desempenho com a muleta era eficiente e interessante. Seus passes, clássicos, bem-feitos, cobrindo grande variedade de tipos, eram usados com inteligência. Matava com habilidade sem se expor excessivamente. Pude perceber que seria capaz de matar muitíssimo bem se assim o desejasse. E compreendi por que fora considerado o toureiro número um da Espanha e do mundo (é esta a maneira espanhola de atribuir classificação) por muitos anos. Dei-me conta de que seria um perigoso competidor para Antonio e, observando Luis Miguel com os dois touros — fora ainda melhor com o segundo —, não tive a menor dúvida de como seria a competição. Tive certeza depois de assistir à exibição com o touro quando, depois de prepará-lo com a muleta, afastou-a para o lado junto com a espada e ajoelhou-se cuidadosamente dentro do ângulo de visão do touro, desarmado diante de seus chifres.

A multidão adorava mas, depois de ter visto duas vezes, eu já sabia como era feito. Eu percebera outra coisa também. Os chifres dos touros de Luis Miguel tinham sido aparados, depois lixados para aparentar sua forma original, mas eu podia identificar o brilho do óleo, camuflando as manipulações que pretendiam simular o aspecto saudável de chifres normais. Pareciam perfeitos para quem não os soubesse olhar.

Luis Miguel apresentava maravilhosa forma, era um grande toureiro, possuía enorme classe, grande conhecimento, extremo charme na arena e fora dela, sendo um competidor muito perigoso. Parecia bem demais para o início de temporada com tão árdua agenda pela frente. Sabia, no entanto, que Antonio tinha uma vantagem definitiva nesse estágio do duelo: enfrentara em Madri touros com chifres originais e aquele animal de enormes chifres em Córdoba. E estava observando Miguel com touros cujos chifres tinham sido aparados.

Pessoas conhecedoras do assunto que se sentavam perto de nós também sabiam disso, mas não ligavam; tinham vindo pelo espetáculo. Outras estavam no negócio dos touros e também não ligavam; era parte do negócio. A maioria das pessoas não sabia. Eu sabia e ligava porque acreditava, observando-o, que Miguel tinha grande sentido e conhecimento dos touros e que poderia ter enfrentado qualquer espécie deles, igualando-se aos maiores e talvez até a *Joselito*. Mas enfrentar apenas touros desse tipo, com as defesas alteradas, reduziria, sutil mas permanentemente, sua capacidade de lidar com touros verdadeiros quando os tivesse que enfrentar.

Depois da corrida, encontramo-nos com Miguelillo, que nos deveria guiar até o rancho de Antonio. Saímos da cidade à noite e dirigimo-nos para a estrada que subia, circundava e abandonava o contraforte ocidental e selvagem da Europa, afastando-se do mar e mergulhando na terra das correntes, lagoas drenadas e montanhas e, passando pela cidade encarapitada, mágica e branca de Vejar, saía na estrada rural que contornava as montanhas até o rancho de Antonio. Chegamos tarde, jantamos à meia-noite e fomos dormir logo depois. O rancho era uma agradável extensão de três mil acres com boas plantações e excelente água. Criava vacas, animais de um ano, dois touros reprodutores, uma parelha de seis novilhos e outra de seis touros inteiros, prontos para começar. O pasto e os campos da propriedade nunca tinham sido usados para touradas antes, sendo, portanto, limpos. Em boa parte do rancho Antonio tinha plantado grãos. A plantação estava recém-cortada, como observamos pela manhã bem cedo, percorrendo-a num jipe.

Quando voltamos para a casa branca do rancho, com seus celeiros, estábulos, galinheiros, plantações e silos, tudo mais ou menos ligado à habitação, soubemos que Luis Miguel, Jaime Ostos e dois criadores de touros viriam almoçar.

Foi um almoço longo, alegre e farto, com os quatro visitantes, Antonio, eu e Rupert sentados a uma mesa na sala batida pelo sol, e nossas mulheres, Bill e um casal valenciano, grandes amigos de Carmen e Antonio, em outra mesa na sala de jantar grande, escura e fresca. Por algum motivo lembrei-me daquelas refeições nos tempos de guerra, quando dois generais que se odiavam desde West Point seriam anfitrião e convidado num dos quartéis-generais, e almoçavam em clima muito amigável, observando-se mutuamente na esperança de qualquer traço de decadência, novos defeitos, insegurança ou envelhecimento. Foi um almoço muito farto, e todos brincaram uns com os outros, muito cuidadosamente mas com as farpas de prontidão. Luis Miguel e eu fomos um pouco ásperos; cuidadosamente ásperos, embora, como todos os demais, fôssemos gentis. Eu era, e ele também. Mas, entre ele e Antonio, os dados tinham sido jogados há muito tempo; fora gentil vindo ao sítio de Antonio pela primeira vez, e Carmen ficou muito feliz.

Partimos para La Consula três dias depois. Foram dias gostosos, e eu sabia que Antonio já não tinha qualquer preocupação com seu ferimento, que estava dormindo bem e recuperando-se rapidamente. Deveríamos encontrar-nos dali a quatro dias em Algeciras, onde Luis Miguel lutaria novamente. Na segunda-feira depois da tourada faríamos a viagem de um dia para Ronda. Depois ele voltaria para o rancho e começaria a treinar com os touros que estavam sendo testados; nós desceríamos as montanhas em direção a La Consula e trabalharíamos até ele começar a tourear.

Os touros Pablo Romero, que Luis Miguel enfrentara em Algeciras em tão boas condições, tão possantes de cascos e pernas, e tão rápidos quanto os Pablo Romero que Antonio enfrentara em Madri, estavam com excesso de peso, lerdos e capengas. Luis Miguel esteve soberbo a tarde toda. Não parecia tão arrasado quanto na semana anterior, o que talvez se devesse ao fato de ter descansado durante uma semana antes da luta. Enfrentou o primeiro touro com os dois joelhos na areia e fez uma linda larga. Todo o seu trabalho com a capa foi excelente, e suas verônicas foram as melhores que já o vira fazer. Dedicou o touro a Mary e a mim, gritando o nome dela para que se levantasse. Estávamos a um terço das arquibancadas, em lugares que ficavam sobre uma entrada para as barreiras e, de pé, não conseguíamos ouvir o que ele dizia, podendo apenas observar seu rosto moreno e o movimento de seus lábios. Mary ficou muito entusiasmada e corou. A seguir Luis Miguel atirou seu pesado chapéu, como se fosse um jogador de bola. Peguei-o e o entreguei a Mary; sentamo-nos e assistimos à maravilhosa *faena* exatamente abaixo de nós, com a muleta ajustando-se ao touro e à sua velocidade, conduzindo-o e o fazendo passar vagarosa e lindamente, controlado por seu longo e variado repertório. Atingiu o osso duas vezes, tentando matá-lo, mas fazia-o tão bem que a tentativa valia a estocada. Na terceira vez a espada penetrou completamente. O público queria que recebesse uma orelha pela sinceridade das duas tentativas com a espada, mas o presidente recusou, provocando a indignação da plateia, que o obrigou a rodear a arena duas vezes.

Com o segundo touro Luis Miguel foi ainda melhor. O animal era perfeito, sem qualquer falha, e Miguel, percebendo isso instantaneamente, fez seis verônicas sem tirar os pés do lugar. Colocou três pares de bandarilhas da mesma forma como fizera na última tourada, incitando o touro e trazendo-o para ele enquanto se movia até que os dois se encontrassem com força total quando, inclinando-se sobre os chifres no momento em que as bandarilhas desciam verticalmente, atingia o centímetro exato em que elas deveriam penetrar. Era um bandarilheiro excelente, e fiquei profundamente comovido e impressionado com sua habilidade, seu conhecimento e sua arte. Fazia tudo com graça e confiança tranquilas, parecendo tanto feliz quanto supremamente seguro de tudo o que executava.

O Verão Perigoso ~ 135

Depois hipnotizou o touro com lento movimento da muleta para diante e para trás, diante de seus olhos, como já tínhamos presenciado. Isto fez com que o touro ficasse tonto, aquietando-se temporariamente. Pode-se fazer a mesma coisa com uma galinha, colocando-se sua cabeça sob a asa e sacudindo-a para a frente e para trás uma dúzia de vezes. Depois abaixa-se a galinha com a cabeça ainda sob a asa, e ela ficará quieta, hipnotizada, durante uma hora ou mais, até que se a acorde. Era truque de muito sucesso na África Oriental. Às vezes eu colocava uma dúzia de galinhas dormindo em fila diante de porta de alguma cabana nativa, no vilarejo que ficava abaixo do Kilimanjaro, quando precisava muito de alguma coisa e necessitava da mágica para a obter.

Luis Miguel hipnotizou o touro com seus passes, ajoelhando-se depois diante dele, dentro de seu campo de visão, jogando fora a espada e a muleta e virando-se de costas para ele. Era o que Antonio e eu chamávamos de *truco* ou truque. Era bom, mas era um truque. O trabalho de Antonio fora tão superior e tão brilhante que dispensava truques. Ele os usava, entretanto, para se garantir diante do presidente e do público.

Quando despertou o touro e o colocou para ser morto, avançou bem com a espada e atingiu a medula espinhal com a primeira estocada. O touro estremeceu como se tivesse sido ligado a uma corrente elétrica. O bandarilheiro de Miguel cortou duas orelhas ao sinal do presidente em resposta ao mar de lenços. O público queria dar-lhe mais do que isto.

Quando a corrida terminou, fomos para o agradável tumulto do antigo Maria Cristina Hotel, em Algeciras. Passamos algum tempo com Luis Miguel, e Mary ficou sabendo o que ele dissera ao dedicar o touro: "Mary e Ernesto: dedico a morte deste touro à nossa amizade; que dure para sempre." Ficamos ambos comovidos, o que tornou as coisas mais complicadas do que nunca. Estava tentando ser absolutamente justo em minha apreciação sobre Luis Miguel e Antonio, mas a rivalidade começara a tomar forma como uma guerra civil, e a neutralidade tornava-se crescentemente difícil. Vendo que Luis Miguel era um grande matador vastamente versátil e observando as condições perfeitas em que se encontrava, avaliava o que Antonio teria que enfrentar quando começassem a tourear nos mesmos programas.

Luis Miguel tinha uma posição a manter. Proclamava-se o toureiro número um e era rico. Isto pesava quando entrava na arena, mas gostava realmente de enfrentar os touros, esquecendo-se de sua riqueza quando toureava. Queria, entretanto, os fados a seu favor, e os fados significavam chifres alterados. Queria também receber por cada luta mais do que Antonio, e isto foi mortal. Antonio era orgulhoso como o demônio. Estava convencido de que era melhor toureiro do que Luis Miguel, e que já o era há bastante tempo. Sabia que podia ser grande, não importando o estado dos chifres. Luis Miguel estava recebendo mais do que Antonio, e eu sabia que, se isso acontecesse quando lutassem juntos, Antonio libertaria aquela estranha qualidade fluida que possuía em seu interior até que não houvesse mais dúvidas para ninguém, especialmente para Luis Miguel, sobre quem era o melhor. Para Antonio seria conseguir isso ou morrer; e ele não estava com a menor vontade de morrer.

A viagem para Ronda, subindo as montanhas, foi linda, instrutiva e muito divertida. Antonio iria receber de seus admiradores uma capa de desfile toda bordada a ouro, nessa famosa cidade onde nascera, e disse que me queria mostrar e dizer algumas coisas. Perguntei-lhe o que deveria usar quando ele recebesse a capa.

— Vamos apenas como toureiros. — Isto significava, naquela época, uma camisa polo sem gravata. Depois de receber a oferta e fazer seu célebre discurso, "Muito obrigado", virou-se para mim. — Agora vá receber a sua.

— Ora, o que você... — balbuciei.

— Sua medalha de ouro, concedida pela Prefeitura.

— Vestido deste jeito?

Estava com uma camisa polo de jérsei cinza que, felizmente, tinha sido lavada, mas que não abotoava no pescoço.

— É uma camisa limpa — disse. — Somos toureiros, não somos?

Desfilamos pelas ruas, acompanhados por todos seus seguidores locais em suas melhores roupas. A medalha era em honra ao centenário de Pedro Romero, só tendo sido concedida pela cidade de Ronda a outras cinco pessoas. Antonio estava encantado com os trajes formais do Prefeito e dos outros dignatários em contraste com nossa aparência chula. Chulo é palavra com dois significados. Adequando-se ao submundo sevilhano ou a personagens picarescos. Um deles, por sinal, era muito grosseiro.

Foi um dia maravilhoso, mas exaustivo. Encontramo-nos com os verdadeiros amigos de Antonio, e fomos homenageados por eles naquele lugar estranho e adorável. Deixamos a cidade natal das touradas e fortaleza da agiotagem e subimos, circundamos e finalmente descemos pela estreita estrada da montanha, acompanhando uma corrente clara e linda que ia para o mar, abaixo de Marbella, onde a estrada costeira nos levou a Málaga.

Lá apanhamos a correspondência na caixa postal do correio, que ficava sob árvores empoeiradas que nos cobriram de folhas, e saímos da cidade, subindo as colinas até a longa rodovia ladeada de árvores, algumas das quais tinham sido esmagadas por seixos trazidos pela tempestade no inverno anterior, e, através dos grandes portões de ferro, pelo pavimento de pedra com os cachorros, grandes e pequenos, latindo em boas-vindas, até passarmos pela porta pesada e entrarmos no calor aconchegante do mármore frio de La Consula.

Dentro de cinco dias Antonio e Luis Miguel deveriam tourear juntos na mesma arena, pela primeira vez desde que Luis Miguel tinha sido ferido, retirando-se das touradas, num janeiro há sete anos, em Bogotá, Colômbia.

7

A tourada inicial da rivalidade aconteceu em Zaragoza. Todos que gostavam de touradas e que podiam pagar a viagem estavam lá. Todos os críticos de Madri também compareceram, e o Grand Hotel na hora do almoço estava apinhado de criadores de touros, promotores, a aristocracia, pessoas que possuíam títulos, ex-contratadores de cavalos e todos os que faziam parte do pequeno grupo de seguidores de Antonio. Havia também uma grande quantidade de seguidores de Luis Miguel, políticos, autoridades e militares. Bill e eu almoçamos numa taverna que ele conhecia e, quando subimos ao quarto de Antonio, o encontramos alegre, mas distante. Eu sempre sabia quando ele começava a ficar irritado com as pessoas pelo jeito de movimentar a cabeça, como se o pescoço estivesse um pouco retesado e pelo seu sotaque andaluz, que se tornava mais acentuado. Disse que dormira bem. Depois da tourada iríamos todos de carro a Teruel, onde comeríamos. Resolvi que Bill e eu iríamos de carro diretamente da arena, pois Antonio chegaria mais rápido na Mercedes. Tudo me fazia lembrar da conversa que tivemos antes da tourada de Aranjuez, mas era assim que ele queria. Quando saímos, sorriu naturalmente e piscou para mim, como se tivéssemos um segredo. Não estava nervoso; talvez um pouco tenso.

Dei uma passada no quarto de Luis Miguel para lhe desejar bons touros. Ele também estava um pouco tenso.

Era um dia quente, e o sol de junho estava escaldante. O primeiro touro de Luis Miguel fez uma bonita entrada e enfrentou os picadores valentemente e com decisão. Luis Miguel dominou-o no primeiro instante e mostrou a mesma boa forma, arrogância e domínio com a capa que tínhamos visto em sua última apresentação. Então Antonio afastou o touro com a capa quando ele atacava um picador. Levou-o para a arena e fez os passes muito lentamente, muito próximo, mantendo-se absolutamente firme e esculpindo cada passe, prolongando-o até não se poder acreditar ser possível tal trabalho com a capa. A multidão e Luis Miguel ficaram sabendo que sua superioridade com a capa estava estabelecida.

Luis Miguel colocou três pares de bandarilhas, o último, soberbo, incitando o touro e esperando por ele até a última fração de segundo antes de se afastar para o lado, soltando as bandarilhas e fazendo um lindo pivô. Era um bandarilheiro maravilhoso.

Com a muleta comandou o touro rapidamente, trabalhou-o bem, com inteligência e passes longos e bem-feitos. Mas não foi eletrizante. A luta de Antonio com esse touro, que não era um animal tão simples, desgastara-o um pouco. Fez duas tentativas para matá-lo, sem sorte e sem grande decisão. Na terceira saiu-se melhor, e metade da espada ficou enfiada firmemente no ponto mortal; Luis Miguel habilidosamente baixou a cabeça do touro até a muleta que se encontrava na areia, acabou de enfiar a espada e tudo estava terminado. A multidão aplaudia-o e ele deu a volta à arena, os lábios apertados num leve sorriso, imagem que passaríamos a conhecer muito bem durante aquele verão.

O primeiro touro de Antonio começou bem. Antonio dominou-o e movia-se com ele a cada passe mais perto, ajustando-se ao animal e movimentando a cabeça no ritmo conhecido que fazia com que o coração do público parasse de bater.

Manteve o touro intacto ao longo do contato com os picadores e, quando as bandarilhas já estavam colocadas, retomou do ponto onde tinha deixado as touradas, em Aranjuez, há um mês. Voltara inteiro. O acidente em nada o diminuíra, apenas ensinara-lhe uma lição. Iniciou a *faena* com toda a sua pureza de estilo, fazendo do touro um sócio, ajudando-o, amorosamente, a passar o chifre da maneira mais mortal e conseguindo controlá-lo. Finalmente, quando o touro já fizera tudo o que podia, Antonio matou-o com um único golpe entre os chifres. Para mim foi ligeiramente baixo, mas estava bem para o público e para o presidente. Recebeu a orelha.

Bill e eu relaxamos. Antonio voltara o mesmo, como se nunca se houvesse afastado. E isso era o importante. A dor e o choque nada modificaram o seu interior. Tinha os olhos um pouco cansados. Mas era tudo.

O segundo touro de Luis Miguel era fraco das pernas. Ele tentou trabalhar bem com o animal; depois de um bom começo, o touro quebrou uma pata. Miguel pediu a permissão para pagar um substituto e toureá-lo depois do próximo de Antonio. Em seguida liquidou o infeliz animal de pata quebrada, e o último touro de Antonio entrou na arena.

Não era verdadeiramente bravo; começava com lentidão, não era touro para uma espetacular *faena*. Tinha que ser dominado, vencido com a muleta e morto imediatamente. Em vez disso Antonio começou a trabalhar com ele, transformando-o num touro verdadeiro. Fez lindamente os passes com a capa, antecipando e corrigindo seus defeitos com coragem e conhecimento. Era bonito de ser visto mas, ao mesmo tempo, fantasmagórico. Todos os bandarilheiros estavam nervosos, e eu observava o rosto pálido e tenso de Miguelillo.

Com a muleta Antonio pensou tê-lo corrigido mas, quando o incitou de longe, o touro parou no meio do passe e tentou atingir-lhe o corpo por baixo da muleta. Antonio manteve-o afastado com ela e livrou-se dele. O touro tentou novamente. Não era em absoluto um touro para a espécie de trabalho que Antonio desejava fazer. Percebendo isso e que tinha sido confiante demais com ele, Antonio fez os passes necessários para prepará-lo para a morte, acertou-o e mergulhou a espada entre os chifres, um pouco abaixo do local adequado.

Luis Miguel recebeu o substituto, um enorme touro, de Samuel Flores, ligeiramente acima do peso, com bons chifres e sem más intenções, e trabalhou com ele em seu estilo. Colocou quatro pares de bandarilhas; não eram caríssimas como as que colocara em seu primeiro touro, mas eram boas bandarilhas, compradas em alguma loja qualquer. Foi inteligente, seguro e calmo com a muleta. Depois fez todos os truques que, sabia, o público adorava, executando-os com perfeição. A primeira vez que enfiou a espada o fez com alguma hesitação. Na segunda tentativa mirou bem do alto e fez com que meia lâmina penetrasse, mais uma vez sólida e perfeitamente colocada na região da aorta. Observou o touro sentir a coronária entrar em colapso e apagou as luzes com o descabelo. Deram-lhe as duas orelhas e o rabo.

— Esta temporada vai custar muito dinheiro a Luis Miguel se ele quiser sempre dizer a última palavra a Antonio, a 40 mil pesetas por vez — comentou Bill.

É verdade que Luis Miguel vencera no papel, mas a escolha dos touros é feita pela sorte, ou deveria ser, e nos dois touros Antonio estava na frente. O touro extra dera vantagem a Luis Miguel.

— Hoje foi um dia muito instrutivo — comentei. — Luis Miguel é muito inteligente, e o que Antonio fez com seu touro tocou-o. Ficará em sua lembrança. Você vai ver. Exatamente como Antonio fez com o pobre Aparício, em Madri.

— Ele sempre lutará depois de Luis Miguel, não se esqueça — observou Bill. — Isso lhe dá terrível vantagem.

— Precisamos ficar atentos aos touros substitutos. Estou certo de que iremos ver muitos deles.

— Não creio que vá durar tanto tempo assim.

— Nem eu — concordei.

Estava exausto pela luta e pelo que tínhamos visto e sentido. Não gosto de dirigir depois de uma tourada, mas teríamos mais touros no dia seguinte às cinco horas em Alicante, no Mediterrâneo; no outro, às seis horas em Barcelona; e no subsequente às cinco horas em Burgos.

É necessário que se visualizem essas distâncias em um mapa e que se saiba como são as estradas espanholas para se compreender o que significa este programa. Tínhamos dirigido naquele dia de Madri a Zaragoza e, no anterior, de Málaga a Madri.

Uma grande parte da estrada que leva a Teruel não fora reconstruída desde a Guerra Civil. Era estreita, de asfalto precário, perigosa à noite em qualquer velocidade, mas era a única que levava ao Mediterrâneo. Dirigimos no escuro na velocidade máxima que nos mantivesse em segurança, ou um pouco mais rápido, e encontramo-nos todos no hotel Government, localizado na área norte de Teruel. Já era tarde, mas nos serviram uma boa refeição de *hors-d'oeuvre*, bifes, legumes e salada.

— Como se sente? — perguntei a Antonio.

— Muito bem. A perna não incomoda. Só me senti um pouco cansado quase no final. E você, como está?

— Fico sempre cansado depois desse tipo de tourada.

— Levo algum tempo para esfriar — comentou ele. — Comi um sanduíche de presunto e bebi um copo de cerveja. Mas às vezes meu estômago não aceita nem isso. Esta refeição veio na hora certa.

— E você consegue dormir daqui para a frente?

— Claro. Reclino o banco e durmo até Alicante. É melhor para mim viajar à noite e dormir durante o dia. Se acordo à noite, posso acordar assustado. Se acordo durante o dia, acordo feliz.

Riu e começamos a brincar com os outros. Por princípio nunca conversávamos sobre a tourada durante a refeição que a seguia. Fazíamos piadas, às vezes bastante grosseiras; Charri, um basco rotundo e grande bebedor, devotado a Antonio, e seguidor de todas as suas touradas, fazia o antigo papel shakespeariano do bobo. Contava histórias muito engraçadas, servindo também de alvo para as piadas. Pode-se rir de muitas coisas e pessoas, pois quem cultua as touradas não é perfeitamente normal, e os adoradores de matadores são ainda mais vulneráveis.

Pouco depois da meia-noite partimos em três carros para Alicante, Bill e eu ansiando pela luz do dia, e seguimos pela estrada dentro da fina neblina que se espalhava sobre a cidade e ao longo do leito do rio até que o sol nascesse e começasse a dissipá-la. Passamos por locais onde se lutara durante a Guerra Civil, mas não tentei explicar a operação nem o sítio, apontando apenas para os vários aspectos do terreno. Com eles na cabeça Bill poderia compreender a luta por meio de algum relato mais apurado. As distâncias eram todas muito menores, como sempre, e o frio mortal e a neve tinham desaparecido. Mas vi vários lugares que ainda me assustavam pela sua nudez fantasmagórica.

Ver a região não trazia a luta de volta; ela nunca fora embora; mas ajudava um pouco, como sempre, a purgar algumas coisas acontecidas no local, percebendo a pouca diferença que acarretaram às montanhas secas que um dia foram tão importantes para nós. Seguindo pela estrada em direção a Segorbe, naquela manhã, pensei como um trator pode ser muito mais violento para uma montanha do que a morte de uma brigada; ela, deixada para manter uma posição, pode ser destruída, e então, enriquece o solo durante um pequeno período e acrescenta valiosos sais minerais e certa quantidade de metal à montanha, mas o metal não está em quantidades extraíveis, e qualquer fertilização desaparecerá do solo árido com as chuvas da primavera e as neves do inverno.

Havia outros lugares que eu gostaria de ver, já que passaríamos por eles; lugares dos quais me lembrava com certeza incorretamente devido à pressa ou à tensão e às distorções de visão de uma pessoa exposta ao fogo; mais cedo ou mais tarde eu os veria, podendo então fazer as correções em minha memória. Havia certos lugares que eu gostaria de mostrar a Bill por sua própria incredibilidade; mostrá-los como peças de museu do impossível na guerra. Mostrara-lhe as localizações na estrada acima da cidadezinha de Guadarrama a caminho da rodovia para Avila, mas eram tão obviamente irracionais que não o poderiam culpar por não acreditar em mim. Quando as revi, nem eu mesmo pude acreditar, embora sua lembrança original fosse muito mais nítida do que qualquer fotografia.

Fiquei contente quando chegamos a Segorbe, uma cidade muito velha, linda e intocada, por onde eu passara muitas vezes sem tempo para parar. Bill morara lá com Annie durante um certo período e conhecia todos os lugares da cidade. Tomamos um ótimo desjejum com café, queijo e frutas, e compramos uns bordões muito interessantes, que as pessoas do campo usam nas montanhas, feitos de uma madeira que até então só vira na África. Compramos também excelentes cerejas que colocamos na bolsa de gelo para vinho.

Deixamos as montanhas e colinas, passando pela antiga e cinzenta cidade ibérica de Sagunto, selvagemente confusa; com precipícios, altos muros, construções romanas e mouras deixadas pelos conquistadores e seu lindo centro medieval. A certa distância, Sagunto dá sempre a impressão de estar prestes a escorregar, como as telhas de um telhado inclinado que tivesse sido danificado e cuja parte superior, quando se está nela, parece presa por cáctus. Gostaria de ter ficado um pouco ali, caminhado e subido ao castelo, mas os touros nos esperavam em Alicante, e prosseguimos por entre o violento trânsito de domingo, com carros, bicicletas e lambretas em direção a Valência. A região era uma planície costeira muito rica que corria do mar em direção às montanhas. Passamos por troncos escuros, variados tons de verde das laranjeiras e limoeiros, acrescidos de verde prateado das oliveiras; as casas eram brancas, emolduradas por palmeiras e filas de ciprestes. O terreno tão rico e tão bem-dividido mais parecia ajardinado do que cultivado. Na estrada coalhada de motoristas de fim de semana os acidentes de lambretas começavam a aumentar, numa média de um a cada cinco ou seis quilômetros.

Ultrapassamos Valência e tomamos a estrada costeira, beirando a lagoa, com a praia selvagem e a floresta de pinheiros umbeliformes à nossa esquerda. O vento soprava, e o mar estaria quebrando violentamente na praia. Os botes de velas inclinados deslizavam na lagoa, e os campos verdes de arroz moviam-se ao vento. Longe, do outro lado da lagoa, o branco das vilas e as montanhas irregulares e marrons. Viam-se pescadores nas margens e nas escavações, e muitas lambretas carregavam varas de pescar e outros apetrechos. O índice de acidentes se mantinha, pois, embora diminuísse à medida que nos afastávamos de Valência pela estrada marítima para Alicante, aumentava novamente quando nos aproximávamos dessa cidade.

A viagem a partir daí foi mais dramática, a costa sendo ainda mais íngreme do que a do sul de Málaga; o péssimo trânsito de domingo cortava a visão do mar azul se quebrando e espumando de encontro às rochas abaixo, mas foi bom entrar na agradável e movimentada Alicante. Havia um hotel novo excelente, o Carlton, onde nos deram um quarto confortável e fresco com uma grande sacada, apesar de a cidade estar em semana de festa e termos explicado que partiríamos imediatamente depois da tourada.

Antonio sentia-se bem, parecia descansado e confiante. Dormira a viagem toda até chegarmos ao hotel, onde adormecera novamente, só acordando ao meio-dia. Havia muita atividade em curso. O promotor da arena de Valência conversava com Antonio sobre os touros que desejava; pedimos licença e nos afastamos. Aguardávamos Ed Hotchener que voara de Nova York para Madri, mas se atrasara para a tourada de Zaragoza, podendo chegar a qualquer momento de avião ou de carro.

Bill e eu almoçamos com Domingo, o promotor de Valência, que era meu amigo, e dois promotores da arena de Alicante. Tinham elaborado o programa para a feira de Valência, fundamentado nas presenças de Antônio e Luis Miguel, sendo uma das lutas um mano a mano entre os dois.

— Deverá ser uma *feria* maravilhosa, — disse Bill.

Nesse momento Hotch apareceu, sardento e decidido, e pedimos alguma coisa para ele comer. Sua viagem de táxi fora terrível, e as coisas em geral, confusas; esqueceu-se de tudo, entretanto, quando lhe dissemos que assistiríamos a tourada do *callejón.*

— O que é que eu faço se o touro pular para o *callejón, Papa?* — perguntou.

— Você pula para a arena.

— E o que eu faço quando ele voltar para a arena?

— Você salta de volta para o *callejón.*

— É muito simples — disse Hotch. — Assim não haverá problema algum...

Naquela tarde, quatro dos cinco touros Juan Pedro Domecq eram excelentes. Antonio estava confiante e feliz com os dois que lhe couberam e começou demonstrando com suas primeiras verônicas como os touros deveriam ser enfrentados, encerrando com a última estocada de sua espada. Cortou as duas orelhas e o rabo do primeiro touro, e a orelha do quarto. Todos os seus movimentos foram perfeitos e clássicos. Mas não frios. Mostrava-se novamente amoroso com os touros e os dirigia e comandava com graça e elegância, matando limpa e perfeitamente. Era muito bom vê-lo tão de perto do *callejón* e poder ouvir tudo o que dizia aos touros e a seu pessoal enquanto conduzia a luta perfeita.

Combináramos nos encontrar depois da tourada em Gran Valência no Pepica's, um grande restaurante ao ar livre na areia da praia, ao norte do porto. Ficava a uma noite de viagem de Barcelona, e um trecho da estrada pela qual deveríamos entrar na Catalunha estava em péssimo estado. O pessoal do hotel não nos deixou pagar o quarto. Encontrei amigos de antigos amigos e também alguns desses amigos antigos quando estávamos saindo de carro. Tinham-nos visto na arena e vieram despedir-se. Disse-lhes que voltaríamos a Alicante a caminho da *feria* de Valência no dia 23 do mês seguinte.

— E por que foi que voltou aos touros, *Ernesto?* — perguntou-me um dos antigos amigos.

— Para ver o Antonio — respondi.

— Valeu a pena. Mas, fora isso, está tudo uma confusão incrível.

— Estou vendo. Quando terminar, estarei por dentro.

— Então, boa sorte. Talvez nos encontremos em Valência. Quantas touradas Antonio fará lá?

— Cinco provavelmente.

— Veremos você lá?

Viajamos ao anoitecer na estrada apinhada pelos viajantes em férias que voltavam para casa. Vimos poucas lambretas e quase nenhum acidente, o que me fez acreditar que os menos capazes já tinham sido eliminados. De qualquer maneira não são em geral veículos noturnos; ressurgem pela manhã.

Bill quis dirigir todo o tempo sem descanso. Gostava do trânsito e das bicicletas, e todos os veículos sem luz traseira deixavam-no feliz. Não gostava de percursos fáceis e lera um livro confuso e idiota sobre toureiros e as misérias e horrores que eles enfrentavam quando viajavam entre uma tourada e outra. Todos nós conhecíamos o autor e, por isso, não ligávamos muito para o livro, mas pelo menos todos presumíamos, erroneamente, que ele pessoalmente dirigira ao longo daquelas tenebrosas distâncias. Por outro lado, Bill acreditava corretamente que, se personagem tão improvável guiara noite após noite todas aquelas distâncias e sobrevivera para escrever livros sobre o assunto, seria fácil para ele, que era um motorista indestrutível, sobrepujá-lo. Hotch, farejador e degustador de acontecimentos emocionantes, achava maravilhoso que Bill quisesse dirigir até morrer. Poderíamos escrever um livro contando tudo.

— Você não está com sono, Bill? — perguntei. — Olhe que viajamos o dia inteiro depois de ficar em pé no *callejón* desde as seis horas da manhã.

— Mas descansamos no almoço — retrucou Bill.

— Você está brincando — interveio Hotch. — Faremos com que coma de pé na próxima vez.

— Não quer parar para tomarmos um café? — perguntei.

— Não creio que seja esportivo — retrucou Hotch. — Se Bill é um cavalo, não o podemos dopar.

— Acha que lhe farão um teste de saliva no Pepica's?

— Não conheço as instalações deles — afirmou Hotch. — Nunca comi no Pepica's. Mas acredito que devam fazer testes de saliva numa cidade do tamanho de Valência.

— Só fazem em Porto de Valência — disse Bill sombriamente.

— Não fique triste, Bill. Faremos um teste adequado em Barcelona.

O jantar no Pepica's foi maravilhoso. Era um restaurante ao ar livre, grande e limpo, e a comida era feita diante do cliente. Podia-se escolher o que se quisesse, grelhado ou cozido, e seus frutos do mar e os pratos de arroz valenciano eram os melhores da praia. Todos nos sentíamos ótimos depois da tourada, estávamos famintos e comemos bem. O lugar era dirigido por uma família, e todos se conheciam. Ouviam-se as ondas quebrando-se na praia, e as luzes brilhavam na areia molhada. Bebemos sangria, vinho tinto com suco fresco de laranjas e limões, servida em grandes jarras; comemos, para começar, salsichas locais, atum e camarões frescos, e tentáculos de polvo fritos que tinham gosto de lagosta; alguns comeram bife depois, e outros, frango assado ou grelhado e arroz de açafrão com pimentões e mariscos. Uma refeição bem modesta para os padrões valencianos, a dona do restaurante tendo ficado receosa de que saíssemos com fome. Ninguém conversou sobre touradas. Faltavam 382 quilômetros até Barcelona e, quando saímos do Pepica's, eu disse a Antonio que possivelmente pararíamos para dormir um algum lugar na estrada onde encontrássemos um hotel.

Quando chegamos ao carro, Bill estava completamente acordado, afirmando sentir-se perfeitamente em condições de dirigir a noite toda. Disse que a comida o despertava em vez de lhe provocar sono. Sugeri que parássemos em Benicarlo, a uns 130 quilômetros, na costa. Bill reiterou que não enfrentaria a estrada se tivesse sono e que pararia em Benicarlo se desejássemos, mas que não era necessário. Caí no sono imediatamente, acordando quando já tínhamos passado por Benicarlo e chegávamos a Vinaroz. Faltava ainda meia hora para o amanhecer. Paramos em uma taverna para motoristas de caminhões que ficava aberta a noite inteira e pedimos sanduíches de fatias grossas de queijo; pedi que pusessem no meu fatias de cebola crua; tomamos café e experimentamos o vinho local, acompanhados por alguns tipos noturnos ainda bêbados da festa de domingo em Vinaroz. A orelha que algum novilheiro cortara e os chifres do touro estavam atrás do balcão. Eram chifres de tamanho razoável e ninguém os aparara. O ar fresco que vinha do mar me abrira o apetite e ainda desejava ver a parte do país que olhara pela última vez no dia em que o Exército Nacionalista cruzou o oceano, quando quase fomos aprisionados. Esperamos, portanto, que o dia clareasse e partimos atravessando o Ebro, em Amposta, antes que o sol se levantasse.

O dia começava feio com o vento que vinha do mar misturado à neblina. A estrada era muito ruim, e a terra parecia triste sob aquela luz cinzenta. O Ebro, que significava tanto para nós em um determinado momento, assim como o Marne ou o Aisne para outros guerreiros, parecia igualmente anti-histórico; mas estava marrom, como sempre, e a correnteza era violenta.

O dia começava triste para mim, mas tentei não partilhar esta sensação, e chegamos ao grande e amigável hotel em Barcelona a tempo de dormir um bom sono, se fôssemos toureiros e conseguíssemos dormir à luz do dia.

Luis Miguel Dominguín em 1954, treinando para seu retorno às touradas. (Foto de A. E. Hotchner)

Hemingway com Dominguín e sua amiga Ava Gardner, 1954.
(Foto de A. E. Hotchner)

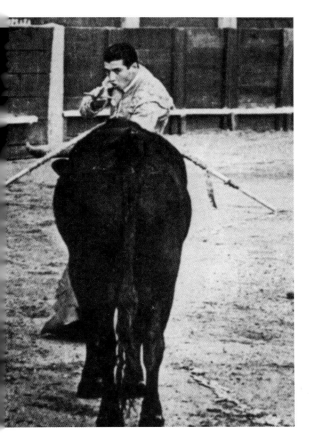

Ordóñez preparando-se para matar, Logroño, 1955. (Foto de Cuevas, cortesia da Biblioteca John F. Kennedy)

Ordóñez apresentando-se em um *derechazo de rodillas*, passe de mão direita com a muleta, executado em um joelho. (Foto cortesia da Biblioteca John F. Kennedy)

Dominguín exibindo-se em dois dos truques que Hemingway odiava: beijando o touro e fingindo falar com ele ao telefone. (Fotos de Cuevas, cortesia da Biblioteca John F. Kennedy)

Dominguín provocando com as bandarilhas e colocando-as, Valência, 1959. Ele é reconhecidamente um mestre dessa fase da tourada. (Fotos de Cuevas, cortesia da Biblioteca John F. Kennedy)

Antonio Ordóñez observa Dominguín toureando durante uma de suas lutas mano a mano. (Foto © by Larry Burrows)

Antonio Ordóñez executando um *pase de pecho*, Bilbao, 1952. (Foto de Cuevas, cortesia da Biblioteca John F. Kennedy)

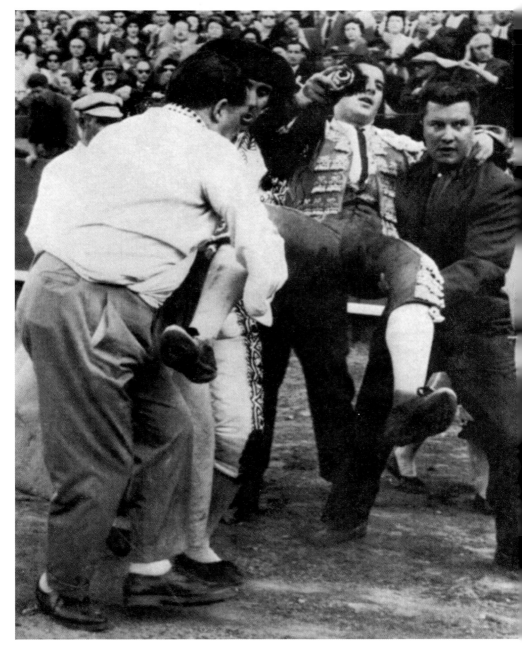

Ordóñez sendo carregado da arena depois de ter sido ferido em Aranjuez em 30 de maio de 1959. Ainda segura a cauda do touro, que lhe foi concedida como prêmio juntamente com as duas orelhas e a pata. (Foto de Cuevas, cortesia da Biblioteca John F. Kennedy)

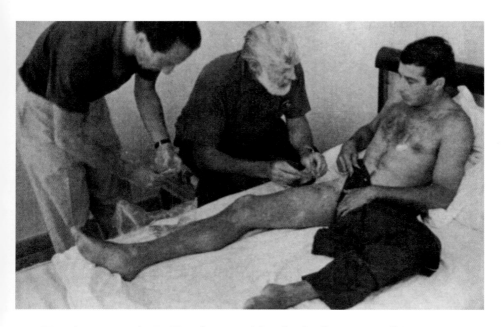

Hemingway e A. E. Hotchner cuidando do ferimento feito por uma chifrada em Ordóñez. (Foto © by Larry Burrows)

Hemingway e Ordóñez praticando tiro ao prato em La Consula, residência de Bill Davis perto de Málaga, onde Ordóñez foi convalescer depois de ter sido ferido por um touro. A. E. Hotchner auxilia. (Foto © by Larry Burrows)

Na praia em Málaga. (Foto de A. E. Hotchner)

Hemingway bebendo na feira de Pamplona em 1959. (Foto de Cano, cortesia da Biblioteca John F. Kennedy)

Hemingway no Bar Choko com A. E. Hotchner e Mary Schoonmaker, uma das "prisioneiras" do grupo durante a feria de Pamplona. (Foto cortesia de A. E. Hotchner)

Dominguín sendo atingido por seu terceiro touro no mano a mano com Ordóñez em Málaga. (Foto © by Larry Burrows)

A. E. Hotchner vestindo-se para aparecer como *sobresaliente* no mano a mano entre Ordóñez e Dominguín em Ciudad Real. Hemingway, Bill Davis e Ordóñez assistem. (Foto de Larry Burrows, LIFE Magazine, 1960; © by Time Inc.)

Luis Miguel Dominguín executando um *pase natural*, Bayona, 1959. (Foto de Cuevas, cortesia da Biblioteca John F. Kennedy)

Antonio Ordóñez executando um remate no final de uma série de verônicas, Sevilha, 1959. (Foto de Cuevas, cortesia da Biblioteca John F. Kennedy)

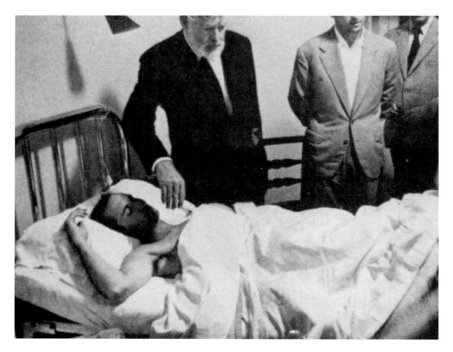

Hemingway à cabeceira de Domínguín, quando o toureiro foi ferido em Bilbao. Bill Davis à direita. (Foto © by Larry Burrows)

Hemingway e Ordóñez conferenciam ao lado da arena, Bayona, 1959. (Foto de Fournol, cortesia da Biblioteca John F. Kennedy)

8

Do outro lado da janela uma ventania fazia os galhos dos plátanos chicotearem; além disso, chovia intermitentemente. Parecia que iriam suspender a tourada. A venda de ingressos, entretanto, fora grande, e eu sabia que tentariam manter a corrida a menos que a areia estivesse molhada demais para ser usada na hora marcada. Bill, em vez de tentar descansar, saiu para comprar jornais. Eu tentei dormir um pouco, mas não consegui, o que não tinha muita importância, pois dormira bastante no carro depois da meia-noite. Estava, no entanto, preocupado com Bill e sua decisão de dirigir todo o tempo. Procurei Miguelillo, o carregador de espadas, e ele informou que Antonio dormia pesadamente.

Quando encontrei Antonio ele estava aborrecido com o tempo, mas muito ansioso para que a tourada acontecesse. Ansiava por sua segunda oportunidade de se medir com Luis Miguel. Disse que sua perna não o incomodara absolutamente em Alicante.

— Mas que comida gostosa a do Pepica's! Como comemos bem! — disse ele. — Não é, Bill?

— Verdade — respondeu Bill.

— Como Bill está se saindo?

— Nosso Bill é um cavalo — brinquei.

Foi uma tourada pesada num dia terrível, mas tanto Luis Miguel quanto Antonio estiveram maravilhosos. Antonio Bienvenida era o matador mais antigo e forçou-se a fazer um bom trabalho com a capa, sorrindo um não sorriso sem alegria que se parecia compor sempre de dois movimentos formais: ranger os dentes e arreganhar os lábios para expor a arcada dentária. Seus touros eram difíceis, todos Sepulveda de Yelts. Tudo o que conseguiu fazer com eles foi torná-los mais difíceis.

Luis Miguel tinha ficado com os dois melhores animais do lote e foi soberbo com ambos. Sabia não poder competir com Antonio nas verônicas, mas tentou e fez o melhor que eu já vira. Quando colocou a capa nas costas e executou os graciosos passes mexicanos de Gaona, foi perfeito. Colocou três pares de bandarilhas em cada touro em seu melhor estilo, e foi habilidoso no trabalho com a muleta, galante, lindo e próximo o suficiente para dar a sensação da iminência de tragédia dentro de maravilhosa segurança. Matou um dos touros bastante bem, o último com perfeição, merecendo as duas orelhas e o rabo, bem como a ovação da multidão delirante.

Antonio conquistara a plateia com seu lindo trabalho de capa na condução do primeiro touro de Bienvenida, um animal que não passava, a não ser que o obrigassem. Pois ele fez com que o touro parecesse não ter defeitos.

Quando foi enfrentar seu primeiro touro, o terceiro da corrida, começou a chover torrencialmente. O touro foi bom a princípio, e Antonio ajustou seu tempo ao dele com perfeição, movendo-se sempre em direção ao animal e sacudindo a capa pesada de chuva com delicada lentidão, calculada na velocidade do touro, pois a areia molhada retardava os movimentos. O animal não era verdadeiramente bravo, e seu desejo de atacar diminuía sob o temporal. Antonio o foi construindo com a muleta e tomou posse dele completamente. Mas o touro era apenas eficiente na exibição de alguns poucos passes bem-executados e, quando viu que nada mais poderia extrair dele, Antonio colocou-o em posição e matou-o rapidamente.

A chuva parara durante o quarto touro. Agora, já no último, a plateia ainda se encontrava em estado de imensa excitação depois do triunfo de Luis Miguel; essa emoção da plateia permanece, como uma corrente que não diminui até que as portas se abram e entre o próximo touro.

Observei o animal. Depois observei Antonio a examiná-lo, pensando. Juan, seu irmão, com a ponta da capa arrastando pela areia, chamou a atenção do touro, que o seguiu. Não gostei dele. Sabia disso, embora naquele exato momento não soubesse por quê. Antonio compreendeu-o todo e, após três movimentos, já sabia o que iria enfrentar. Mas foi atrás dele, movendo-se na sua frente para o provocar, ganhando progressivamente mais terreno, medindo sua velocidade com a capa, esperando que o touro se descuidasse e controlando-o dentro de ritmo calculado enquanto fazia com que os chifres se aproximassem mais a cada passe, até colocá-lo no lugar desejado; depois, obrigando-o a encará-lo, afastou-se.

Quando o touro avançou para os picadores, todos os seus defeitos ficaram evidentes. Miguel se tinha exibido com dois bons touros e fora soberbo. Antonio enfrentara dois touros ainda melhores no dia anterior e fora maravilhoso. Aqueles dois sempre seriam maravilhosos com animais perfeitos. Mas agora Antonio estava com um touro que se mostrara hesitante no ataque e teria de ser trabalhado em terreno tremendamente perigoso para que, afinal, atacasse, sendo, então, controlado somente pelo movimento da capa para que dela não se distraísse e tentasse chifrar o homem.

Antonio resolveu enfrentar o touro nos termos do animal. Se precisasse lutar em local mortalmente perigoso, era ali que iria trabalhar; mas sabendo; não por ignorância. Se tivesse que partir para o terreno do touro e controlá-lo com o movimento lento e suave da muleta, de modo que naquela velocidade os olhos do animal não se pudessem afastar dela, nem ela pudesse ser acelerada e sair de seu campo de visão por um desejo do homem de diminuir o longo momento de verdadeiro perigo, assim seria.

Se, para sobrepujar Luis Miguel, tivesse que manter a sua absoluta pureza de estilo à moda de Bach, executando-a com aquele instrumento defeituoso, que assim fosse. Se precisasse morrer, que morresse, e absolutamente nada significaria para ele naquele momento.

E assim fez, moldando o touro, instruindo-o e fazendo com que finalmente ele parecesse gostar do jogo e cooperasse. Um murmúrio percorreu a multidão e, logo a seguir, gritos deslumbrados acompanhavam cada passe incrivelmente bonito. Então, Antonio já trabalhava ao som da música, mantendo seus passes

tão puros quanto a matemática e tão calorosos, excitantes e surpreendentes como o amor. Eu sabia que ele conhecia os touros
e que os compreendia como um cientista. Era impossível a *faena*
com o touro que lhe coubera, e já assisti centenas de variações
do que os matadores fazem para se livrar de um touro como
aquele o mais rapidamente e de forma razoavelmente honrada.
Antonio, entretanto, tinha que suplantar Luis Miguel com o
touro que lhe coubera. Pois foi o que fez.

Afinal matou o touro, projetando-se com perfeição, mas
atingindo o osso duas vezes; depois enterrou a espada até a bainha
vermelha. Foi-lhe concedida uma orelha, apesar de a multidão
pedir as duas. Mas ele atingira o osso duas vezes.

Os dois foram carregados nos ombros do público; assim era
Barcelona.

Quando chegamos ao hotel, Antonio, mais cansado da cami-
nhada nos ombros de seu público do que da tourada, sorriu com seu
sorriso moreno e feliz quando se deitou sob os lençóis de sua cama.

— *Contento, Ernesto?* — perguntou.

— *Muy contento.*

— Eu também. Viu como ele era? Você percebeu tudo?

— Acho que sim — respondi.

— Vamos comer em Fraga.

— Ótimo.

— Cuidado na estrada.

— Então nos vemos em Fraga — despedi-me.

Luis Miguel estava em outro hotel, e a multidão era tão
grande diante do nosso que não consegui atravessá-la para o
cumprimentar. O povo amontoava-se nas entradas dos dois hotéis
e, pela primeira vez, parecia que estávamos nos velhos tempos.

160 ~ ERNEST HEMINGWAY

Finalmente conseguimos sair da cidade, enfrentando o trânsito violento de pessoas que tinham passado no campo o fim de semana prolongado pelo do dia de São Pedro, avançamos em meio aos clarões dos faróis em nossa direção, refletindo-se na estrada escura e molhada; atravessamos a Catalunha e entramos em Aragon. O resto do grupo encontrou-se conosco em Fraga, um adorável e antigo vilarejo pendurado, como uma cidade tibetana, acima do rio que já seria o suficiente para compensar todo o esforço da viagem. Mas só conseguimos ver uma rua banhada pela chuva e um grande bar de zinco onde paravam os motoristas de caminhão. O salão de refeições que ficava no segundo andar estava fechado, e a bebida não era boa. Pegamos no carro uma garrafa do bom uísque de Gibraltar que bebemos com água mineral para vencer aquela noite fria e úmida. Tomamos cada um duas doses enquanto arranjavam para nós uma porção de lombo bastante razoável, ovos cozidos e uma sopa.

Antonio estava feliz, mas cansado. Odiava ser carregado nos ombros das pessoas, o que, daquela vez, abrira seu ferimento. Comemos depressa, mas alegremente. Era como se fizéssemos parte de um time que ganhara uma grande partida, mas que sabia ter de jogar novamente no dia seguinte. Discutimos sobre o lugar mais indicado para parar e todos concordamos que o chalé de caça em Bujaroloz seria o melhor.

— Quer que eu lhe faça um curativo? — perguntei a Antonio.

— Não, não é nada. Miguelillo colocou uma atadura bem apertada. Você dá uma olhada amanhã.

— Durma bem.

— Dormirei. A estrada é boa daqui em diante. Como você está?

— Ótimo. Muy *contento*.

— Faça o Bill dormir — disse sorrindo. — Mesmo sendo um cavalo, você tem de cuidar do seu cavalo.

— Vou dar aveia para ele.

— Faça-o dormir. E durma você também. Vejo-o em Burgos.

Quando atravessamos Zaragoza, saindo para o campo plano em razoável velocidade tendo à nossa direita o Ebro com seus platôs de terras áridas e, além deles, as primeiras montanhas de Navarra, o dia começou a clarear, embora as grandes montanhas da serra ibérica, à nossa esquerda, continuassem cobertas de nuvens.

Depois de Logroño, quando deixamos de margear Navarra e nos dirigimos até o final da região vinícola da Rioja, subimos pelas encostas da Sierra de la Demandada por entre charnecas selvagens e carvalhos raquíticos até alcançar o ponto mais alto, de onde avistamos o platô de Castilla la Vieja, recortado pela estrada ladeada de olmos que levava a Burgos.

É sempre um choque entrar em Burgos. Poderia ser qualquer cidade nos despenhadeiros das encostas até que se começa a ver o cinzento das torres da Catedral e, subitamente, já se está dentro dela. Estávamos ali por causa das touradas mas nem por isso deixei de sentir o impacto do peso daquelas pedras e de sua história que me atingiu profundamente quando, enquanto Bill procurava um lugar para estacionar o carro nas ruas apinhadas da *feria*, saí para encontrar o resto do grupo.

Vi Joni, Ferrer e Juan, os bandarilheiros, na entrada do hotel. Ferrer e Juan estavam vindo do *sorteo*. Disseram que os touros pareciam bons. Achavam que nos coubera o melhor par. Todos sentiam-se bem, mas fatigados. A quadrilha fizera uma viagem bastante cansativa de Barcelona, mas o moral estava elevado. Tinham todos se preparado para aguentar firme, e toda a agitação daqueles quatro dias fora apenas a amostra do que aconteceria em agosto e setembro.

Antonio estava excelente. Dormira muito bem no carro e no hotel.

Foi uma tourada muito boa, apesar de os touros Cobaleda serem difíceis e perigosos. Coube a Antonio um que só podia ser trabalhado pela direita. Seu chifre esquerdo caçava o matador como uma foice afiada. Antonio trabalhou lindamente com ele com a mão direita e matou-o bem.

Seu segundo touro também era difícil, mas Antonio remodelou-o, como fizera com o touro de Barcelona no dia anterior. Como sempre, estava maravilhoso com a capa, executou uma bela *faena* clássica e matou-o muito bem, colocando a espada bem do alto. Recebeu as duas orelhas. Seu trabalho não poderia ter sido melhor, jamais deixando que as dificuldades do touro transparecessem.

Depois da tourada, partimos para Madri e chegamos lá tarde, mas a tempo de jantar no Callejón. Bill fizera toda a viagem incansavelmente ao volante. Tentamos contar a quantidade de serras atravessadas e calcular os quilômetros percorridos, mas desistimos. Não tinha importância. Já estava feito.

Na noite de 2 de julho Annie e Mary chegaram de Málaga, fazendo todo o percurso em um só dia para nos provocar. Encontramo-nos novamente no âmago da civilização e da família durante dois dias; depois partimos para Pamplona, via Burgos, onde paramos para assistir a uma corrida de Miúras.

Eram os melhores animais que tínhamos visto naquela temporada, sendo que um deles era o touro mais nobre e completo que eu via em muitos anos. Fazia tudo, exceto ajudar o pontilheiro a colocar a adaga quando já estava caído. Dormimos em Vitória e continuamos até Pamplona para a *feria* de San Fermin.

9

Pamplona não é lugar para se levar a esposa. Todas as circunstâncias contribuem para que ela adoeça, fira-se ou se machuque, ou para que, no mínimo, leve cotoveladas ou se derrame vinho em sua roupa; corre-se o risco de a perder ou de acontecer talvez até mesmo todas essas coisas juntas. Se existisse um casal que pudesse enfrentar Pamplona com êxito, seria Carmen e Antonio, mas Antonio não a traria ainda assim. É um *fiesta* de homens, e as mulheres causam confusão; nunca intencionalmente, é claro; mas quase sempre provocam ou experimentam aborrecimentos. Uma vez escrevi um livro sobre o assunto. Claro que se ela fala espanhol suficiente para saber que estão brincando com ela e não a insultando, se é capaz de beber vinho dia e noite e dançar com qualquer estranho que a convide, se não se importa com coisas derramadas sobre ela, se adora barulho e música contínuos e ama fogos de artifício, principalmente aqueles que estouram perto dela e queimam suas roupas, se acha lógico ver o quanto se pode chegar próximo a ser morto por um touro, por simples diversão, se não fica resfriada quando se encharca de chuva e aprecia a poeira, gosta da desordem e de refeições irregulares, se nunca precisa dormir e se mantém limpa e arrumada, mesmo sem água corrente, então pode trazê-la. Mas correrá o risco de a perder para um homem melhor do que você.

Pamplona estava agitada como sempre, superpovoada de turistas e outros tipos, mas com quantidade representativa do melhor que existe em Navarra. Durante uma semana dormimos em média três horas por noite, embalados pelo típico rufar de tambores de guerra da região, pelos instrumentos de sopro tocando antigas canções e pelos dançarinos girando e saltando. Escrevi uma vez sobre Pamplona e mantenho a mesma opinião. Está tudo lá e sempre esteve, exceto por 40 mil turistas acrescentados à sua população. Quando a visitei pela primeira vez, há quatro décadas, não havia sequer vinte turistas. Agora, há dias em que, dizem, chegam aproximadamente 100 mil à cidade.

Antonio teria que tourear em Toulouse no dia 5 de julho, mas acabou sendo transferido para o primeiro *encierro* do dia 7. Queria apresentar-se em Pamplona, mas houve alguma confusão com os contratos no início da temporada, quando mudara a direção, e o programa começou com os irmãos Dominguín. Ele adora a *fiesta* e queria que participássemos também; foi o que fizemos. Divertimo-nos durante cinco dias e noites. Depois Antonio teve que ir a Puerto de Santa Maria em 12 de julho para enfrentar os touros Benitez Cabrera com Luis Miguel e Mondeno. Foi a única vez durante todo aquele ano em que, toureando juntos, Luis Miguel o suplantou na arena.

Depois da tourada perguntei-lhe o que acontecera. Disse que Luis Miguel ficara com os melhores touros, mas que, de qualquer maneira, ele não estava na forma em que se apresentara nas outras touradas daquela temporada.

— Na verdade não treinamos em Pamplona — sugeri.

— Talvez não tenhamos treinado como devíamos — concordou.

Não tínhamos ido lá exatamente para treinar, mas não estava incluído no programa ser atingido na perna direita pela chifrada de um touro Pablo Romero na primeira manhã e não ligar mais para o ferimento depois de feito o curativo e de receber antitetânica. Dançara a noite inteira, a fim de que a perna não enrijecesse e, na manhã seguinte, lutara novamente para mostrar a seus amigos de Pamplona que não recusava lutas por não gostar de determinados touros. Não tomou mais conhecimento da chifrada e não foi ao cirurgião da arena porque não queria que ninguém pensasse que estava dando muita importância ao fato e porque não queria preocupar Carmen. Quando, um pouco mais tarde, percebi que estava supurando, George Saviera, um médico amigo nosso de Sun Valley, fez a higiene e o curativo adequados, mantendo o local limpo até Antonio se apresentar na tourada de Santa Maria com o ferimento ainda aberto.

No Puerto, fiquei sabendo por amigos que Luis Miguel tivera dois touros perfeitos e ideais e que se apresentara lindamente com eles, fazendo todos os truques que sabia, chegando até a beijar o focinho de um dos touros. Antonio recebeu dois touros muito ruins, sendo o segundo muito perigoso. Não teve sorte quando matou o primeiro, mas conseguiu tirar do segundo touro, muito pior do que o primeiro, tudo o que foi possível; matou excelentemente e recebeu uma orelha. De qualquer maneira, o dia foi de Luis Miguel.

Permaneci em Pamplona porque Mary fraturara um dedo do pé, escorregando em uma pedra quando nadávamos em Irati. Tinha de caminhar apoiada em uma bengala, sentindo fortes dores e dificuldades. Talvez a *fiesta* tenha sido um pouco selvagem demais. Na primeira noite Antonio e eu vimos um carrinho francês muito elegante com uma linda garota acompanhada por um homem, um francês, como soubemos depois.

Antonio saltou na capota do carro para fazê-lo parar. Pepé Dominguín estava conosco e, quando os ocupantes do carro desceram, informamos ao francês que poderia partir, mas que a moça era nossa prisioneira. Ficaríamos também com o carro, pois estávamos sem transporte. O francês foi muito afável. Descobrimos então que a moça era americana e que ele apenas a levava a um encontro com uma amiga. Dissemos que cuidaríamos de tudo e *Vive la France et les pommes de terre frites.*

Bill, que conhecia todas as ruas de Pamplona, encontrou a amiga da moça, ainda mais bonita do que a prisioneira original, se isso fosse possível, e mergulhamos todos na noite das ruas estreitas com bandeiras escuras, da velha cidade, já que Antonio conhecia um lugar onde queria que fôssemos cantar e dançar. Mais tarde, concedemos liberdade condicional às prisioneiras, que voltaram frescas, adoráveis e bem-vestidas ao Bar Choko pela manhã, quando os primeiros tambores e dançarinos já se dirigiam para a Plaza, e permaneceram como prisioneiras, voluntárias, leais e encantadoras, durante toda a *feria* de Valência, até o final do mês.

Surgir com uma dupla de lindas prisioneiras nem sempre é bem-recebido nos círculos conjugais, mas essas prisioneiras eram tão gentis e adaptáveis, alegres e felizes com sua prisão, que nenhuma esposa demonstrou sua desaprovação, e até mesmo

Carmen acreditou em nós quando as conheceu na festa conjunta de aniversário, dela e meu, em La Consula no dia 21 de julho.

Nesse período descobríramos uma maneira de diminuir a erosão da *fiesta* e de nos afastarmos do barulho que já estava mexendo com os nervos de alguns dos membros mais valiosos do nosso grupo: sair ao meio-dia para o rio Irati, que ficava acima de Aoiz, e lá fazer piquenique e nadar, voltando a tempo de assistir às touradas. Cada dia íamos mais adiante, subindo aquela deliciosa corrente de trutas e penetrando a floresta virgem de Irati que permanecia imutável desde os tempos dos druidas. Eu esperava encontrá-la toda destruída, mas continuava sendo a última das grandes florestas da Idade Média com suas faias e seus tapetes de musgo seculares que eram, entre todas as coisas do mundo, a mais macia e mais deliciosa onde se deitar. E cada dia penetrávamos mais e mais na floresta, chegando cada vez mais tarde para as touradas, até que finalmente perdemos até mesmo a última apresentação, a *novillada*, quando atingimos um local do qual não darei detalhes porque pretendemos voltar lá novamente sem encontrar cinquenta carros e jipes que o tenham descoberto. Podíamos chegar pela estrada da floresta a quase todos os lugares onde tínhamos caminhado e acampado na época em que escrevi *O sol também se levanta*, ainda que tivéssemos de caminhar e escalar do Irati até Roncevalles.

Descobrir a terra inexplorada, tê-la novamente, partilhando-a com as pessoas que estavam conosco naquele julho deixou-me tão feliz quanto nunca fora, e toda a superpovoação e modernizações de Pamplona nada significavam para mim. Em Pamplona tínhamos nossos lugares secretos, como o Marceliano's, aonde íamos pela manhã para comer, beber e cantar depois do *encierro*;

no Marceliano's as tábuas das mesas e das escadas eram tão limpas quanto o tombadilho de um iate; as toalhas das mesas, entretanto, estavam sempre honrosamente respingadas de vinho. O vinho era tão bom quanto o que bebíamos aos 21 anos, e a comida, maravilhosa, como sempre. Ouviam-se as mesmas velhas canções e algumas novas que subitamente estouravam nos tambores e nas flautas. Os rostos que tinham sido jovens um dia estavam velhos como o meu, mas todos nos lembrávamos de como fôramos. Os olhos não tinham mudado, e ninguém ficara gordo. As bocas não eram amargas, apesar do que os olhos tivessem visto. As linhas de amargura em torno da boca são o primeiro sinal do fracasso. E ninguém fracassara.

Nossa vida pública acontecia no Bar Choko sob a arcada externa que antes pertencia ao hotel que fora de Juanito Quintana. Foi nesse bar que um jovem jornalista americano veio dizer-me que gostaria de ter estado em Pamplona conosco há trinta anos, "quando você costumava ir para o campo e conhecer as pessoas, quando conhecia os espanhóis e se preocupava com eles e com seu país, quando gastava seu tempo escrevendo e não sentado num bar buscando a adulação, fazendo gracinhas para seus bajuladores e assinando autógrafos". Falou muitas coisas mais que, segundo me disse, tinha posto numa carta que me escrevera quando eu lhe puxara as orelhas por não ter apanhado umas entradas que comprara para ele com um amigo cambista que trabalhava ali todas as *ferias*. Teria uns vinte e poucos anos então, e deveria ser tão bitolado nos anos trinta quanto o era agora, no final dos cinquenta. Não sabia que tudo sempre está ao nosso alcance, e podemos encontrar o que queremos, e seu belo rosto jovem já mostrava as rugas de amargura traçadas em torno do lábio superior, enquanto tentava corrigir-me em Pamplona. Estava tudo ali, e ele, embora convidado a participar da festa, não conseguia ver coisa alguma.

— Por que você perde tempo com esse boboca? — perguntou-me Hotch.

— Ele não é um boboca — disse eu. — É um futuro editor da *Reader's Digest*...

Divertimo-nos muito em Pamplona, e depois desse período Antonio toureou duas vezes em Mont de Marsan, na França, onde esteve maravilhoso. Os touros, entretanto, tinham os chifres alterados e, por isso, ele nunca comentou comigo aquelas touradas. Depois da última apresentação, voou até Málaga, para a festa de aniversário que Mary organizara para Carmen e para mim. Uma festa sensacional. Eu poderia nem ter percebido estar com 60 anos se Mary não tivesse tornado essa data tão importante e tão agradável. Mas aquela festa me abriu os olhos.

Ficávamos progressivamente com o coração mais leve, no melhor sentido da palavra, desde que começáramos o treinamento, quando Antonio se livrou da bengala que usava depois da grave cornada que sofrera em Aranjuez. Conversamos muito sobre a morte sem sermos mórbidos, e eu disse a Antonio o que pensava a respeito, o que não é importante, uma vez que ninguém na verdade sabe coisa alguma com certeza. Eu poderia ser sinceramente desrespeitoso sobre a morte e, às vezes, contaminava os outros com esse desrespeito; não era, entretanto, o que pretendia fazer então. Antonio provocava o assunto pelo menos duas vezes por dia, às vezes todos os dias da semana, viajando longas distâncias para enfrentá-la. Todos os dias se expunha deliberadamente ao perigo da morte, prolongando-o além dos limites normalmente suportáveis, com o seu estilo de tourear. Só poderia tourear da maneira como fazia tendo os nervos perfeitos e sem jamais se preocupar. Porque sua forma de tourear, sem truques, dependia do conhecimento do perigo e do controle sobre ele pelo modo como se ajustava à velocidade do touro, ou à ausência da mesma, e pelo seu controle sobre o touro apenas com o punho, governado por seus músculos, seus nervos, seus reflexos, seus olhos, seu conhecimento, seu instinto e sua coragem.

Se houvesse qualquer coisa errada com seus reflexos, não poderia tourear desse modo. Se sua coragem falhasse por uma pequeníssima fração de segundo, o encanto seria rompido, e ele, atingido. Além disso tinha talento para a luta, o que lhe permitia expor-se ao touro e matá-lo caprichosamente a qualquer momento.

Ele sabia todas essas coisas, fria e completamente, e nosso problema era reduzir o tempo em que pensava nelas ao mínimo necessário quando se estivesse preparando para enfrentá-las antes de entrar na arena. Era esse o encontro regular de Antonio com a morte que precisávamos enfrentar diariamente. Qualquer homem pode enfrentar a morte; mais complicado do que apenas enfrentá-la, entretanto, é o compromisso de trazê-la o mais perto possível enquanto se executam certos movimentos clássicos, e fazer isso uma, duas, três vezes, e depois provocá-la, enfiando uma espada num animal que pesa meia tonelada e que se ama. É enfrentar diariamente seu desempenho enquanto artista criativo e sua necessidade de funcionar como matador habilidoso. Antonio tinha que matar rápida e misericordiosamente, além de oferecer ao touro, pelo menos duas vezes por dia, a oportunidade de o atacar quando avançava por sobre seus chifres.

O VERÃO PERIGOSO ~ 173

Todas as pessoas envolvidas nas touradas ajudam-se umas às outras na arena. Apesar de quaisquer rivalidades e ódios, é a irmandade mais sólida que existe. Somente os toureiros conhecem os riscos que correm e o que o touro pode fazer com os chifres em seus corpos e suas mentes. Aqueles que não possuem vocação verdadeira para as touradas precisam dormir na companhia do touro todas as noites. Mas ninguém pode ajudar um toureiro imediatamente antes da tourada; a única coisa que podíamos fazer era tentar diminuir o período de ansiedade aguda. Pessoalmente, prefiro o termo angústia, *angústia* controlada, ao termo *ansiedade*.

Antonio sempre rezava no quarto, antes de uma tourada, no último momento, quando as pessoas que vão desejar sorte, bem como seus acompanhantes, já tivessem saído. Se houvesse tempo, quase todos os toureiros dariam uma escapada da arena até a capela, para rezar mais uma vez antes do *paseo*. Antonio sabia que eu rezava por ele e nunca por mim mesmo. Não era eu quem iria tourear, e desistira de rezar por mim mesmo durante a Guerra Civil Espanhola, quando vi as coisas terríveis que aconteciam com as outras pessoas e percebi que rezar por si mesmo é uma atitude egoísta. Para o caso de minhas preces serem inválidas, como bem poderiam ter sido, e para ter certeza de que alguém competente acobertaria tal falha, pedi reza na Associação Seminarista Jesuíta em Nova Orleans para Carmen e Antonio. Havia uma turma de estudantes que, prestes a ordenar-se, rezaria por eles todos os dias.

Diminuindo assim ao mínimo o tempo de pensar sobre a morte, estávamos todos de corações leves durante todo o prazo entre a tourada e a preparação imediatamente antes de entrar na arena. Pamplona era despreocupada o suficiente. A festa em La Consula também tinha sido. Uma das atrações que Mary colocou no parque era uma tenda de tiro ao alvo que alugara de um parque de diversões ambulante. Antonio ficara um pouco assustado, em 1956, ao ver Mario, o chofer italiano, segurando todo animado cigarros na mão para que eu lhes cortasse a ponta acesa com um rifle calibre 22. Agora, na festa, o próprio Antonio ficou com cigarros na boca para que eu atirasse nas cinzas. Fizemos isto sete vezes com os pequenos rifles do parque de diversões e, no final, ele já estava fumando mais cada cigarro, para deixá-los cada vez menores.

Finalmente disse:

— Ernesto, já fomos ao máximo que podíamos. O último tiro chegou a raspar minha boca.

Parei enquanto ainda estava em condições e recusei-me a atirar em George Saviers, porque era o único médico na casa, e a festa estava apenas começando. Foi uma festa longa. Três dias mais tarde estávamos a caminho da costa, na direção de Valência, para a primeira luta da feria.

10

Valência estava muito quente, e todos os hotéis, lotados. Não havia acomodações no Royal, apesar de nossas reservas terem sido confirmadas em Alicante, e nos conformamos, então, com o Victoria, ótimo, antigo, escuro, e fresco, passando a utilizar o grande bar com ar-condicionado do Royal como ponto de encontro.

As moças sofriam com o calor excessivo e ensinamos a elas as diferentes maneiras de atravessar a cidade seguindo pelas ruas estreitas, à sombra dos altos edifícios.

A primeira corrida foi quase um desastre. Os touros Pablo Romero, lindos e enormes como sempre, eram em sua maioria fracos das pernas e cansavam-se rapidamente. Antonio Bienvenida nada pôde fazer com seu primeiro touro que era um trotador e ficava sempre na defensiva. Bienvenida também ficou na defensiva, e os dois se defenderam um do outro até que ele matou o animal defensivamente e este foi retirado da arena. Eu esperava que o general Buck Lanham, que tinha vindo de avião para o aniversário e para esta *feria*, não acreditasse que aquilo fosse uma tourada. Seu rosto expressava: "sem comentários".

O primeiro touro de Luis Miguel já começou rápido, bravo e poderoso, e Luis Miguel deu-lhe o tratamento completo, desde os largos *cambiados* com os dois joelhos na areia até os três pares de bandarilhas junto à cerca, dois deles lindamente executados; agora eu podia ver que Buck estava interessado. As bandarilhas são a parte mais fácil de ser apreciada pelo espectador, ou mesmo avaliadas, e Luis Miguel sempre as colocava como se as estivesse explicando passo a passo, podendo-se observá-lo marcando esses passos com os pés. O touro começou a ficar asfixiado com a muleta por causa do calor e de excesso de peso; depois de alguns bons passes, perdeu o fôlego e ficou na defensiva, entrando em seguida em estado de torpor. Luis Miguel livrou-se dele com um golpe certeiro de meia lâmina de sua espada habilidosamente colocada.

Jaime Ostos foi enormemente corajoso com o terceiro touro, animal estúpido e destituído de temperamento, apresentando tendência para o ataque apenas com o chifre direito, o que o tornava perigoso desse lado. Jaime extraiu dele o que pôde com a mão esquerda, não tendo sorte ao tentar duas vezes o golpe com a espada. Finalmente conseguiu matá-lo bem.

Luis Miguel recebeu um segundo touro realmente bom e fez com ele tudo o que o tínhamos visto fazer em Algeciras, quando estava em sua melhor forma. Acredito que tenha alcançado seu ponto mais alto da feira com aquele touro. Nada mais apurado poderia ter feito dentro de seu estilo. O touro perdeu parte da força de uma das patas durante o trabalho com a muleta logo no início da tourada mas, estranhamente, não ficou manco, e Luis

O VERÃO PERIGOSO ～ 177

Miguel o dirigiu por cinco longas séries de passes, provocando, cada um deles, os gritos da multidão. Já com música a acompanhá-lo, executou a segunda metade, tão emocionante quanto a primeira. Depois fez todos os seus truques e, afinal, matou limpo e do alto, lindamente, sem qualquer truque.

Fizera tudo o que podia ser feito e o fizera com perfeição; seu triunfo foi completo e absoluto. Deu duas voltas em torno da arena com seu sorriso de lábios apertados que ultimamente se tornara triste. Ele não era arrogante, mas parecia estar pensando em qualquer outra coisa enquanto levantava as duas orelhas, acompanhado de sua quadrilha que atirava de volta bolsas, sapatos e flores que as mulheres jogavam assim como os sacos de vinho e os chapéus de palha. Ficavam com os charutos. Havia um grande espaço vazio do lado da arquibancada descoberta onde os camponeses com seus macacões pretos e boinas empoeiradas não se quiseram sentar; imaginei se seria sobre aquilo que Luis Miguel estaria pensando ao passar com o rosto triste ou se calculava, então, o que mais poderia fazer além do que fizera naquele dia, quando voltasse a tourear com Antonio, todas as cartas já lançadas.

No segundo dia com Antonio Ordóñez, Curro Giron e Jaime Ostos havia ainda mais lugares vazios nas arquibancadas descobertas, o público lotando apenas pouco mais da metade dos lugares. O calor estava tão forte quanto na véspera, e um vento forte soprava da África. Antonio não se preocupou com a lotação do estádio quando pisou a areia. Percebera os lugares vazios ao entrar na arena e avaliara a situação. Desde que começara a tourear, outra pessoa sempre cuidava do dinheiro, o que não significava uma tragédia para ele, apesar de precisar muito ganhá-lo e de saber como fora difícil chegar a esse ponto e manter seu lugar; sabia, sobretudo, o quanto ele e Carmen precisavam do dinheiro para os planos simples e decentes que tinham.

Naquela tourada havia apenas dois touros bons. O primeiro que coube a Antonio era imprestável. Assistíamos das barreiras vermelhas quando seu segundo touro entrou na arena: rápido, bem-equipado, perfeito em todos os aspectos; bom por um lado quando Juan o excitava com a capa, bom pelo outro quando Ferrer o experimentava. Antonio correu com a capa, orientando Ferrer:

— Fora!

Queria ficar sozinho com o touro e, quando o animal veio correndo em sua direção, Antonio o intimou a executar passes longos, lentos e intermináveis, que eram como dança ao som de música que somente ele e o touro poderiam ouvir. Ele sempre me emocionava com a capa, desde que o vira pela primeira vez em Pamplona seis anos antes, e agora estava melhor do que nunca. Antonio assistira à apresentação de Luis Miguel no dia anterior e mostrava agora ao público, a si mesmo, a nós e à história exatamente o que Luis Miguel teria que enfrentar.

Passou para as bandarilhas depois de apenas uma picada a fim de manter aquele touro completamente intacto e observou com atenção Joni e Ferrer colocarem as lanças. Depois pegou a espada e partiu para o animal.

Dominou o touro completamente, arriou-lhe a cabeça com quatro passes baixos apoiado em um só joelho e depois executou com a muleta a *faena* mais perfeita, mais ereta, mais linda, completa e clássica; como nunca o vira fazer antes. Continha todos os bonitos aspectos que já executara anteriormente mas parecia uma linda corrente de água quando se curva sobre a borda de uma represa ou de uma cachoeira. Seus passes eram peças únicas, e cada um deles parecia uma escultura. O público começou a murmurar; o murmúrio cresceu até se transformar em rugido como uma cachoeira, sobrepujando o metal da música.

Era igual a todas as suas grandes *faenas* e melhor do que qualquer uma delas. O mais inacreditável era ser executada num dia de vento.

Quando encerrou o trabalho com a muleta, Antonio tentou matar quatro vezes, a espada penetrando bem no alto, buscando com perfeição o ponto mortal, mas atingindo o osso. Uma última vez guiou a espada conseguindo finalmente que o touro caísse ao solo sob o aço de sua lâmina, morrendo ao golpe de sua mão. Concederam-lhe uma orelha, embora tivesse tentado matar quatro vezes, porque cada golpe, mesmo atingindo o osso, equivalera, em perigo, ao ato de matar. O que lhe teriam dado, se não tivesse atingido o osso na primeira tentativa, ninguém pode saber.

Aquela foi uma grande noite no Pepica's à beira da praia. A agitação era grande, estávamos todos felizes, e ninguém conseguia esfriar depois da emoção da tourada. Parecíamos uma tribo feliz depois de um ataque bem-sucedido ou duma grande matança. As jarras de sangria esvaziavam-se rapidamente e não precisávamos jantar cedo, como fazíamos normalmente por causa de Antonio. Ele resolvera seguir apenas no dia seguinte para Tudela, em Navarra, onde se apresentaria com Luis Miguel e Ostos. Normalmente colocávamos Antonio na cama à meia-noite. Os treinamentos sérios tinham recomeçado no dia depois da festa; estávamos novamente com horários e costumes regulares.

Luis Miguel toureara naquele dia em Palma de Mallorca e fiquei contente por ele não ter visto o desempenho de Antonio, pois teria ficado preocupado. Gostava dele mas, pelo que vira em Valência, tinha certeza de que não poderia vencer aquela disputa.

Era óbvio naquele momento que seria preciso tanto o nome de Antonio quanto o de Luis Miguel para encher uma arena com os altos preços que os promotores estavam obrigados a cobrar. Se alguma coisa acontecesse com qualquer um dos dois, a cesta de ovos de ouro estaria quebrada para sempre. Alguma coisa, entretanto, iria acontecer. Nunca estive tão certo de algo e tinha a certeza de que Antonio sentia o mesmo.

Durante a noite fiquei imaginando como o que quer que fosse poderia afetar Carmen, porque era a melhor, a mais correta e a mais leal e inteligente de todos nós que estamos envolvidos naquele negócio de morte e dinheiro. Ela não poderia vencer o tempo todo não importa como as coisas acontecessem. Fiquei contente por saber que algumas pessoas rezavam em sua intenção; pessoas com alguma autoridade.

Na quarta tourada de Valência Antonio e Luis Miguel encontraram-se na arena pela quinta vez naquela temporada. Os touros eram Samuel Flores. Gregorio Sánchez foi o terceiro matador. Era um dia com neblina, de pesado e opressivo calor. As entradas estavam esgotadas pela primeira vez na *feria*. O primeiro touro de Luis Miguel era hesitante, desmontava no meio dos ataques e continuava tentando passar para a defensiva. Miguel trabalhou-o cuidadosa e inteligentemente. O touro não parava de enfiar o focinho na areia, e Miguel esforçou-se por fazer com que se levantasse, preparando-o para receber a espada. Com aquele touro qualquer toureiro passaria um mau pedaço. Miguel matou-o, entretanto, rápida e eficientemente na segunda tentativa. A plateia não viu o que pagara para ver, mas nada mais havia que lhe pudesse ser oferecido; a maior parte do público sabia disso e aplaudiu. Miguel saiu, agradeceu-lhe uma vez e voltou de lábios apertados para a cerca.

O touro de Antonio entrou na arena, e ele o dominou com a capa, executando os mesmos passes lindamente longos, lentos e diretos que mostrara ao longo da temporada com cada touro que enfrentava; nada que raramente fizesse ou apenas com um touro excepcional. Esses passes representavam seu trabalho padrão de capa com todos os touros que pudesse ser obrigado a atacar; trabalho que tentava melhorar sempre, executando-o cada vez mais lento e mais próximo do touro.

Luis Miguel colocou a capa nas costas e fez uma bonita série de antigos passes Gaona afastando o touro dos cavalos.

Com a muleta Antonio executou *faena* igual àquela maravilhosa que fizera na primeira tourada em Valência, desta vez com mais mérito ainda, porque o touro não era bom como o outro, tendo, portanto, que ser ensinado e controlado com a muleta. Eu o observava da cerca enquanto ele conduzia o touro, dominando-o sempre, nunca deixando que o chifre tocasse a capa que agitava na velocidade exata do animal, obrigado então a fazer um semicírculo, a rodar em torno de si mesmo e, depois, executar um círculo completo, enquanto a multidão delirava a cada passe. Observei também o rosto de Miguel. Não havia nele expressão alguma.

Antonio finalmente o matou depois de ter executado todos os passes clássicos, lindos e verdadeiramente perigosos melhorando-os ainda mais. O público concedeu-lhe grande ovação; o presidente, as duas orelhas.

Luis Miguel veio decidido a vencer com seu segundo touro e exibiu-se apoiado nos dois joelhos em lindo passe de capa executado com uma das mãos que é chamado de *larga cambiada*. Trata-se de um passe espetacular e muito bonito, mas não tão perigoso quanto fazer o touro passar lentamente pela capa segura com as duas mãos. No entanto, o público adorou, e com razão, pois Luis Miguel era mestre nesse passe.

Ele era soberbo com as bandarilhas. Colocou um par inacreditável. O touro esperava por ele perto da cerca, os flancos levantados, o sangue escorrendo dos ferimentos feitos pelo picador num dos lados, os olhos observando Miguel andar lentamente em sua direção, braços abertos, lanças de ponta de arpão apontadas diretamente para a frente. Miguel ultrapassou o ponto onde deveria incitar o touro e fazê-lo investir, depois aquele no qual a colocação das bandarilhas ainda seria segura e continuou além do ponto onde ainda seria possível, se mantivesse os olhos fixos no animal para ter certeza de o pegar. Nesta distância de três passos, o touro atacou, Miguel desviou seu corpo para a esquerda e, quando o touro quis acompanhá-lo com a cabeça, colocou as bandarilhas, fazendo um pivô em torno delas e encerrando ao lado do chifre oposto.

Incitou o touro com a muleta próximo às tábuas da cerca, fazendo passes de mão direita. Eu conseguia ouvir o que Miguel dizia, a respiração do animal e o ruído das bandarilhas quando passava sob a muleta para além do peito de Miguel. O touro tinha sido picado somente uma vez, mas profundamente. Os músculos de seu pescoço eram muito fortes, e Miguel forçava-o a lançar a cabeça bem alto, a fim de o cansar, e depois abaixá-la para ser morto, mas ele sangrava abundantemente e estava perdendo as forças.

Miguel teve grande cuidado, passando-o com gentileza ao afastá-lo da cerca, mas o touro estava cada vez mais fraco. Foi ficando cada vez mais lento, como um disco de fonógrafo que já não conseguia tocar. E então Miguel tocou por ele. Acariciou seus chifres, debruçou-se sobre sua testa fingindo falar com ele ao telefone. Ainda que nunca pudesse responder, naquele momento seria impossível, pois estava ferido, sangrando abundantemente e incapaz de atacar. Miguel ainda fez algumas tentativas, segurando-lhe o chifre para o ajudar a se concentrar e beijando-o depois.

Já tinha feito tudo o que podia com esse touro, exceto propor-lhe casamento formalmente, só lhe restando matá-lo. Perdera-o ao vencê-lo com as bandarilhas, mas, ali, seria impossível prevê-lo.

O touro já não tinha mais forças para ajudar Miguel com a espada. Teria que mergulhá-la com convicção, bem do alto, penetrando-a profundamente se quisesse competir com Antonio. Não conseguiu fazê-lo. Deu cinco golpes sem conseguir êxito. Não estava atingindo o osso. Simplesmente não conseguia fazê-lo. A multidão estava estranhamente silenciosa. Assistia a algo acontecer com aquele homem que não conseguia entender.

Pensei que Antonio o teria aniquilado com a capa e a muleta e lamentei por Miguel.

Depois lembrei-me do problema que Miguel tivera em Tudela, sendo atingido por uma garrafa; talvez aquele acontecimento estivesse criando em seu subconsciente algum bloqueio que o impedia de manejar adequadamente a espada, tomando distância como um atirador. Não conseguiu matar em cinco tentativas. Então, com a muleta aberta na areia, abaixou um pouco mais a cabeça pendente do animal exangue e atingiu-o no pescoço com o descabelo, encerrando tudo.

Antonio recebeu um touro com o qual nada se podia fazer.

Aceitou o desafio, o que teria desmoralizado qualquer outra pessoa, depois matou-o rapidamente.

Naquela noite, em seu quarto, depois do banho e já deitado na cama sob os lençóis, Antonio perguntou:

— O que você está achando?

— Já o vencemos, disse eu.

— Você ficou contente?

— *Socio* — respondi. Chamávamos assim um ao outro quando desejávamos disfarçar a emoção.

— Amanhã farei uma surpresa — disse ele.

— O quê?

— Um piquenique na praia.

— Então vamos comer e dormir cedo hoje.

Seja o que for que faz com que as pessoas não se preocupem no período entre os combates, existia disso em quantidade suficiente naquele verão e não era vendido em garrafas, apesar de as jarras de sangria serem frescas e suadas e fermentarem rapidamente naquele vento seco e quente que soprava dia e noite. Estávamos todos felizes porque a grande luta estava se aproximando e comemos linguados grandes e deliciosos, *rouget*, que os espanhóis chamam de *salmonete*, e uma *paella* com açafrão e várias espécies de frutos do mar. Tínhamos começado com uma salada verde fresca e comemos melões como sobremesa.

A temporada estava atrasada, mas finalmente havia começado e, quando voltávamos da praia, vimos os fogos de artifício estourando. Naquela noite todo o tilintar dos metais e o ribombar dos tambores transformaram-se em clarões e depois em chorosas árvores de luz, que floresciam com estalos no céu até que as luzes do norte explodissem por toda a avenida da feira, terminando com o voo de riscos que brilhavam no escuro antes que as luzes se acendessem.

Não sei o que Luis Miguel fez nem se dormiu na noite anterior à primeira tourada decisiva em Valência. Disseram que ficou acordado até muito tarde, mas sempre dizem coisas depois que algo acontece. Uma coisa eu sabia: ele estava preocupado com a luta, nós não. Não perturbava Miguel nem lhe fazia perguntas porque ele sabia que eu estava agora ao lado de Antonio. Continuávamos sendo bons amigos mas, desde que vira seu desempenho e estudara seu comportamento com diferentes tipos de touros, fiquei convencido de que se tratava de um grande toureiro; Antonio, entretanto, era permanentemente um grande lutador. Estava convencido de que, se Antonio não atacasse muito violentamente, ele e Miguel poderiam ganhar bastante dinheiro, diminuindo seus preços e passando a ganhar a mesma coisa. Se Antonio não recebesse a mesma quantia em pagamento, aceleraria seu ritmo até que, se Miguel tentasse igualá-lo ou sobrepujá-lo, seria morto ou ferido tão seriamente que não conseguiria continuar a tourear. Antonio, eu sabia, era implacável e possuía um estranho e inabalável orgulho que nada tinha a ver com egoísmo. Antonio tinha um lado oculto, com muitas coisas por trás desse orgulho.

Luis Miguel tinha o orgulho de um demônio e um sentimento de absoluta superioridade, em muitos aspectos justificado. Afirmara por tanto tempo que era o melhor que passara a acreditar nisso. Precisava acreditar para continuar. Não era apenas algo em que acreditasse. Era a sua crença. E Antonio ferira gravemente sua confiança, surgindo inteiro depois de um acidente desastroso para o ameaçar, e o ameaçara todas as vezes em que lutaram juntos, menos uma. O único alívio para Luis Miguel era sempre haver um terceiro matador toureando com eles, a comparação não podendo, portanto, ser absoluta. Luis Miguel era sempre melhor do que o terceiro toureiro. Agora teria que disputar apenas com Antonio. Não havia espaço para outro toureiro do jeito que Antonio estava crescendo e ainda menos se esse toureiro estivesse recebendo mais dinheiro do que ele. Antonio crescia como a corrente de um rio, e tinha sido assim durante todo aquele ano e o anterior.

As coisas estavam nesse pé na manhã do dia anterior à tourada, quando bem cedinho saí para dar um passeio por aquela encantadora cidade antiga. Arriscamos um programa para passar o dia, e a tentativa valeu a pena. Fomos até uma velha casa de campo com chalé de caça, maravilhosa e simples, que ficava uns cinquenta quilômetros fora da cidade em meio a plantações de laranja, na região entre o mar e a grande lagoa de Albufera, onde se planta arroz e, no inverno, realizam-se as melhores caçadas de patos do mundo. Quando se alcança a praia através dos campos de laranja e depois se passa pela floresta de magnólias que se estende por dez quilômetros de areia branca, não se vê uma casa. O vento ainda soprava forte, e a arrebentação estava violenta.

Passamos um dia movimentado e maravilhoso na praia e nadamos todo o tempo em que não estávamos comendo ou jogando futebol. No meio da tarde decidimos não ir às touradas e fazer uma cerimônia com uma fogueira onde queimaríamos todas as entradas. Depois, achamos que isso poderia trazer má sorte e resolvemos jogar mais um pouco de futebol; nadamos até o escurecer, passando bem além da arrebentação, tendo que enfrentar na volta a forte correnteza que puxava para oeste. Mortos de cansaço, fomos cedo para a cama como saudáveis e exaustos selvagens.

Antonio dormiu feliz e muito bem, acordando alegre e descansado. Eu acabara de chegar do sorteio dos touros; eram dos plantéis Ignacio Sánchez e Baltazar Iban, com bom aspecto e chifres verdadeiros. As parelhas eram equilibradas. O vento aumentara à noite, e o dia estava nublado. Formava-se um vendaval que mais lembrava uma tempestade de outono do que o final de julho.

— Não está dolorido? — perguntei.

— Nem um pouco.

— Seus pés estão bem? — Meu pé direito estava inchado de driblar e chutar descalço.

— Estão inteiros. Nunca me senti melhor. Como está o dia?

— Ventando muito. Demais.

— Pode ser que pare.

Não parou e quando a tourada começou com a entrada do touro de Luis Miguel na arena, o céu estava escuro, não havia sol, a ventania soprava com força, armando a tempestade. Antes eu fora desejar boa sorte a Luis Miguel. Estava sorrindo e muito gentil, como sempre, com o mesmo charme antigo que mostrava todas as vezes que se olhava para ele. Mas tanto ele como Antonio estavam mortalmente sérios quando atravessaram a arena durante o *paseo* e foram para a cerca depois de saudar o presidente.

O primeiro touro de Luis Miguel apresentou-se rápido e bom; bastante grande, sem ser superalimentado, tinha bons músculos e chifres verdadeiros. Atacou os cavalos com violência, parecendo um ótimo touro a ser trabalhado por Luis Miguel. Mas, depois das bandarilhas colocadas, começou a falhar. Miguel tentou trabalhar com ele perto da cerca, onde não ventava, mas o touro não gostou. Miguel foi então para onde ele queria, e a muleta voava ao vento forte; trabalhou com ele habilidosamente, aguardando seus meios-ataques e dominando-o com inteligência. Conseguiu fazer alguns passes realmente bons e matou-o rapidamente. Apesar de se estar saindo bem, percebia-se que não lhe estava sendo fácil. O mecanismo interior danificado ainda não fora reparado; foi suficiente, entretanto, para que matasse seu touro com presteza.

O primeiro touro de Antonio foi mais difícil que o de Miguel. Era poderoso, bem-equipado e bem-construído, mas hesitante e com tendência a interromper seus ataques. Antonio avançou para ele com a capa e começou a fazer dele um touro, com ou sem vento. Com a muleta, dirigiu-o para o lugar mais abrigado da barreira, convencendo-o a gostar dali, movendo-se constantemente em sua direção, e se expondo de forma total. O touro começou a se animar com o esforço de Antonio, que não deixava sua atenção diminuir ou desviar e passou a rodeá-lo com passes baixos da mão esquerda, fazendo com que se erguesse e passasse próximo a seu tronco em lindos *pases de pecho*. Uniu todos os passes, sempre lhe aumentando a confiança, mantendo-o em seu ritmo exato; uma excelente *faena* com toda a sua lentidão e graça. Depois colocou o touro no local exato, preparou-se, e avançou violentamente para matar. O animal caiu tão logo foi atingido, ainda que a espada penetrasse ligeiramente fora do local preciso; recebeu mesmo assim a orelha e passeou com ela em torno da arena. Ganhara o primeiro *round*.

O segundo touro de Luis Miguel era do rancho de Baltazar Iban, substituindo um dos dois touros Ignacio Sánchez que tinham sido recusados pelos veterinários por possuir chifres inadequados. Começou bem, e Luis Miguel esteve excelente com a capa. Atacava firmemente, determinado a sobrepujar Antonio. Quando chegou o momento das bandarilhas o público queria que o próprio Luis Miguel as colocasse, mas ele se recusou. Não consegui entender, pois, para mim, era a melhor coisa que fazia em seu longo e variado repertório. Se foi por orgulho e desejo de vencer Antonio em seu próprio terreno, ou se por ter pressentido algo a respeito do touro, que demonstrava sintomas de estar fraquejando, não soube. O público, entretanto, ficou muito desapontado.

Miguel, contudo, pareceu ter razão: o touro começou a falhar, ainda que não antes de permitir a Miguel executar excelente *faena* com a muleta, começando com um brilhante passe de mão direita seguido de uma série de *naturales*, ótimos passes de mão esquerda e em círculo que, apesar das dificuldades causadas pelo vento e do estado do touro, foram admiráveis. Depois executou alguns truques *à la* Manolete e reconquistou seu público. Tudo o que tinha a fazer agora era matar e receber a orelha. Mas encontrou o mesmo problema ao tentar colocar a espada: o mecanismo não funcionava novamente, e foram necessárias quatro tentativas antes de matar o touro. Estava bastante atrasado; já começava a escurecer e o vento soprava mais forte. O grande caminhão-tanque de irrigação veio molhar a areia que voava; ninguém conversou muito no *callejón* durante o intervalo.

Todos sofríamos pelos dois matadores e pelas dificuldades que enfrentaram por causa da tempestade.

— É desumano para os dois — disse-me Domingo, o irmão de Luis Miguel.

— E está ficando pior.

— Vão ter que acender as luzes, comentou Pepé, o outro irmão. — Estará completamente escuro depois deste touro.

Miguelillo molhava a capa de Antonio para que ficasse mais pesada, enfrentando melhor o vento.

— É uma barbaridade — disse-me ele. — Esse vento terrível! Mas ele é forte. Vai conseguir.

Cheguei mais perto da cerca.

— Não sei o que está acontecendo comigo com a espada — murmurou Luiz Miguel, apoiando-se na barreira. — Estou horrível. — Parecia distante, como se fizesse um comentário sobre outra pessoa ou algum fenômeno que o desconcertasse. — Ainda tenho mais um. Talvez me saia bem com o que sobrou.

Alguns amigos falavam com ele que olhava para a arena sem escutar. Antonio não olhava para nada e pensava sobre o vento. Fiquei junto dele mas, apoiados na barreira, nada dissemos.

Depois do intervalo o touro de Antonio entrou. Preto, bem-construído, tinha bons chifres e parecia estúpido. Não acompanhava com interesse os movimentos das capas e, quando Antonio o encaminhou a Salas, o picador, atacou o cavalo; mas afastava-se rapidamente sempre que era ferido pelas lanças.

O *sobresaliente* — o substituto que deveria matar os touros se Luis Miguel e Antonio ficassem ambos incapacitados — pediu permissão para fazer alguns passes, e o touro imediatamente lhe deu uma chifrada, jogando-o para o ar. Antonio salvou-o com sua capa. As calças do companheiro tinham sido rasgadas pela chifrada, e ele perdera um sapato; Juan pegou-o na areia e o atirou por cima da cerca.

O touro ficou pior depois das bandarilhas, de nada querendo participar. Antonio precisou segurar a muleta, que mais parecia uma vela de navio ao vento, para trabalhar com ele e colocá-lo na posição para matá-lo. Para isso teve de usar toda a força dos punhos, pois a muleta, segura pela espada, voava como uma vela enfunada. Eu sabia que seu pulso direito não era muito bom há anos, precisando ficar enfaixado antes das touradas para que não o incomodasse no momento de matar. Antonio não parecia preocupado com o pulso naquele momento, mas falhou ao matar, a espada não penetrando corretamente. Aproximou-se de mim na barreira depois de matar, o rosto fechado e tenso, o pulso pendendo como a alça quebrada de uma jarra. As luzes acenderam-se, e vi em seus olhos um brilho selvagem, nunca percebido antes na arena ou fora dela. Começou a dizer qualquer coisa e parou.

— Que foi? — perguntei.

Sacudiu a cabeça e olhou para o local onde as mulas arrastavam o corpo do touro, retirando-o da arena. O vento sob as luzes continuava a soprar, levantando a areia, embora ela tivesse sido molhada há apenas um quarto de hora.

— Ernesto, este vento está terrível — disse com uma voz dura, estranha. Nunca ouvira sua voz mudar na arena, a menos que estivesse com raiva e, quando isso acontecia, era sempre para um tom mais baixo, nunca mais elevado. Agora também não estava mais alta, nem lamentosa. Queria intuir alguma coisa. Ambos sabíamos que algo iria acontecer, mas naquele preciso momento não sabíamos quem seria a vítima. Durou apenas o tempo de dizer as cinco palavras. Pegou um copo com água da mão de Miguelillo e derramou-a sobre a areia, pegando a capa pesada sem mais se preocupar com o pulso.

O touro de Luis Miguel fez rapidamente sua entrada sob as luzes. Era grande, ligeiro e com bons chifres. Perseguiu um bandarilheiro por sobre a cerca, amassou o *burladero* e lascou as tábuas com o chifre esquerdo. Tentou saltar a cerca, mas não conseguiu. Quando os picadores entraram, enfrentou-os com segurança, atacando um cavalo. Luis Miguel estava seguro, mas discreto com a capa. O vento fazia com que sua fragilidade básica com as verônicas transparecesse, tornando impossíveis os passes alegres com a capa sobre os ombros. O touro estava nervoso, apresentando ligeira tendência para se deter, freando com as patas traseiras, e Miguel não quis colocar as bandarilhas. O público estava ainda mais insistente do que o fora com o segundo touro, mas ele recusou-se. A multidão não gostou. Uma das coisas pelas quais pagara bom dinheiro era para vê-lo colocar as bandarilhas. Miguel estava perdendo seus admiradores, mas acreditava poder ensinar o touro com a muleta e apresentar uma boa *faena*, reconquistando-os. Escolheu o lugar da arena em que menos ventasse para trabalhar o touro perto da barreira, e partiu para cima dele com a muleta enlameada e pesada de água. Pediu mais água e arrastou a capa de sarja vermelha pela areia, tornando-a mais pesada ainda.

O touro investiu bem, e Miguel fez com ele dois passes esculturais, segurando a espada e a muleta com ambas as mãos para o touro passar com toda a sua força sob a fazenda enquanto Miguel a levantava. Percebendo que ainda não dominara o animal, executou quatro passes baixos de mão direita para o castigar e subjugar. Então afastou-o da barreira ao se dar conta de que o touro estava insatisfeito com aquele local. Luis Miguel fez mais dois passes de mão direita, e o touro pareceu ter melhorado. Então, quando iniciava um terceiro passe, o vento soprou a muleta, descobrindo-o, e o touro atacou por baixo da capa, parecendo atingi-lo com o chifre direito. Jogado para o alto, foi apanhado pelo outro chifre, que o atingiu na virilha, atirando-o de costas. Antonio correu para o animal com a capa, tentando afastá-lo, mas, antes que alguém pudesse socorrer Miguel, o touro deu-lhe três golpes seguidos enquanto estava caído na areia, e vi claramente quando o chifre direito entrou em sua virilha.

Antonio conseguiu finalmente dominar o touro, e Domingo, que saltara a cerca no momento em que Luis Miguel fora atingido, arrastou seu irmão para um lugar seguro. Domingo, Pepé e os bandarilheiros ergueram-no e correram com ele em direção à barreira. Todos nós o levantamos e, a fim de o passar sobre a cerca, corremos pelo *callejón*, saímos pelo portão que ficava sob as arquibancadas e descemos o corredor para a sala de operações. Eu levantava sua cabeça. Luis Miguel tinha as mãos sobre o ferimento enquanto Domingo o pressionava com o polegar. Não havia hemorragia; sabíamos, portanto, que o chifre não atingira a artéria femoral.

Luis Miguel estava completamente calmo, muito gentil e educado com todos.

— Muito obrigado, Ernesto — disse enquanto eu erguia sua cabeça, colocando-a sobre a almofada, e o despíamos, o doutor Tamames cortando suas calças para expor o ferimento. Havia apenas uma ferida, exatamente no alto da coxa, na virilha direita. Era circular, com aproximadamente duas polegadas de largura e azulada nas bordas. Agora, com Luis Miguel deitado de costas, percebemos que o sangramento havia sido todo interno.

— Olha, Manolo — disse Luis Miguel ao doutor Tamames. Colocou o dedo em um ponto acima do ferimento. — Ele vai por aqui e depois sobe por aqui. — Traçou o percurso do chifre em sua virilha e no baixo ventre. — Senti quando ele entrou.

— *Muchas gracias* — respondeu Tamames, seco e direto. — Eu descubro o trajeto.

A enfermaria parecia um forno; não havia ventilação e todos suavam. Os fotógrafos se penduravam por toda a parte, os *flashes* espoucavam, e repórteres e curiosos apinhavam-se nas portas.

— Vamos operar agora — Tamames informou. — Tire esse pessoal daqui, Ernesto, e — baixinho para mim — caia fora você também.

Miguel estava agora em posição confortável sobre a mesa; disse-lhe que voltaria.

— Até já, Ernesto — disse-me com um sorriso. Seu rosto estava cinzento e suado, mas o sorriso era afetuoso e gentil. Havia um par de Guardias Civiles junto à porta e outro fora dela.

— Afastem toda essa gente — orientei. — Ninguém pode entrar. Depois reforcem a vigilância da porta e a mantenham aberta para que o ar possa entrar.

Eu não tinha direito de dar ordens, mas eles não sabiam disso e aguardavam ordens de alguém. Fizeram uma saudação

O Verão Perigoso ~ 195

e começaram a evacuar a sala de cirurgia. Saí vagarosamente e, logo que atingi a área sob as arquibancadas, corri para a entrada do *callejón*. Lá fora ouvia-se um clamor crescente; ao me aproximar da cerca vermelha da barreira, vi Antonio, que, sob as luzes amarelas, fazia com um grande touro vermelho passes cada vez mais próximos e mais lentos; os mais bonitos que já o vira fazer com a capa.

Manteve o touro inteiro, permitindo que lhe dessem uma picada.

Era um animal muito rápido e forte que mantinha a cabeça elevada. Antonio queria enfrentá-lo logo, mal podendo esperar as bandarilhas serem colocadas. O touro era realmente corajoso, e Antonio estava confiante de que lhe poderia abaixar a cabeça com propriedade. Não se preocupava mais com o vento nem com qualquer outra coisa. Tinha, pela primeira vez naquela *feria*, um touro verdadeiramente valente. Era o último touro e nada o deveria estragar. O que fizesse com ele permaneceria na memória dos espectadores por toda a vida.

Dedicou o touro a Juan Luis, em cuja casa de campo passáramos o dia anterior, atirando-lhe o chapéu e sorrindo. Depois fez com o touro tudo o que o melhor dos matadores poderia ter feito e o fez melhor. Começou com os passes que Luis Miguel costumava fazer com as duas mãos sem mexer com os pés, purificando as linhas do passe e mantendo a cabeça do touro bem elevada sob o suave movimento da muleta. Seria impossível os chifres passarem mais perto do que passavam. A seguir passou a executar *naturales*, passes de mão esquerda baixos, lindos, lentos e fez com que o touro o rodeasse uma vez, outra e mais outra. O povo explodia a cada passe.

Depois de ter demonstrado como podia trabalhar lenta e lindamente, aproximou-se do touro e começou a mostrar como poderia fazê-lo passar o mais próximo e perigosamente possível. Agia em estado além da razão e parecia estar toureando sob ódio contido. Era maravilhoso, mas fora além do impossível e fazia consistente e continuadamente o que ninguém podia fazer: com felicidade e displicência. Eu desejava que parasse com aquilo e matasse logo o touro. Mas parecia que ele se embriagava, executando tudo aquilo no mesmo espaço do terreno que selecionara, e cada série de passes estava relacionada com outra série, e cada passe com outro passe.

Finalmente colocou o touro no lugar exato, como se odiasse despedir-se dele, desfraldou a muleta e desferiu o golpe fatal. Atingiu o osso, e a espada inclinou-se com o choque. Fiquei preocupado com seu pulso, mas ele alinhou o touro, novamente desfraldou a muleta e desferiu o golpe outra vez. A espada penetrou até a bainha, e ele ficou parado na frente do touro vermelho, com a mão levantada e sem qualquer expressão no rosto, observando-o até cair morto.

Foram-lhe concedidas as duas orelhas e, quando veio até a barreira para pegar seu chapéu, Juan Luis gritou para ele em inglês:

— Foi demais!

— Como está Miguel? — perguntou-me.

Disseram-me da enfermaria que a cornada penetrara os músculos abdominais, abrindo o peritônio, mas não atingira os intestinos. Luis Miguel encontrava-se ainda sob o efeito da anestesia.

— Ele está bem — eu disse. — Não perfurou. Ainda está dormindo.

— Vou vestir-me e vamos vê-lo — acrescentou. A multidão na plateia apressava-o, querendo carregá-lo, e ele se esquivava. Mas era muita gente, e finalmente foi erguido nos ombros.

Tiraram Luis Miguel do pequeno hospital caiado do estádio de apenas três leitos e quente como a cela de uma prisão no Senegal, levando-o em uma maca para seu quarto com ar-condicionado no Royal; no dia seguinte pela manhã seguiria de avião para Madri. Antonio e eu fomos vê-lo na enfermaria logo que Antonio trocou de roupa.

— Todos nós, os três matadores, dormimos aqui uma noite quando eu era *novillero* — comentou Antonio. — Estava tão quente quanto hoje.

Luis Miguel estava fraco e cansado, mas de bom humor quando o vimos rapidamente no hospital da arena, para não o cansar ainda mais. Fez piadas a meu respeito por ter dado ordens à *Guardia Civil*, e Domingo contou que a primeira coisa que disse quando acordou da anestesia foi:

— Que homem Ernesto seria se soubesse escrever!

Três dias mais tarde estávamos todos juntos novamente no Sanatório Ruber em Madri, Antonio ocupando um quarto no terceiro andar, e Luis Miguel, outro no primeiro. Quinze dias depois tiveram seu segundo mano a mano em Málaga. Era assim que as coisas aconteciam naquele ano.

Na manhã seguinte o grupo que tinha estado junto desde Pamplona se dissolveu. Foi triste e ninguém desejava separar-se. Antonio iria apresentar-se em Palma de Mallorca no dia seguinte, e, no outro, em Málaga. Nós que continuamos, partimos para Alicante, atravessando os campos de tamareiras e a região de Múrcia, com seu solo rico e desenvolvido, dividido em pastagens e plantação de frutas; depois passamos por Lorca, subindo pelas montanhas selvagens e cruzamos os vales solitários com seus vilarejos de casas brancas e os rebanhos de ovelhas e bodes levantando poeira ao longo da estrada até descermos das colinas, já no escuro, e passarmos pela entrada da ravina onde fuzilaram Federico García Lorca; vimos, então as luzes de Granada, onde dormimos.

A manhã estava fresca em Alhambra, e chegamos a La Consula a tempo de almoçar antes da tourada em Málaga.

Na manhã seguinte, quando Bill e eu fomos a Málaga, ficamos sabendo que Antonio tinha sido ferido em Palma de Mallorca. Fora atingido por uma chifrada na coxa direita, mas conseguira terminar brilhantemente seu trabalho com a muleta, matara bem e recebera uma orelha. Mandaram-no de avião para Madri depois da tourada.

Tentamos telefonar para Madri, mas a demora seria de cinco horas ou mais. Não havia lugares no avião daquela noite para Madri e nem certeza de que haveria no voo da manhã. Eu estava com a sensação de que o ferimento fora pior do que tinham informado, e Bill ponderou:

— Se está preocupado, por que não vamos de carro depois do almoço? Afinal de contas, já conhecemos a estrada.

Telegrafei para Carmen dizendo que chegaríamos pela manhã e mandando mensagens de todos nós. Bill desenvolvera a teoria de que as estradas espanholas, apesar de suas curvas e ladeiras perigosas e das quatro cadeias de montanhas que precisávamos atravessar, eram mais seguras à noite porque era mínimo o tráfego de carroças e rebanhos, sendo poucos os carros particulares. Os dos grandes caminhões que transportavam o peixe do Mediterrâneo para a capital e os outros caminhoneiros noturnos eram todos motoristas cuidadosos que se ajudavam mutuamente com sinais dos faróis. Geralmente gostávamos de viajar durante o dia porque ambos apreciávamos os campos, mas a teoria noturna era razoável, e chegamos a Madri a tempo de comer alguma coisa, dormir e chegar ao hospital na hora em que Antonio estivesse acordado.

Antonio estava descansando. Ficou feliz por nos ver e parecia muito alegre.

— Sabia que você viria — afirmou. — Antes que Carmen recebesse o telegrama, eu já tinha certeza.

— Como foi?

— É mais profundo do que calcularam e atingiu o músculo mais do que imaginei. O pior para a cicatrização é que foi em cima da cicatriz de outro ferimento antigo. Bem no centro.

— O que você fazia no momento?

— A culpa é sempre nossa. Mas eu estava certo.

— Vento?

— Sim, mas numa arena diferente.

Não queria falar sobre o assunto; somente sobre os detalhes técnicos do ferimento e sobre o tempo que levaria para cicatrizar.

— Fique calmo — pedi-lhe. — Vou conversar com Manolo e Carmen e venho ver você à tarde.

— Quero mandar um bilhete ao Miguel. Vou escrever e Carmen pode descê-lo pela janela com um barbante.

Carmen estava feliz e aliviada porque o ferimento de Antonio fora simples e porque seu irmão estava tendo sorte com a recuperação, e se mostrava tão alegre e extrovertida quanto estivera em nosso aniversário.

Antonio escreveu o bilhete, e Carmen e Miguelillo, o carregador de espadas, colocaram-no num barbante preso a um abridor de garrafas e fizeram com que descesse até a janela de Miguel. Dizia: "E. Hemingway, o escritor, pede respeitosamente que L. M. Dominguín, o toureiro, aceite recebê-lo." O barbante voltou com a resposta: "Sim, com grande prazer, se A. Ordóñez, o toureiro, não estiver com medo de pegar urticária de LMD por meio desse contato."

Luis Miguel era educado, muito alegre e carinhoso; sua esposa, linda, calma e encantadora. Achei que se havia livrado do peso que tinha na cabeça e, tendo examinado os fatos, recobrara sua antiga confiança. Não estava mais preocupado, e o fato de Antonio também estar ferido o animara.

As nove touradas da *feria* de Málaga fundamentavam-se em Luis Miguel e Antonio; teriam, portanto, de ser substituídos da melhor maneira possível. Mas a sombra de Luis Miguel e Antonio pairava sobre a *feria*, e todos os matadores estavam decididos a vencê-los, mesmo em sua ausência. Talvez fosse o melhor momento para tentar.

11

Foi agradável chegar ao término da feira de Málaga e podermos estar de volta à tranquilidade de La Consula. Todas as noites no final da tourada saíamos da arena a pé ou, às vezes, pegávamos uma charrete até o Miramar Hotel, onde o bar e os terraços que davam para o mar estavam apinhados de veranistas, de ricaços da cidade e de uma mistura de fãs de touradas, seguidores, toureiros, agenciadores, criadores, jornalistas, turistas, parasitas, pervertidos de verão de todos os sexos, conhecidos, amigos, nobres, personagens sombrios, contrabandistas de Tânger, pessoas simpáticas de *jeans*, pessoas antipáticas de *jeans*, amigos antigos, ex-amigos antigos, mendigos, bêbados e outras figuras excêntricas. Nada era parecido com a encantadora vida saudável, embora cansativa, de Pamplona, nem com nossa doméstica estada em Valência, mas era interessante e divertido até certo ponto. Eu bebia apenas *Campanas* que o garçom mantinha num balde de gelo atrás do bar e, quando a conversa atingia os decibéis de um viveiro de pássaros do zoológico, íamos assistir a uma dupla de garotos que conhecíamos dançar sobre o tablado de madeira do andar inferior, onde as mesas forradas com toalhas estendiam-se em direção ao mar. Mas era um alívio quando acabava e um grande prazer não ter de aguentar mais as pessoas perguntando ou, mais frequentemente, contando alguma coisa que já se vira e sobre a qual não se queria falar, nem explicar.

Antonio tivera alta no hospital. Fora para o rancho de Luis Miguel treinar na arena que lá existia. Nada sabíamos, exceto que a próxima tourada seria no dia 14 de agosto, se Luis Miguel estivesse em forma, e que Antonio viria antes treinar em La Consula.

Antonio apareceu três dias antes da tourada com seu amigo Ignacio Angulo, um basco muito agradável que tinha mais ou menos a sua idade, a quem chamávamos Natcho. Antonio disse que sua perna não o incomodava nem um pouco, mas que o ferimento feito no tecido da cicatriz anterior demorara para fechar mais tempo do que o normal. Mal podia esperar pelo próximo mano a mano com Luis Miguel, embora não quisesse pensar sobre isso nem sobre as touradas; não queria nem mesmo falar sobre elas. Lembrava como lhe tinha feito bem aquele dia na praia antes da tourada de Valência e retomamos do ponto onde tínhamos parado então. Assim, depois de almoços alegres e descuidados, de longos jantares agradáveis e de boas noites de sono após nadarmos, repentinamente chegamos à véspera da tourada. Ninguém a mencionou, até que Antonio, sem mais nem menos, nos disse:

— Amanhã vou me vestir no hotel.

Foi uma das melhores touradas a que já assisti; Luis Miguel e Antonio enfrentaram-na como se fosse a coisa mais importante de suas vidas. Luis Miguel superara o sério ferimento de Valência que, por conta da sorte que tivera com ele, devolveu-lhe a confiança que o trabalho inacreditavelmente perfeito de Antonio e sua fúria e coragem leoninas tinham abalado. O acidente de que Antonio fora vítima em Palma de Mallorca provara que ele não era invulnerável, e foi uma sorte para Luis Miguel não ter assistido ao desempenho de Antonio com o último touro, em Valência. Não consigo de fato acreditar que insistisse na disputa se o tivesse visto. Luis Miguel não precisava de dinheiro, embora gostasse de o ter e do que podia comprar com ele. Mais importante do que tudo, entretanto, era se acreditar o maior matador vivo. Já não era o primeiro, mas o segundo; naquele dia, no entanto, fora realmente maravilhoso.

Antonio foi para a luta com toda a confiança que apresentara em Valência. O que acontecera em Mallorca nada significava para ele. Cometera um pequeno engano que, além de não querer discutir comigo, não cometeria novamente. Há muito tempo já estava seguro de ser melhor matador do que Miguel. Provara isso em Valência e mal podia esperar para o provar mais uma vez nesse dia.

Os touros vieram do rancho de Juan Pedro Domecq e nenhum parecia fora do comum, excetuando-se o primeiro. Dois deles, no entanto, poderiam ser difíceis para qualquer matador, mas não para Luis Miguel e Antonio. Luis Miguel estava pálido, magro e com aspecto cansado quando se apresentou com seu primeiro touro, um animal perigoso que atacava pelos dois lados com seus chifres. Luis Miguel dominou-o com cansada elegância. Não se tratava de um touro com o qual se poderia apresentar brilhantemente, mas manobrou-o com inteligência e habilidade, e executou os passes que as condições do touro permitiam. Desferiu o golpe mortal com firmeza, mas a espada escorregou, e sua ponta atravessou para o outro lado, sob a espádua do touro. Um bandarilheiro retirou a espada rapidamente com um movimento de capa, e Luis Miguel matou o animal com o descabelo na primeira tentativa. Observando da cerca, preocupei-me com o aspecto de Miguel e desejei que ele se sentisse novamente seguro com a espada. Fora um acidente, mas fiquei preocupado.

Outra coisa que me tensionava era a quantidade de fotógrafos e cinegrafistas presentes sem qualquer experiência com uma arena de touros. Qualquer movimento que o touro perceba, enquanto o matador o está trabalhando, pode distrair sua atenção e fazê-lo atacar, quebrando o controle que o matador exerce sobre ele com a capa, sem que saiba por que aconteceu. Todos no *callejón* sabem disso e têm o maior cuidado em manter a cabeça abaixo do nível da cerca ao fazer qualquer movimento, permanecendo absolutamente parados quando o touro os encara. Um toureiro reclinado na cerca dentro da arena, por negligência ou por estar agindo maldosamente, pode atrair a atenção do touro com um movimento aparentemente involuntário da capa, lançando o animal sobre o toureiro que se esteja preparando para matar.

O primeiro touro de Antonio entrou na arena, e ele o enfrentou com a capa como se estivesse inventando a tourada e fosse absolutamente perfeito desde o início. Foi assim que toureou o verão inteiro. Naquele dia em Málaga suplantou-se novamente e realizou uma poesia de movimentos com aquela massa, o touro caçando-o, atacando-o, pressionando-o. Depois, com a muleta, esculpiu seus passes gentil e vagarosamente,

O Verão Perigoso ~ 205

transformando em poema a longa *faena*. Matou com um único golpe de estocada executado com perfeição; o local de entrada da espada ficou apenas uma polegada e meio abaixo do ponto mortal. Deram-lhe as duas orelhas, e a multidão gritava exigindo a cauda.

O segundo touro de Luis Miguel surgiu trotando e me fez pensar sobre a má sorte que estava enfrentando. Foi difícil fazer com que o touro ficasse parado tempo suficiente para atacar os cavalos, e as bandarilhas colocadas não permaneceram nele. Senti-me muito pior por Miguel aceitar tudo sem se queixar. Não podia correr para colocar as bandarilhas, mas dirigiu sua colocação exatamente do jeito que queria, o que acalmou o touro um pouco.

Luis Miguel trabalhou-o, então, com passes lentos, baixos, usando as duas mãos, passando em seguida à educação com a muleta. Acabou com sua tendência para o trote e manejou-o de modo que atacasse de um ponto determinado e depois seguisse a capa no ritmo que ele criara para o touro. Passou-o pelo alto e sob a capa, continuando depois com *naturales* baixos, macios, lânguidos, segurando a espada com a mão direita inclinada sobre o quadril.

Alto, reto e sem sorrir, imóvel no terreno que tinha escolhido para trabalhar, Luis Miguel ajustou a muleta ao nível normal dos olhos do touro, para que o animal não tivesse cãibras no pescoço, e começou a fazê-lo rodar em volta de si mesmo, na espécie de *naturales* que Joselito teria assinado. Terminou com um lindo *pase de pecho*, aquele passe de mão esquerda que traz os chifres do touro para perto de seu peito, fazendo com que as dobras da muleta passem por todo o corpo do animal, desde os chifres até a cauda.

Colocou-o no lugar, enrolou a muleta no bastão, mirou o touro bem no alto e desferiu um golpe certeiro. Foi o terceiro touro daquela tourada morto por um único golpe da espada. Miguel lutara lindamente e tivera que o preparar para poder toureá-lo. Tinha a espada novamente e toda a sua confiança de volta.

Com um sorriso de desaprovação recebeu modestamente as duas orelhas e a cauda, circundando a arena com os troféus. Percebi que Miguel sentia um pouco o pé direito, pisado por seu primeiro touro, mas não tentava esconder o fato. Sabia também que sua perna direita ainda doía e que ele não se sentia completamente seguro dela. Estava sendo maravilhoso, e nunca o admirei mais do que nesse dia.

Não pensei que Antonio pudesse se sair melhor com a capa do que o fizera com o seu primeiro touro. Mas foi. Enquanto o observava da cerca, tentei imaginar como sempre podia fazer aquilo de maneira tão linda e comovente. Era a proximidade e a lentidão que esculpiam a figura, fazendo com que cada passe parecesse permanente. Mas o que tornava sua exibição tão comovente eram sua completa naturalidade e sua simplicidade clássica quando observava a morte passar por ele, como se a estivesse examinando e auxiliando, tornando-a sua sócia, em ritmo sempre ascendente.

Desta vez, com a muleta, começou com os grandes quatro passes baixos que costumava fazer com o joelho direito e a perna estendida na areia, de modo a comandar o touro. Cada passe era um modelo sendo executado, mas não se tratava de um trabalho frio. Estava tão próximo do touro que os chifres passavam a milímetros de suas coxas ou de seu peito.

Não se inclinava contra o corpo do touro depois que o chifre passava por ele. Não havia truques, e cada passe representava longa pausa na respiração de quem assistia ao homem e ao touro. Nunca temi por Antonio quando executava seu trabalho com a capa e não teria que me preocupar durante toda aquela maravilhosa *faena*, embora cada passe fosse verdadeiramente o mais difícil e perigoso que um toureiro poderia executar durante uma tourada. O touro era bom, muito melhor do que o de Luis Miguel. Antonio estava feliz com ele e executou uma *faena* perfeita, linda e profundamente comovente, sem que se prolongasse demasiado, matando à perfeição com uma única estocada.

Agora eram quatro os touros mortos com golpe único de espada, e a tourada se desenvolvia em longo crescendo. Antonio recebeu as duas orelhas, o rabo e um pedaço da perna com a pata. Rodeou a arena tão feliz e despreocupado como se estivesse na piscina. A multidão lhe oferecia mais uma ovação, e ele pediu a Luis Miguel e Don Juan Pedro Domecq, o criador dos touros, que a recebessem com ele.

Agora era a vez de Luis Miguel. Recebeu seu touro apoiado nos dois joelhos com uma larga *cambiada*, permitindo-lhe quase o alcançar com o chifre antes de o afastar com a capa. Esse touro era bom, e Miguel tudo extraiu dele. Fora bem picado, e Luis Miguel colocou rapidamente as bandarilhas. De meu lugar na cerca, acreditei que estivesse muito cansado, mas percebi que ele não dava qualquer atenção à sua condição física, evitando absolutamente mostrar o mínimo sinal de sofrimento e lutando com a mesma paixão que teria um menino audacioso em início de carreira.

Com a muleta colocou o touro um pouco afastado da cerca e, com as costas comprimidas contra as tábuas e sentado no estribo — a baixa de madeira que circunda a parte interior da barreira para dar aos toureiros apoio quando a desejam saltar —, fez com que o touro passasse cinco vezes por seu braço direito esticado, orientando-o com a capa vermelha desfraldada.

O touro passava resfolegando fortemente, chacoalhando as bandarilhas, pisoteando pesadamente a areia, seu chifre raspando o braço de Miguel. Parecia suicida mas, com um bom touro que atacasse em linha reta, era apenas um truque, ainda que bastante perigoso.

Depois dessa exibição, Miguel levou-o ao centro do ringue e começou a executar os passes clássicos com a mão esquerda. Parecia cansado, mas confiante; e trabalhava bem. Fez duas séries de oito *naturales* em lindíssimo estilo e depois, quando fazia um passe de mão direita com o touro vindo por trás, foi apanhado por ele. Do lugar onde eu me encontrava encostado na cerca, o chifre pareceu penetrar em seu corpo, e o touro atirou-o uns bons dois metros ou mais para o alto. Seus braços e pernas ficaram muito abertos, a espada e a muleta foram jogadas longe, e Miguel caiu de cabeça no solo. O touro o pisoteou tentando enfiar-lhe os chifres, mas errou duas vezes. Todos correram com suas capas abertas e, desta vez, foi seu irmão Pepé, saltando a barreira, que salvou Miguel.

Ficou de pé em um instante. Não fora atingido pelo chifre, que passara por entre suas pernas, e não apresentava qualquer ferimento.

Miguel não deu atenção ao que lhe acontecera e, afastando todos, continuou sua *faena*. Repetiu o passe no qual fora apanhado pelo touro e depois novamente, como se quisesse ensinar uma lição a si mesmo e ao touro. Continuou sua exibição com outros passes matematicamente próximos e corretos, não dando a menor importância ao que o touro lhe fizera. Executou os passes mais emocionantes e com menos truques. O público preferia seus passes habituais, mas ele toureou limpamente e bem, sem apresentar os truques de telefone. Em seguida matou com perfeição, desferindo o golpe como se nunca tivesse experimentado qualquer problema com a espada. Concederam-lhe os mesmos prêmios concedidos a Antonio, e ele bem os merecera. Depois de uma volta completa pela arena, sendo agora impossível dissimular as dores, já que a perna estava enrijecida, chamou Antonio para saudar a multidão junto com ele no centro da arena. O presidente ordenou que o touro também tivesse uma volta pela arena.

Cinco animais tinham sido mortos com cinco golpes de espada quando o touro final entrou na arena, e o barulho da multidão foi silenciado quando Antonio se dirigiu para ele com a capa e iniciou seus passes longos, lentos, mágicos. A multidão recomeçou a gritar a cada passe.

O touro parecia mancar um pouco por causa da picada, embora tivesse sido bem executada. Acho que ferira a pata dianteira ao se tentar livrar das picadas, investindo contra o cavalo protegido pela pesada armadura. A coxeadura desapareceu ou diminuiu, pelo menos, quando Ferrer e Joni colocaram as bandarilhas; mas, quando Antonio o enfrentou com as bandarilhas ele ainda estava um pouco inseguro em seus ataques e apresentava a tendência de os interromper com as patas dianteiras.

Debruçado na cerca, observei Antonio resolver esse problema. Iniciou com ataques curtos bem perto do touro, alongando-os suavemente depois. Fez com que o touro se movesse de acordo com o movimento lento de sua muleta e, mantendo-o com a capa, alongou seus ataques quase imperceptivelmente até que, ao final, conseguiu que ele atacasse a sarja escarlate de uma boa distância e passasse bem. Nada disso transpareceu para a plateia, que viu apenas um animal hesitante e relutante no ataque transformar-se em perfeito atacante, parecendo extremamente valente. Não sabia, entretanto, que, se Antonio tivesse simplesmente trabalhado bem na frente do touro, tentando demonstrar-lhe que o animal não executaria os passes, como faz a maioria dos matadores, o touro nunca teria passado, e o toureiro teria que executar apenas meios-passes ou golpes rápidos. Em vez disso ensinou-o a atacar bem e a passar completamente por ele com seus chifres. Ensinou-o a executar o desempenho verdadeiramente perigoso e depois conduziu-o e prolongou-o com o controle mágico de seu braço e seu punho, até fazer com esse touro os mesmos passes lindos e esculpidos que fizera com os outros dois que se tinham mostrado fáceis de trabalhar. Nada disso foi demonstrado e, depois de ter executado todos os grandes passes com esse touro com pureza de linhas e emoção provocada por sua proximidade e seu perigo, o público acreditou que ele apenas enfrentara outro grande e nobre animal.

Executou com esse touro uma *faena* perfeita, emocional, mantendo-o sob controle nos passes longos e lentos durante os quais, caso se apressasse ligeiramente ou fosse levemente abrupto, o touro teria mudado o ataque, abandonando a sarja para tentar atingi-lo. Essa forma de tourear é a mais perigosa do mundo e, com aquele touro, Antonio deu um curso completo de como executá-la.

Só lhe restava fazer uma coisa. Teria que matar com perfeição; não poderia arriscar; não poderia errar o ponto de entrada da espada por um toque leve ou por ligeiro desvio para o lado, onde ainda penetraria, mas com maior risco de atingir o osso. Assim, quando desfraldou a muleta e mirou com a espada, identificou o local exato, bem no alto entre as espáduas, e dirigiu o golpe por entre os chifres, com a mão direita baixa e guiando com a capa. Ele e o touro formaram uma única massa sólida e, quando se afastou dos chifres, o touro já tinha a longa lâmina da morte mergulhada em seu corpo até a bainha, e a aorta seccionada. Antonio observou quando ele coxeou, balançou e caiu pesadamente. O segundo mano a mano estava terminado.

Assistimos ainda à histeria da multidão, às orelhas, à cauda, à pata, à volta pela arena com o touro, ao desfile triunfal dos dois matadores e do principal criador dos Domecq, que trouxera os touros do rancho para o estádio, os três carregados nos ombros do povo até o Miramar Hotel. Haveria ainda a sensação de *postmortem*, vazio e purgação que surge após uma grande tourada; todas as coisas que diríamos uns aos outros; e o jantar daquela noite em La Consula antes de partirmos de manhã cedo, num avião fretado, para tudo repetir brilhantemente na arena de Bayonne, na França. As estatísticas nos precederam através de telegrama e rádio; dez orelhas, quatro caudas, duas patas. Mas isto nada significava. O importante foi esses dois cunhados terem disputado uma tourada quase perfeita, não maculada por truques de um ou de outro, ou por manobras obscuras por parte dos organizadores e promotores.

12

A viagem de avião de Málaga sobre as montanhas e o platô de La Mancha e Castela de manhã bem cedo foi maravilhosa e, vendo os precipícios e as cadeias de montanhas, pude avaliar o tipo de estrada que teríamos enfrentado de carro. Antes da escala em Madri e de seguirmos para a França houve um momento em que não pude apreciar o campo amarelo recortado por estradas e cidades marrons porque o piloto e o copiloto deixaram Luis Miguel e Antonio tomarem seus lugares. Nenhum dos dois possuía brevê, que eu soubesse, e não conheço qualquer outro país onde isto pudesse acontecer. Sua teoria evidentemente era de que um toureiro pode fazer qualquer coisa, e eu transpirava de preocupação com as variações de altitude e as súbitas excentricidades do voo, olhava para baixo e via o terreno, que agora não parecia tão amigável, até que o piloto retomou seu lugar.

O aeroporto de Biarritz era novo, bem-conservado, verde e bem-cuidado. Fora banhado por uma tempestade vinda do golfo de Biscaya e de Bayonne e exalava o cheiro fresco de recém-lavado quando o sol apareceu, à tarde. A cidade estava lotada, e encontramos somente um quarto que Antonio e eu dividimos, e onde eu continuaria quando Antonio partisse, depois da tourada. Teria que tourear em Santander na costa oeste da Espanha no dia seguinte e depois seguiria para Ciudad Real, onde ele e Luis Miguel disputariam outro mano a mano no dia 17 de agosto. Eu passaria a noite em Bayonne para ver Luis Miguel tourear no dia 16, enquanto Antonio se apresentava em Santander, e depois iria de avião para Madri com Luis Miguel, de onde seguiríamos para Ciudad Real.

As entradas se tinham esgotado há vários dias. A areia estava molhada e pesada, e o dia, embora o sol brilhasse, cinzento. Os touros eram pequenos pelos padrões de primeira classe, alguns deles com os chifres tão cortados, depois modificados e polidos que, para mim, era impossível tomar aquela corrida como teste verdadeiro entre os dois homens.

Luis Miguel ainda se ressentia do joelho acidentado em Málaga. Enrijecera durante a noite, e a longa viagem de avião não colaborara para melhorá-lo. Não tinha confiança em suas pernas, perdera a segurança e sabia disso. Poderia apenas representar o golpe com a espada, fazendo-o parecer adequado. Dois de seus touros eram difíceis, e a maestria com que lidava com as dificuldades já não existia.

Seu segundo touro era excepcionalmente bom, e ele lutou contra a insegurança e a dor, trabalhando bem com a capa e executando magnífica *faena* que encerrou com os truques que o público adorava e esperava dele. Parecia muito bom durante todo o trabalho com a muleta. Rapidamente tornava-se de fato trágico, embora poucas pessoas soubessem disso naquele momento; esforçou-se, entretanto, para não fraquejar nem se desculpar com qualquer de seus touros. Luis Miguel matou seu único touro bom com um golpe da espada que entrou quase perpendicularmente enquanto ele arqueava o braço. Atingiu o local exato e recebeu as duas orelhas. Com esse último touro nada fez, além de sofrer galantemente e tentar manter o controle. Fiquei muito triste por ele, pois acreditava que em Málaga alcançara um pico que não voltaria a conseguir.

Com seus três touros Antonio destruiu sem piedade Luis Miguel. Dois deles eram melhores do que os de Miguel, mas, depois da triste *faena* do cunhado com um touro inferior, Antonio despejou sua fúria, como se fosse um piloto de corridas passando por rival aleijado, executando outra apresentação perfeita, com a capa, a muleta e a espada. Recebeu as duas orelhas. Como Luis Miguel reagisse a isto com um bom trabalho em seu próximo touro, cortando-lhe as duas orelhas, Antonio apertou o passo com o touro seguinte e marcou Miguel com desempenho que nenhum toureiro poderia igualar. Fez quatro vezes mais do que seria necessário para vencer Miguel. Cortou novamente as duas orelhas e a cauda depois de uma única estocada. Da cerca eu podia ver que mirava a espada um pouquinho fora do local seguro. Mas se aproximava, respirando profundamente com a boca aberta e lançando-se por cima dos chifres junto com a espada.

Finalmente Miguel foi infeliz com seu último touro e, Antonio, implacável. Aperfeiçoou seu estilo, tornando-o mais sólido e perigoso, acrescentou algumas coisas que, sabia, o público gostava e depois tentou atingir o mais próximo possível do ponto determinado. Atingiu o osso, tentou novamente e conseguiu; o touro morreu como o último do dia anterior. Antonio recebeu as duas orelhas, e quando cheguei a seu quarto, tinha partido para Santander, deixando no banheiro um par enlameado de sapatos de tourear.

Na noite seguinte, antes de voarmos para Madri no avião fretado, bebemos juntos no terraço do encantador aeroporto de Biarritz, eu, Miguel e dois velhos amigos seus, que encontrara na véspera à hora do almoço. No dia seguinte Luis Miguel e Antonio deveriam lutar novamente um mano a mano em Ciudad Real, cento e noventa e seis quilômetros ao sul de Madri, na fronteira com La Mancha. Todas tinham sido lutas difíceis, mas essa seria a pior, sobretudo por ser o terceiro mano a mano em quatro dias. No dia posterior Antonio deveria tourear ao norte da Espanha, em Bilbao, no país basco, onde Miguel se apresentaria um dia mais tarde. Estávamos todos cansados e adormecemos, só acordando quando o avião desceu em Barajas.

Desde Pamplona, Hotch e Antonio vinham brincando de trocar identidades. Antonio sentia-se muito orgulhoso de possuir duas identidades distintas: a do homem e a do *torero*. Quando desejava relaxar, divertia-se trocando de identidade com Hotch, que ele chamava de Pecas ou El Pecas, (*o sardento*). Admirava Hotch e gostava muito dele.

— Pecas — dizia ele. — Você é Antonio.

— Certo, Pecas — Hotch respondia. — É melhor ir trabalhar naquele cenário para a história do Papa.

— Diga a ele que estou trabalhando nisso agora. Está quase pronto — dizia-me Antonio. — Mas que dia eu tive hoje, escrevendo e jogando.

O VERÃO PERIGOSO ~ 217

Sempre à meia-noite na véspera da corrida, Antonio dizia:

— Agora você é Pecas novamente. Eu sou Antonio. Gostaria de ser Antonio de agora em diante?

— Diga a ele que já pode ser Antonio — dizia Hotch. — Está perfeito para mim. Mas acho melhor sincronizarmos nossos relógios para termos certeza.

Era a véspera do mano a mano em Ciudad Real, e já passava bastante da meia-noite. Antonio queria que Hotch se vestisse em seu quarto com um de seus trajes e que fosse com ele para a arena, como matador substituto, *sobresaliente*, que mataria os touros se Luis Miguel e Antonio fossem feridos. Queria que Hotch fingisse, sentisse ser Antonio no dia e durante a tourada. Era absolutamente ilegal, e nem imagino quais seriam as penalidades se alguém descobrisse. É claro que não poderia ser de fato o *sobresaliente*, mas Antonio queria que ele acreditasse que seria. Entraria como bandarilheiro extra para Antonio, e todos deveriam pensar que se tratava do matador substituto.

— Quer fazer isso, Pecas? — Antonio perguntou a Hotch.

— Naturalmente — admitiu Hotch. — Quem não quereria?

— Esse é o meu Pecas! Está vendo por que gosto de ser Pecas? Quem não gostaria?

No hotel velho e escuro, com suas escadas estreitas e quartos sem chuveiro nem banheiro, comemos uma gostosa refeição do campo na sala de jantar apinhada e barulhenta. Ciudad Real estava lotada com os moradores de todas as aldeias vizinhas. Fica nos limites de uma grande região vinícola e havia muita bebida e entusiasmo. Hotch e Antonio se vestiram no pequeno quarto de Antonio e foram os mais descuidados preparativos para uma tourada que eu já vira. Miguelillo vestia os dois.

— O que preciso fazer? — perguntou Hotch.

— Faça exatamente o que eu fizer enquanto aguardamos a entrada. Juan coloca você no lugar e verifica se está se comportando direito. Então entre da mesma maneira que nós e faça o que eu fizer. Depois vá para trás da barreira, fique com Papa e faça exatamente o que ele disser.

— E o que faço se tiver que matar os touros?

— Mas que preocupação é essa?

— Só estou querendo saber.

— Papa lhe dirá em inglês exatamente o que deve fazer. Não vai haver qualquer dificuldade. Papa perceberá qualquer coisa que eu ou Miguel fizermos de errado. É a função dele. É assim que ganha dinheiro. Então ele lhe dirá o que fizemos de errado; escute cuidadosamente e não faça a mesma coisa. Depois ele lhe dirá como matar o touro, e você faz do jeito que ele disser.

— Lembre-se de que não deve fazer com que os matadores pareçam ruins logo em sua primeira apresentação, Pecas — eu disse. — Não seria gentil. Pelo menos espere até entrar para o sindicato.

— Posso entrar para o sindicato agora? — perguntou Hotch. — Tenho dinheiro em minha valise.

— Nem pense em dinheiro — respondeu Antonio quando traduzi para ele. — Não se preocupe com o sindicato ou com qualquer coisa comercial. Pense apenas em como será maravilhoso e no orgulho e na confiança que depositaremos em você.

O Verão Perigoso ~ 219

Finalmente deixei-os com suas devoções e fui ver os outros.

Quando desceram, Antonio possuía a mesma expressão de antes de outras touradas, sombria, reservada, concentrada, os olhos distantes das pessoas estranhas. O rosto sardento de Hotch e a postura de suplente lhe davam um ar de um *novillero* experiente aguardando sua grande oportunidade. Cumprimentou-me discretamente. Ninguém poderia dizer que não era um toureiro, e o traje de Antonio servia-lhe perfeitamente.

Em seguida foi para a arena sob o arco das arquibancadas, perto da parede de tijolos brancos que ficava em frente ao portão vermelho. Hotch parecia perfeito, de pé, as costas reclinadas contra os tijolos, entre Antonio e Luis Miguel.

Chegara a hora de Antonio, que se refugiava no costumeiro estado de vazio até o portão se abrisse. Durante toda a temporada emparelhara com Luis Miguel. Sua tensão aumentara muito desde Málaga.

Circulei um pouco, observando como os picadores estavam montados e, quando achei que chegara o momento, saí pelo portão e rodeei a arena, indo para o *callejón* onde me deveria juntar a Miguelillo, que estaria colocando os apetrechos, e esperar Antonio e Hotch quando o *paseo* terminasse. Falei com os bandarilheiros, com Luis Miguel e com Antonio.

Alguém chegou perto de mim e perguntou:

— Quem é o *sobresaliente*?

— El Pecas — respondi.

— Ah — concordou com a cabeça.

— *Suerte*, Pecas — disse eu a Hotch.

Respondeu com um ligeiro aceno de cabeça. Estava tentando entrar também naquele estado de vazio.

Caminhei em torno da arena até onde Miguelillo e seu assistente estavam estendendo as capas de luta, assentando as espadas embainhadas, dobrando a sarja e apertando os parafusos nas varas de madeira das muletas. Enchi um copo com água de uma jarra e vi que o estádio não ficaria completamente lotado.

— Como está Pecas? — perguntou-me Miguelillo.

— Rezando na capela, pedindo proteção para os outros toureiros.

— Tome conta dele — pediu-me Domingo Dominguín. — Um desses touros pode saltar.

O *paseo* tinha começado. Estávamos todos observando Pecas. Ele desfilou com a medida exata de modéstia e confiança serena. Deixei de prestar atenção nele para ver se Miguel estava mancando. Não estava. Parecia estar bem e confiante, mas seu rosto ficou triste quando viu os locais na plateia onde existiam cadeiras vazias. Antonio entrou, parecendo um conquistador. Viu os lugares vazios e não lhes deu atenção.

Hotch entrou no *callejón* e parou perto de mim.

— Que é que faço agora? — perguntou em voz baixa.

— Fique colado comigo, dê a impressão de inteligente e preparado, mas não ansioso demais para lutar.

— Devo conhecer você?

— Não muito bem. Já vi você tourear. Mas não é um amigo.

O touro de Luis Miguel já entrara na arena; era o médio de um grupo que constava de um pequeno, um médio e um grande. Começou a fazer passes com a capa e parecia não estar poupando sua perna doente. A alegria da multidão aumentava a cada passe. Luis Miguel trabalhava seu touro bem diante de nós com a muleta. Começou bem, com bom estilo; ficou melhor; principiou a ficar muito bem e, então, o touro começou a falhar por excesso de picadas e perda consequente de sangue. Sangraram o touro, mas não conseguiram cansar seus músculos do pescoço. Luis Miguel teve que tentar o golpe sete vezes, somente conseguindo matar com o segundo golpe do descabelo.

— O que aconteceu? — perguntou Hotch.

— Muita coisa — respondi. — Parte foi culpa do touro, parte dele.

— Será que ele vai ficar desse jeito outra vez, com dificuldade para matar?

— Não sei. Esse touro não estava auxiliando, mas, além disso, ele não conseguiu manter a mão esquerda abaixada para dar o golpe.

— Por que é difícil manter a mão esquerda abaixada?

— Porque há perigo de morte.

— Entendo — murmurou Hotch.

O primeiro touro de Antonio fizera a sua entrada, e ele começara seu lindo e lento trabalho com a capa. Mas ficara primeiro com o touro pequeno, que o público não estava levando a sério. Os touros eram Gamero Civicos de Salamanca, e desiguais. Dois pequenos, um bem grande e três de tamanho médio. Quando Antonio percebeu que aquele não seria mesmo considerado com seriedade, ao iniciar seu trabalho com a muleta e apresentando seus passes clássicos, mudou-os para os passes *à la* Manolete que faziam com que qualquer touro parecesse bom, desempenhando toda a rotina do grande mestre e olhando para a plateia enquanto o touro passava. Matou-o com uma única estocada um pouco abaixo do ponto, recebendo uma orelha.

O touro seguinte de Luis Miguel era grande e muito poderoso. Derrubou o cavalo logo no primeiro ataque, e os picadores precisaram fazer o melhor possível para conseguir tomar dele o domínio da tourada. Ficou tão ferido que só lhe colocaram um par de bandarilhas.

Luis Miguel recebeu o touro meio destruído e tentou executar uma boa *faena* com ele. Fez alguns passes excelentes, mas não conseguia ligá-los, exceto por alguns passes circulares quando parecia estar apoiado sobre o touro, mas, na realidade, o estava guiando.

Luis Miguel terminou bem e fez com que a espada penetrasse até a bainha, cortando a medula espinhal com o descabelo em sua primeira tentativa. Deram-lhe uma orelha. Desfilou com ela e depois saudou a multidão do centro da arena. Parte do público não estava muito entusiasmada e demonstrou isso claramente.

Antonio já iniciara sobre a areia sua lenta mágica com a capa. O touro atacava rápida e diretamente, e a capa, segurada com delicadeza, enfunava-se, inchava e movia-se diante dele, movimentando-se dentro de sua velocidade extra a apenas alguns milímetros dos chifres caçadores. Antonio foi bastante cuidadoso com o touro na parte dos picadores e das bandarilhas. Iniciou com a muleta em quatro passes, parado, imóvel como uma estátua, com os pés juntos, sem os mover desde o primeiro ataque até que o touro passou sob a muleta com os chifres raspando o peito de Antonio pela quarta vez. A música irrompeu, e Antonio começou a fazer com que o touro o circundasse em lentos quartos de círculos, depois em meios círculos e, finalmente, obrigando-o a executar círculos completos em torno dele.

— Isso é impossível — disse Hotch.

— Ele consegue fazer um círculo e meio.

— Ele está dando uma lavada no Luis Miguel.

— Miguel estará bem quando sua perna melhorar — arrisquei, esperando que fosse verdade.

— Mas este show o está afetando — replicou Hotch. — Olhe só o rosto dele.

— E este é um touro tremendamente bom — comentei.

— Há alguma coisa mais — continuou Hotch —, Antonio não é humano. O tempo todo ele faz coisas que nenhum ser humano pode fazer. Repare no rosto de Luis Miguel.

Olhei; ele estava quieto, triste e profundamente perturbado.

— Está vendo fantasmas — disse Hotch.

Antonio terminou, posicionou o touro, mirou, inspirou profundamente e avançou sobre os chifres com a muleta baixa e arrastada. Matou-o com um único golpe da espada que penetrou até a bainha, e o touro caiu.

Entregaram-lhe as duas orelhas e a cauda. Veio para perto de nós sorrindo para mim e olhando para Hotch como se não o visse. Adiantei-me para falar com ele.

— Diga ao Pecas que ele está com uma aparência maravilhosa. — Disse as últimas palavras em inglês. — Você já lhe ensinou como matar?

— Ainda não.

— Então ensine.

Voltei para perto de Hotch, e observamos o touro de Luis Miguel entrar na arena. Era o pequeno.

— O que Antonio lhe disse?

— Disse que você está muito bem.

— É óbvio — disse Hotch. — E o que mais?

— Para eu lhe ensinar como matar.

— Seria útil se aprendesse. Acha que vou ter de fazer isso?

— Acho que não, a menos que você queira pagar para matar o touro de reserva.

— Quanto me custaria?

— Umas quarenta mil pesetas.

— Posso pagar com meu cartão de crédito?

— Não em Ciudad Real.

— Então vou ter de deixar para outra vez. Jamais carrego mais de vinte dólares em dinheiro. Aprende-se isso na costa.

— Posso lhe emprestar o dinheiro.

— Está tudo bem, Papa. Só matarei se precisar matar para Antonio.

Luis Miguel trabalhava sozinho com seu touro a poucos passos de nós. Os dois faziam o melhor que podiam, mas nenhum deles, depois do desempenho de Antonio, agradava quem quer que fosse, além dos amigos de Miguel, uma vez que os do touro não estavam presentes. Mostrava como um bom touro de Salamanca deveria proceder, e Miguel se lembrava de como Manolete costumava emocionar as plateias com seu desempenho, sempre pronto para agradar o freguês até que um touro Miúra esticou o pescoço um pouco mais e acabou com Manolete. O touro se cansou de exibição e abandonou a representação de meio-touro, partindo para o tédio e a apatia. Sua língua pendia. Já cumprira sua parte no contrato e muito necessitava agora da espada, como um presente para encerrar seu cansaço. Mas Luis Miguel extraiu dele mais quatro *manoletinas* antes de o preparar para ser morto. Não executou o golpe com muita fé, e sua perna falhou. A espada caiu. Recompôs-se, avançando novamente e bem, e o touro caiu de cansaço, em parte por causa da lâmina da espada, uma coisa nova que sentia dentro de si, e em parte por desespero. Fizera tudo o que lhe ensinaram e que era o motivo de sua vida, mas fora um desapontamento para todos.

— Luis Miguel não parece estar em boa forma — comentou Hotch. — Estava tão maravilhoso em Málaga.

— Não deveria estar toureando hoje — disse eu. — Mas ele quer superar tudo na arena. Quase foi morto em Valência, e também em Málaga. Aquele touro grande quase o pegou hoje. Agora está começando a ficar preocupado.

— Preocupado com o quê?

— Com a morte — eu disse. Pode-se dizer essa palavra em inglês, falando baixo. — Antonio a está trazendo para junto dele.

Antonio, para encerrar, recebeu seu maior touro e continuava tão implacável com Miguel como sempre. O trabalho com a capa possuía o mesmo toque de feitiçaria, cada vez mais próximo, mais lento e mais inacreditável. O público não compreendia, mas acreditava no que via e nenhum outro desempenho com a capa significaria a mesma coisa para ele nunca mais. Antonio manteve o touro em boa forma para a muleta. Depois exibiu para a plateia todos os grandes passes da maneira como deveriam ser feitos; mais e mais próximos, até parecer que nenhum outro homem poderia fazer com que os chifres de um touro passassem tão perto de seu corpo. Fez com que o touro passasse em torno dele até que seu traje ficasse ensanguentado pelos ferimentos do animal que continuava passando, controlado por seu braço estendido. Executou todos os passes que Miguel executara e trouxe de volta todo o perigo e a emoção que tinham morrido com Manolete, em Linares. Sabia que não eram tão perigosos quanto os passes antigos, mas fez com que repetissem tudo o que tinham sido e muito mais.

Antonio enrolou a muleta vagarosamente em frente ao touro, mirou com a espada apontada para o ponto mais elevado entre as espáduas, entreabriu seus lábios apertados, inspirou profundamente e mergulhou violento e sólido entre os chifres. O touro estava morto quando a palma de sua mão atingiu o alto das espáduas pretas; ao terminar e olhar para ele, levantando a mão direita, as pernas do touro cederam, ele balançou e caiu com estrondo.

— Ora, você não vai precisar matar — disse eu a Hotch.

Miguel estava parado, olhando para o outro lado da arena, para o vazio. Começou, entre a multidão, a histeria rotineira, e todas as pessoas que possuíam um lenço acenavam-no até que as duas orelhas foram cortadas, depois a cauda e finalmente uma pata. Uma orelha costumava significar que o presidente estava dando o touro ao matador para a carne ser vendida; todo o resto dos cortes é excessivo, como representação de uma escala para julgar a extensão de um triunfo. Mas isso agora já estava estabelecido junto com muitas outras coisas que não acrescentavam nada às touradas.

Antonio acenou para Hotch.

— Vá lá e faça o desfile com o resto do pessoal — disse-lhe. Hotch saltou e foi fazer a volta à arena com Joni, Ferrer e Juan, seguindo atrás de Antonio com modéstia e decoro. Era um pouco irregular, mas Antonio o convidara. Mantendo sua dignidade de *sobresaliente*, não atirou de volta os chapéus, nem ficou com os charutos. Poucas pessoas que olhassem para ele poderiam duvidar de que ele, El Pecas, teria sido capaz de tomar conta da corrida se tivesse sido necessário. Essa sensação brilhava em seu rosto enrugado e honesto, e podia ser observada na maneira com que se movia. Em toda a *plaza* só Luis Miguel percebera que ele não estava usando o rabinho de cavalo cerimonial. Mas, se tivesse tido que enfrentar um touro, a ausência do rabo de cavalo não seria notada depois que o touro fizesse o primeiro movimento. Pensariam que teria se desprendido na primeira vez em que tivesse sido jogado para o alto...

Quando Bill e eu subimos as escadas que levavam ao pequeno quarto do hotel, Antonio estava ensopado de sangue. Miguelillo puxava suas calças, a longa camisa de linho estava toda molhada de sangue e caía pesadamente por seu ventre e suas coxas.

— A coisa foi difícil, Papa — Antonio disse a mim.

Depois de jantar em Madri, iria de carro até Bilbao para dormir lá e tourear na tarde seguinte. Nós nos encontraríamos em Bilbao, no Carlton.

Naquele momento Antonio desejava estar em Bilbao o mais rápido possível, onde se encontrava o público mais difícil da Espanha; onde os touros são os maiores, e o público é o mais severo e exigente. Queria que ninguém pudesse jamais dizer que teria existido qualquer coisa estranha, sombria ou dúbia nessa campanha de 1959, quando ele toureou com touros verdadeiros como ninguém mais havia feito desde Joselito e Belmonte. Se Luis Miguel desejasse ir também, seria maravilhoso. Mas seria uma viagem perigosa. Se Luis Miguel tivesse sido agenciado por seu pai, que era esperto, cínico e que conhecia vantagens e desvantagens das jogadas em vez de o ser por seus dois simpáticos irmãos, que precisavam dos dez por cento que tiravam dele e de Antonio cada vez que os dois toureavam, nunca teria ido a Bilbao para ser destruído.

13

Atrasamo-nos em nossa saída de Madri, mas o Lancia que chamávamos de *La Barata*, significando o que custava pouco, conseguiu avançar maravilhosamente pela já conhecida estrada para o norte. Paramos na velha taverna de Burgos para que nosso ex-motorista Mario, que dirigira o Lancia desde Udine, na Itália, antes do mano a mano em Ciudad Real, pudesse saborear as trutas da correnteza das montanhas castelhanas que ficam além da cidade. Brilhantes e pintadas, eram roliças, frescas e firmes; podia-se escolher na cozinha o peixe e as perdizes que se quisesse comer. O vinho era servido em jarras de pedra, e havia ainda o delicado queijo de Burgos que eu costumava levar para Gertrude Stein, em Paris, nos velhos tempos, quando voltava para casa, vindo da Espanha em trens de terceira classe.

Mario foi muito depressa de Burgos a Bilbao. Era piloto de corridas e portanto, em teoria, estaríamos seguros, mas eu não conseguia deixar de transpirar quando olhava para o velocímetro. Havia três espécies de sons de buzina no *La Barata*. Um significava "saiam da frente que vamos passar". Funcionava satisfatoriamente, mas, depois que passávamos, ainda víamos burros, bodes e seus donos esperando que o trem passasse.

Bilbao é uma cidade industrial e movimentado porto marítimo, localizada entre várias colinas às margens de um rio. É grande, rica, sólida, mas também quente e úmida ou fria e úmida. Existem campos lindíssimos em suas cercanias, recortados por adoráveis e pequenos rios costeiros. É uma cidade rica e esportiva, onde tenho muitos amigos. Em agosto pode ser mais quente do que qualquer outro lugar da Espanha, excetuando-se Córdoba. Nesse dia estava quente, mas não demasiadamente, e claro; as ruas largas pareciam alegres.

Nossos quartos no Carlton, que é um excelente hotel, eram muito bons. A *feria* de Bilbao é muito sólida, forte, rica como nenhuma outra na Espanha, e os toureiros usam casacos e gravatas. Enfrentáramos a estrada durante muito tempo, e nossa aparência nos fazia sentir deslocados na portaria do hotel, mas *La Barata* salvou nosso *status* social, era o carro mais bonito da cidade.

Antonio continuava no mesmo estado de espírito feliz com que o tínhamos deixado. Gostava de Bilbao, cujas ostentação e riqueza excessiva não o incomodavam absolutamente. Lá ninguém podia entrar no *callejón*. Afastavam até mesmo os toureiros que já se tinham apresentado ou se iriam apresentar ainda. Havia mais leis e autoridades em evidência do que em qualquer outro lugar da Espanha, e a polícia divertia-se nos fazendo caminhar em torno de toda a arena, em vez de nos deixar passar pela única entrada obviamente sensata que sempre fora usada.

Chegamos finalmente aos nossos lugares, e era muito estranho assistir a uma tourada das arquibancadas e não da barreira, como sempre. Antonio exibiu-se muito bem em tudo, como fizera durante toda a temporada, e foi soberbo com os dois touros, cortando-lhes as duas orelhas, que é tudo o que se permite cortar em Bilbao. Tudo parecia fácil e simples quando feito por ele, pois todos os seus desempenhos eram perfeitos e naturais; matou com a mesma tranquila decisão.

Antonio encantou e emocionou profundamente a plateia. Um homem, sentado perto de mim, observou: "Ele me faz sentir a antiga sensação que experimentava em relação às touradas e que tinha desaparecido completamente." Antonio estava feliz com seu touro e era capaz de comunicar essa felicidade ao público que se mostrava completamente feliz junto com ele, como se tudo ficasse lindo e simples para todos.

A tourada de Luis Miguel do dia seguinte foi um grande desapontamento. Ele começou bem e executou duas lindas verônicas com seu primeiro touro, depois de alguns passes com a capa, melhores do que se poderia esperar. Seu trabalho com a capa melhorara sensivelmente por causa da competição com Antonio e, durante a partida inicial da tourada, ele parecia firme e seguro. O touro, de tamanho médio, não era ruim de ser trabalhado, não chegando a ser, entretanto, um presente dos deuses. Miguel não se mostrava feliz, embora não parecesse mal. Atingiu o osso duas vezes, mas executou bem o golpe com a espada, mergulhando aproximadamente três quartos de sua lâmina, e o touro morreu.

Com seu segundo touro, grande e de bons chifres, Luis Miguel manteve um bom trabalho de capa, mas o animal era difícil e potencialmente muito perigoso. Hesitava em seus ataques aos cavalos, provocando também a hesitação dos picadores. Começava a dar a impressão de que iria para Luis Miguel de cabeça alta, difícil e praticamente sem ser picado. Então, o último picador debruçou-se sobre ele, cortando-o todo com a lança, embora só pudesse ter feito isso se tivesse recebido ordens.

O touro foi para Luis Miguel mais difícil do que tinha sido quando enfrentara os cavalos, e Luis Miguel trabalhou inteligentemente, ainda que agora preocupado com sua perna, para tentar dominá-lo, alinhá-lo e livrar-se dele. Durante todo o tempo o touro o encarava por baixo da sarja vermelha. Luis Miguel investiu duas vezes com precaução e pouca fé. O touro não inspirava confiança, e a perna de Luis Miguel arrastava-se quando iniciava um movimento. Na terceira tentativa a lâmina da espada penetrou o local mortal um pouco mais da metade e o touro caiu. O público estava desapontado e não disfarçava.

Todos se sentiam mal por Luis Miguel, mas Tamames, seu médico, sentia-se pior do que todo mundo. O ferimento que Miguel sofrera em Valência ainda incomodava, e a dor, esporádica, mas forte, mantinha o ferimento e as circunstâncias em que o sofrera sempre em sua mente. A confiança experimentada em Málaga tinha desaparecido, e sua perna, onde fora atingido em Málaga, piorava a cada instante. O ferimento tinha sido na cartilagem semilunar, contusão comum em jogadores de futebol, quando são atingidos de lado, ou de beisebol, se fazem alguma jogada de mau jeito. Tamames estava tentando reduzir a inflamação da cartilagem com raios ultrassônicos. Se não conseguisse ou, pelo contrário, se ficasse mais inflamada, o joelho poderia endurecer até um grau imprevisível, o que poderia vir a matar Luis Miguel. Se a cartilagem fosse removida, teria que ficar imobilizado durante três ou seis semanas, sendo sempre possível, embora não provável, que estivesse acabado como toureiro. Até então a cartilagem não piorara ou causara danos maiores por fricção e consequente irritação nos dois ossos principais da perna, pelo menos o suficiente para que o enrijecimento parecesse iminente; mas causava dor e destruía a confiança de Luis Miguel.

Eu estava muito preocupado com Luis Miguel que, entretanto, insistia em manter o duelo com Antonio. Depois de o ver tourear essa última vez e recordando o que acontecera com eles em cada tourada, desde Valência, tive certeza de que tudo só poderia terminar com a morte de Luis Miguel, ou com o encerramento de sua carreira de matador. Por outro lado, observando a maneira de Antonio tourear, sua confiança absoluta e maestria, eu não poderia admitir a possibilidade de que fosse ferido novamente. Apesar de eu sempre ficar preocupado, não parecia haver possibilidade de ele ser ferido; quase todos os acidentes anunciam-se anteriormente e não havia qualquer aviso mental, físico ou tático. Apresentava-se em estágio definitivo do melhor de si mesmo. Exibia-se sempre exageradamente, mas o exagero era agora seu estado normal e desempenhava todas as etapas dentro das regras previstas. Tourear com perfeição, isto é, lenta e lindamente, é sempre perigoso ao extremo. Agora, entretanto, Antonio possuía o comando de todos os touros, tudo lhe parecia fácil e, ao afastar o medo da morte, ganhou alguma coisa que lhe parecia servir de armadura.

A *feria* de Bilbao, no entanto, foi muito perigosa para Antonio, pois lá encontrara muitos amigos ricos e importantes, sendo intensa sua vida social, diferente do ritmo sinistro de Madri mas, ainda assim, obrigando-o a dormir muito tarde; ao mesmo tempo não tínhamos os bons exercícios cansativos nem a exaustão das viagens pelas estradas que forçam o matador a dormir bastante.

Isto transpareceu na corrida de que participou no dia anterior à sua última tourada com Luis Miguel. Seus touros não eram bons, tendo o último ficado quase cego no desenrolar da corrida, não enxergando bem no momento em que entrou na arena. Nenhum dos touros se mostrava apto para um bom trabalho de capa, nem para uma boa *faena* com a muleta; o primeiro era perigoso, com tendência para trotar e para procurar o toureiro sob a capa; não era do tipo em que se podia confiar para o trabalho com a capa, e, havia mais dificuldade entre Antonio e o touro quando fazia os passes com a capa do que teria havido se ele tivesse ido para a cama à meia-noite.

Durante dois dias choveu pela manhã, melhorando quando chegava a hora da corrida. A arena de Bilbao seca rapidamente porque, conhecendo o tipo de clima que têm, usaram a areia adequada quando a construíram. Naquele dia, a superfície ainda estava molhada, mas não escorregadia; ao meio-dia, entretanto, tudo indicava que a tourada seria adiada por causa da chuva. Finalmente o sol apareceu seguido de calor úmido e pesado por sob as nuvens que passavam.

Luis Miguel sentia-se melhor com o tratamento de Tamames, mas estava triste e preocupado. Naquele mesmo dia, há um ano, seu pai morrera após sofrimentos atrozes causados pelo câncer, e Luis Miguel não conseguia deixar de pensar nisso e em outras coisas. Agia com a mesma cortesia de sempre, mas se tornara muito mais gentil na adversidade. Ao tourear com Antonio nas últimas grandes touradas, pudera perceber o quanto esteve perto de ser morto.

Sabia que esses Palhas em nada se pareciam com os antigos Palhas, que eram superMiúras, e que essa cidade não era Linares. Coisas demais acumulavam-se contra ele e estava perdendo a sorte. Uma coisa era viver para ser o número um mundial em sua profissão, tendo isso como única crença verdadeira. Outra coisa era quase ser morto cada vez que o precisava demonstrar e saber que somente seus amigos mais ricos e mais poderosos, algumas lindas mulheres, e Pablo Picasso, que não assistia a uma tourada na Espanha há vinte e cinco anos, ainda acreditavam nele. O mais importante, entretanto, seria ele próprio poder acreditar. Todos os outros o seguiriam se ele acreditasse e pudesse, então, demonstrá-lo. Triste e ferido como estava, aquele não era um bom dia para tornar verdadeiro esse sonho. Mas tentaria, e talvez o antigo milagre que acontecera em Málaga se repetisse.

Antonio estava em seu quarto, calmo e relaxado como um leopardo, descansando na cama sob os lençóis. Permanecemos apenas alguns minutos porque eu queria que descansasse, embora ele se mostrasse feliz como estivera durante todo aquele verão.

No andar principal, o bar e a sala de jantar estavam apinhados de pessoas aguardando lugar. Finalmente jantamos numa grande mesa com vários amigos, antigos e novos. Domingo Dominguín disse-me acreditar que os Palhas seriam muito melhores do que tinham sido em Valência. Dois estavam um pouco abaixo do peso, mas pareciam maiores do que eram em realidade. Emparelhavam-se em grupos bastante equilibrados. Luis Miguel enfrentaria seu touro menor em primeiro lugar. No estádio absolutamente lotado, muitos altos dignatários do governo estariam presentes. Doña Carmen Polo de Franco, esposa do Chefe de Estado, ocuparia o camarote presidencial com um grupo de San Sebastián.

O primeiro touro de Luis Miguel entrou na arena rapidamente. Bonito e com bons chifres, parecia maior do que era. Luis Miguel chamou sua atenção com a capa e executou vários passes bem-feitos. Seu primeiro quite também foi excelente. A perna ferida não parecia estar afetando-o, embora ele se mostrasse triste quando se aproximou da barreira.

Trabalhou bem perto do touro com a muleta, executando alguns passes de mão direita realmente bons, que melhoraram com o desenrolar da luta; ele começou a se sentir muito confiante com o touro. Eu não conseguia afastar os olhos de seu trabalho com os pés, nem deixar de me preocupar, mas tudo parecia tranquilo. Luis Miguel tomou a muleta com a mão esquerda e fez uma série de *naturales*, perfeitos para qualquer matador; não se pareciam, entretanto, nem um pouco com os que fizera em Málaga, e somente o lado rico das arquibancadas aplaudia. O público pediu música, e Luis Miguel apresentou uma série de passes de perfil que Manolete popularizara, executando-os muito bem. A seguir, com dois passes oscilantes que mantinham a cabeça bem no alto, fez com que o touro parasse e hipnotizou-o, ajoelhando-se a seguir na sua frente.

Uma parte do público apreciou, e outra não. Ao longo da temporada, Antonio os educara, tirando deles o gosto por aquele tipo de coisas. Luis Miguel ficou de pé, sem ter que usar a vara da muleta como bengala; sua perna se comportara bem. Mantinha os lábios apertados e parecia contrariado. Matou relativamente bem e depressa. A espada foi colocada um tanto para trás, mas o touro começou a sangrar pela boca. Espatifou-se ruidosamente, mas Luis Miguel não ganhou sequer uma orelha. Para mim a espada pareceu ter sido bem-colocada, e sei que frequentemente ocorrem sangramentos pela boca quando uma artéria é atingida pelo golpe. Muito aplaudido, Luis Miguel saudou a multidão. Estava sombrio e não sorria. Mas sua perna estava bem, pois, do contrário, nunca teria conseguido ficar de joelhos.

O touro de Antonio entrou na arena. Era quase idêntico ao de Luis Miguel e, aproximadamente, do mesmo tamanho. Era bom de ambos os lados, e Antonio retomou seu desempenho de onde parara no dia anterior. Apresentava o mesmo trabalho de capa, lindo e majestoso, que tínhamos visto durante toda a temporada; percebia-se a felicidade voltando nos murmúrios da multidão interrompidos por gritos súbitos.

Um único par de bandarilhas tinha sido colocado quando pediu permissão para ficar com o touro e o começou a construir com a muleta. O animal era um pouco lento no ataque, e Antonio precisou movimentar-se bem em sua direção. Depois de despertar a confiança do touro com uma série de passes de mão direita que não o feriam, conduziu-o a se aproximar mais e mais, até o máximo possível; a música começou, e Antonio dominou o touro, incitando-o a distância com a muleta na mão esquerda. O touro estava agora agradavelmente animado, e Antonio se preparou para o ataque iminente.

O touro enxergava bem a distância, e Antonio deixou que ele viesse com toda a fúria, depois comandou-o apenas com o punho, mantendo a capa em movimentos livres, mas com a suficiente velocidade que lhe permitisse executar uma série de *naturales* próxima, lenta e perfeitamente. Terminou com um passe que fez os chifres do touro rasparem seu peito, e eu olhava fascinado a capa vermelha passar pelos chifres, depois descer lentamente pelo pescoço, ombros, costas e pela cauda do touro.

Finalmente, matou-o com um golpe seguro de espada, que penetrou até a bainha, tendo sido bem-colocada, talvez uma polegada e meia à esquerda do ponto estabelecido; Antonio ficou de pé na frente do touro com a mão direita levantada, observando-o com seus olhos escuros de cigano. Ergueu a mão em triunfo, o corpo arrogantemente inclinado para trás enquanto encarava a multidão; mas seus olhos não se afastavam do touro, como se fossem os olhos de um cirurgião, até que as patas começaram a fraquejar, dobraram-se e ele caiu morto.

Virou-se então totalmente de frente para o público, o ar de cirurgião desaparecido de seu rosto, apresentando-se feliz pelo trabalho executado. Um toureiro jamais vê sua obra. Não tem oportunidade de corrigi-la como um pintor ou um escritor. Não a pode ouvir, como um músico. Pode apenas senti-la e ouvir a reação da plateia. E quando sente e sabe que foi grande, nada mais no mundo importa. Durante todo o tempo em que a está executando, sabe que se deve manter dentro dos limites de sua habilidade e de seu conhecimento do animal. Os matadores que visivelmente demonstram estar pensando sobre isto são chamados de frios. Antonio não era frio, e agora o público lhe pertencia. Olhou para cima, em sua direção, demonstrando-lhe modestamente, mas não com humildade, que sabia disso e desfilou em torno da arena com a orelha na mão, olhando para os diferentes segmentos de Bilbao, uma cidade que amava, enquanto o público se levantava à sua passagem; estava feliz e conquistara o público. Olhei para Miguel que permanecia fitando o vazio da barreira e fiquei imaginando se seria esse o momento decisivo, ou se aconteceria em algum outro dia.

Jaime Ostos foi soberbo com seu touro, que era um pouco maior do que os dois primeiros e ótimo para se trabalhar. Foi excelente com a capa e tranquilo e brilhante com a muleta. O público ficou emocionado com seu desempenho, e ele recebeu uma orelha, apesar de ter tido dificuldades com a espada.

Depois de Jaime ter desfilado pela arena com a orelha, os três matadores subiram ao camarote presidencial para apresentar seus cumprimentos a Doña Carmen Polo de Franco. Luis Miguel, que é amigo do genro do Generalíssimo e que priva da intimidade do Chefe de Estado, com quem costuma caçar, enviara cumprimentos e desculpas prévias. Mas sua perna já estava suficientemente boa para que subisse afinal ao camarote. Mesmo que não estivesse, subiria assim mesmo, pois a ocasião o exigia. O próximo touro foi seu.

Tratava-se de um touro negro, pouco maior do que o seu primeiro. Seus chifres eram bons, e ele entrou forte e majestoso. Luis Miguel avançou com a capa e executou quatro verônicas lentas e tristes; depois fez com que o touro passasse em torno de sua cintura em uma meia verônica.

Luis Miguel não permaneceu triste, entretanto. Uma de suas maiores qualidades sempre fora a de saber coordenar uma tourada e dirigir cada movimento do desempenho de seus touros. Estava resolvido a extrair deste animal tudo o que podia e dominou-o com a capa, colocando-o no lugar exato de onde queria que atacasse o picador. Este avançou e levantou sua lança, e o touro atacou, sendo atingido no mesmo momento em que atingia o cavalo; o picador pareceu retificar um pouco a posição da lança enquanto era atacado novamente, e Luis Miguel avançou para o touro, executando outras quatro verônicas tristes e lentas com seu final solene.

Depois colocou o touro de volta em seu lugar de ataque. Trata-se de um dos movimentos mais simples das touradas, e Luis Miguel o executara muitos milhares de vezes. Queria que, a um ligeiro movimento da capa, o touro parasse com as patas dianteiras fora do círculo pintado. Mas enquanto ele se movia na frente do cavalo, encarando o touro e com as costas viradas para o cavaleiro, que mantinha a lança estendida, o touro atacou o cavalo. Luis Miguel estava em sua linha de ataque, mas o animal não prestou atenção à capa e enfiou o chifre na sua coxa, atirando-o com violência na direção do cavalo. O picador atingiu o touro com a lança enquanto Luis Miguel ainda estava no ar. O touro pegou-o antes que caísse e, quando o viu na areia, golpeou-o ainda várias vezes. Domingo, seu irmão, pulara a cerca para tirá-lo de lá. Antonio e Jaime Ostos correram com suas capas para afastar o touro. Todos sabiam que era um ferimento profundo e grave; o chifre talvez tivesse penetrado seu abdome. A maioria das pessoas acreditava que fora mortalmente ferido. Se tivesse recebido o golpe tendo as costas apoiadas na armadura do cavalo, provavelmente o chifre o teria atravessado, matando-o de fato. Tinha o rosto pálido quando foi carregado pelo *callejón*; mordia os lábios e apoiava as mãos sobre o baixo-ventre.

Da primeira fila, onde estávamos sentados, não era possível chegar à enfermaria, e a polícia não permitiria a ninguém entrar na passagem; fiquei, portanto, no mesmo lugar e vi Antonio dominar o touro de Luis Miguel.

A atitude normal, quando um touro provoca ferimento grave ou talvez mortal, como aquele parecia ser, é o matador que o herda trabalhar ligeiramente com ele e matá-lo o mais depressa possível. Antonio não queria saber disso. Era um bom touro e não o poderia perder. O público pagara para ver Luis Miguel, que fora eliminado de maneira estúpida; era o público de Luis Miguel, mas se não podia ter Domínguín, teria Ordóñez.

Prefiro pensar desta maneira, ou achar que estivesse querendo cumprir por Luis Miguel sua obrigação contratual. De qualquer maneira, sem saber exatamente a gravidade do ferimento, exceto que tinha sido no alto da coxa direita e muito violento, começou a exibir-se com o touro que acabara de ferir o cunhado, mantendo os nervos tranquilos e inalterados, como estiveram com seu último animal. Iniciaram-se os aplausos, a música começou, e Antonio dirigiu-se até o touro, executando passes incrivelmente próximos dele. Desempenhou excelente *faena* e depois matou rápido com um bom golpe, mas a espada penetrou a uns dois bons centímetros do ponto. A multidão aplaudia; ele, entretanto, sabia que deveria ter matado rapidamente, sem qualquer exibição.

Tivemos notícias da sala de operações; o chifre atingira a virilha direita, exatamente no mesmo lugar do ferimento recebido em Valência. Penetrara no abdome, mas não sabiam ainda se houvera perfuração. Luis Miguel fora anestesiado e estava sendo operado.

Então surgiu o touro sorteado para Antonio. Era o maior até então. Tinha bons chifres e entrou na arena como se fosse fraco, olhando em torno e movendo-se a trote. Juan ofereceu-lhe a capa e o animal fugiu dela, saltando rapidamente a cerca e buscando passagem a todo custo até chegar ao portão aberto que o levava de volta à arena. Mas, quando os picadores surgiram, mostrou-se valente em seu ataque contra os cavalos. Os picadores controlaram-no, mas ele se agitava sob as picadas, escavando a areia com as patas e investindo contra as pontas de aço. Antonio moveu-se em sua direção, iniciando o trabalho de capa e fazendo com que passasse, como se não tivesse defeitos. Media a velocidade dos ataques em milímetros e ajustava a capa, dominando o touro, embora para o público os passes parecessem feitos sem o menor esforço, lentos, mágicos; os de sempre, enfim.

Com as bandarilhas pôde-se ver que o touro era capaz de se tornar difícil e perigoso; pensei começar a vê-lo desmontar-se; eu suava, preocupado com a demora, até Antonio dominar com a muleta e a espada. Percebia que Antonio também suava, embora não pudesse ouvir o que dizia para Ferrer e Joni.

Enquanto o público se maravilhava e urrava, explodindo a cada passe e aplaudindo no final de cada série, Antonio, ao som da música, dirigia o touro, que parecera apenas grande, nervoso, simplório e sem o menor valor, transformando-o por meio de um curso completo de tudo o que de clássico e bonito um homem pode fazer com um touro valente. Não havia mais dúvidas entre ele e o animal enquanto os chifres passavam próximos de seu corpo. Trazia o corpo para junto de si na velocidade escolhida pelo animal e o controle que seu pulso exercia sobre a capa de sarja vermelha formava uma figura de beleza plástica quando o corpo enorme do touro e o seu, ereto e ágil, juntavam-se e completavam o movimento. Em seguida o pulso traria novamente o pesado touro negro, com a morte em seus chifres, e o faria passar por seu peito novamente, na última e mais perigosa e difícil figura de todas. Quando o vi executando esse *pase de pecho*, tive certeza do que iria fazer. Tudo parecia uma grande música, sem ser um fim em si mesmo; Antonio preparava o touro para matá-lo *recibiendo*.

A mais gloriosa maneira de matar, se o touro ainda tiver condições de atacar, é essa, *recibiendo*. É também a mais antiga, a mais perigosa e a mais linda, pois o matador, em vez de correr em direção ao touro, fica parado, imóvel; provoca o ataque do animal e depois, quando ele vem, guia com a muleta sua passagem pela direita, enquanto dá o golpe com a espada pelo alto, entre as espáduas do touro. É muito perigoso porque, se o touro não for perfeitamente controlado pela muleta e levantar a cabeça, o matador recebe seus chifres no peito. O ferimento mais comum, se o touro levantar a cabeça quando o matador se estiver dirigindo para matá-lo, acontece na coxa direita. Na morte *recibiendo*, executada adequadamente, o toureiro deve aguardar o ataque até que o touro quase o possa pegar por alguns poucos centímetros a mais. Se se inclinar para fora, ou se der ao touro saída muito ampla com o balanço de sua capa, a espada seguirá para o lado.

"Espere até o momento em que ele o estiver quase pegando" é o axioma para matar dessa maneira. Poucas pessoas podem esperar tanto e ainda ter uma grande mão esquerda para guiar o touro por baixo e para fora. Para o touro, é basicamente igual ao *pase de pecho*, e Antonio o estava preparando com esses passes exatamente para ter a certeza de que ele ainda estaria seguindo a capa e não levantaria a cabeça ou pararia, hesitante, no meio do encontro. Quando percebeu que o touro estava pronto e intacto, colocou-o bem embaixo de nós e preparou-se para matá-lo.

Conversávamos muito durante nossas longas viagens e noites sobre essa maneira de matar, concordando que, para Antonio, seria fácil com a mão esquerda que tinha. Era apenas o grande risco que a tornava difícil: o chifre, ágil como uma adaga, em direção do peito do toureiro, mas uma adaga com a circunferência de um cabo de vassoura e empunhada por músculos que poderiam jogar para o alto um cavalo, ou perfurar as tábuas de cinco centímetros da barreira. Às vezes esses chifres tinham pontas capazes de rasgar a seda de uma capa como se fossem uma navalha. Outras vezes, estando lascadas, o toureiro poderia sofrer um ferimento tão largo quanto sua mão. É fácil quando o toureiro consegue esperar imóvel até ver os chifres vindo em sua direção, mesmo sabendo que pode ser atingido por eles em seu peito, e saltar quando o touro levanta a cabeça ao sentir o aço penetrando sua carne. Claro que era fácil; e concordávamos nesse aspecto.

Então Antonio se preparou, mirou ao longo da lâmina da espada e inclinou o joelho esquerdo para a frente, enquanto estendia a muleta em direção ao touro. O grande animal atacou, a espada atingindo-lhe os ossos bem atrás entre as espáduas. Antonio inclinou-se por sobre o touro, a espada curvou-se, impedindo a união estética dos elementos; a oscilação da muleta deixou o touro livre.

Ninguém, atualmente, tenta duas vezes matar em *recibiendo*. Isso pertence à época de Pedro Romero, outro grande toureiro de Ronda que viveu há muitos anos. Mas Antonio teria que o matar daquele jeito logo que ele atacasse de novo. Portanto, posicionou-se outra vez, mirou ao longo da lâmina, e o incitou com a perna e o tecido, fazendo com que viesse para o lugar onde poderia liquidá-lo se ele mantivesse a cabeça levantada. Mais uma vez a espada atingiu o osso, o conjunto se desequilibrou e desmontou; mais uma vez, também, a muleta dirigiu os chifres e o grande touro para longe do corpo do toureiro.

O touro estava mais lento agora, mas Antonio sabia que ainda teria uma oportunidade com ele. Tinha que saber o que ninguém mais sabia, e a multidão não conseguia acreditar no que via. Tudo o que Antonio precisava fazer para alcançar triunfo retumbante era enfiar a espada no touro sem se expor em demasia. Mas iria extrair tudo o que pudesse daquele animal, como fazia todas as inúmeras vezes em que toureava.

Esse touro poderia ter dado duas chifradas violentas no peito de Antonio se tivesse querido; e agora tinha uma terceira oportunidade. Antonio poderia ter golpeado com a espada um pouco mais baixo, ou para o lado, em cada ataque do touro e ninguém o censuraria; afinal estava matando *recibiendo*. Sabia qual era o local mais macio e de penetração rápida que, ao mesmo tempo, provocaria bom efeito, ou suficientemente bom, ou, pelo menos, nada mau. Era o tipo de morte que concedera maior número de orelhas a matadores nesses longos anos de tourada. Antonio, entretanto, não queria saber disso naquele dia, só desejava aproveitar todas as vantagens que sempre tirara de todos os touros que enfrentara com a espada.

Colocou o touro; a *plaza* estava tão silenciosa que eu podia ouvir atrás de mim o *click* de máquina fotográfica de uma fã. Antonio mirou ao longo da lâmina da espada, inclinou o joelho esquerdo para a frente, sacudiu a muleta para o touro e, quando este atacou, esperou até o momento exato em que os chifres o atingiriam; enfiou então a ponta da espada, enquanto o touro sacudia-se para se livrar dela, a cabeça abaixada, seguindo a fazenda vermelha; a palma da mão de Antonio foi empurrando a bainha, e a lâmina acabou de penetrar lentamente, bem no alto, exatamente entre as espáduas. Os pés de Antonio não se moveram e, quando sua mão se espalmou no alto do dorso negro, o chifre acabara de passar por seu peito, e o touro já estava morto. O animal ainda não sabia disso, entretanto, e olhava para Antonio parado na sua frente com a mão erguida, não em triunfo, mas como se estivesse se despedindo. Eu sabia o que estaria pensando, mas por um minuto foi difícil ver-lhe o rosto. O touro também já não o podia ver, mas era um rosto estranhamente amigável o daquele rapaz, o mais estranho que eu já conhecera e que, pela primeira vez, mostrava compaixão na arena, onde não existe espaço para isso. Agora o touro já sabia que estava morto, suas pernas falharam, e seus olhos estavam esgazeados enquanto Antonio observava sua queda.

Foi assim que terminou o duelo entre Antonio e Luis Miguel naquele ano. Não existia mais qualquer controvérsia entre as pessoas presentes naquela arena ou Bilbao. A questão estava encerrada e carimbada. Poderia ser revivida, mas apenas tecnicamente. Poderia ser revivida na imprensa, render dinheiro ou explorar o público sul-americano. Mas não mais havia dúvida sobre qual dos dois era o melhor para quem tivesse assistido às touradas e visto Antonio em Bilbao. É claro que ele podia ter sido o melhor em Bilbao somente porque Luis Miguel estava com a perna ferida. Talvez pudessem ganhar algum dinheiro em cima dessa possibilidade. Mas seria perigoso demais, talvez até mesmo mortal, tentar novamente diante de público verdadeiro na Espanha, com touros verdadeiros, portadores de chifres verdadeiros. O fato foi estabelecido de uma vez por todas, e fiquei feliz quando recebi informação da sala de operação no sentido de que mais uma vez, apesar de o chifre ter penetrado bem fundo o abdome de Luis Miguel, não tinha havido perfuração dos intestinos.

Naquela noite, depois de se ter trocado, Antonio foi comigo ver Luis Miguel, ele ao volante. Ainda não passara sua excitação com a tourada, e conversamos sobre ela no quarto e, depois, já no carro.

— Como é que você soube que o touro ainda tinha gás suficiente para atacar uma segunda e uma terceira vez? — perguntei.

— Eu simplesmente sabia. Como é que se sabe de alguma coisa?

— Mas o que você sentia?

— Já o conhecia muito bem naquele momento.

— Pelo movimento das orelhas?

— Por tudo. Eu conheço você. Você me conhece. É assim que as coisas são. Você não achava que ele atacaria outra vez?

— Claro. Mas eu estava na arquibancada. É bem distante.

— São só dois metros ou pouco mais, mas na realidade correspondem a mais de um quilômetro.

Luis Miguel, em seu quarto na clínica, sentia muitas dores. O chifre penetrara o tecido da cicatriz do antigo ferimento adquirido em Valência e ainda não completamente recuperado, abrindo-o; depois seguira o mesmo trajeto daquele ferimento anterior, subindo até o abdome. Havia umas seis pessoas no quarto, e Luis Miguel era gentil com todos, apesar de seu sofrimento. Sua esposa e sua irmã mais velha chegariam de avião de Madri depois da meia-noite

— Lamento muito não terem me deixado ir até a enfermaria — disse-lhe eu. — Como está a dor?

— Mais ou menos, Ernesto — respondeu com suavidade.

— Manolo vai dar um jeito de aliviar.

— Vai sim. — Sorriu gentilmente.

— Quer que eu mande esse pessoal sair?

— Coitados! Você já tirou tanta gente do meu quarto! Senti sua falta.

— Verei você em Madri — disse-lhe. — Se sairmos agora, talvez alguns deles saiam também.

— Estamos muito bem nas reportagens das revistas.

— Vou visitar você no Ruber. — Ruber era o hospital.

— Nem cheguei a me desfazer do quarto... — disse Miguel com um sorriso.

Glossário de Termos de Tauromaquia

Estas definições foram reproduzidas de *Morte ao entardecer*, de Ernest Hemingway. Usadas sob autorização.

AFICIONADO: pessoa que aprecia e compreende as touradas em geral e em detalhes.

ALTERNATIVA: é a investidura formal de um aspirante a matador ou matador de *novillos* na condição de matador de touros. Ocorre quando o matador profissional, ou sênior, desiste do seu direito de matar o primeiro touro, e sua simbologia se faz com a apresentação da muleta e da espada ao toureiro que está alternando pela primeira vez com o matador de *toros* formado.

APARTADO: escolha dos touros geralmente feita ao meio-dia antes da tourada, quando são separados e colocados no curral na ordem em que ficou decidida a sua apresentação.

ARENA: areia que cobre a pista circular.

BANDARILHA: cavilha cilíndrica, de setenta centímetros de comprimento, enrolada em papel colorido, com uma ponta de aço em forma de arpão, colocadas aos pares nas costas do touro no segundo ato da tourada; a farpa do arpão fica presa no couro. Devem ser colocadas bem no alto das costas e bem próximas uma da outra.

BANDARILHEIRO: toureiro sob as ordens do matador, e por ele pago, que ajuda a controlar o touro com a capa e coloca as bandarilhas. Cada matador emprega quatro bandarilheiros que às vezes são chamados de *peónes*. Antigamente eram chamados de *chulos*, mas esse termo não é mais usado. Revezam-se na colocação das bandarilhas, sendo que dois as colocam num touro, e os outros dois, no seguinte. Quando viajam, todas as suas despesas, exceto vinho, café e tabaco, são pagas pelo matador, que recebe o pagamento dos promotores.

BARREIRA: cerca de madeira pintada de vermelho em torno da arena no estádio onde acontecerão as touradas. A primeira fila de cadeiras também é chamada de barreira.

BRIO: brilho, vivacidade.

BURLADERO: abrigo feito de tábuas implantadas juntas, que fica um pouco afastado do curral ou barreira, atrás da qual os toureiros e peões podem abrigar-se, se perseguidos pelo touro.

CALLEJÓN: passagem que rodeia a arena entre a cerca de madeira, ou barreira, e a primeira fila de assentos.

O VERÃO PERIGOSO ～ 251

CAPA ou CAPOTE: capa usada nas touradas. Seu feitio é semelhante ao das capas comumente usadas na Espanha no inverno; geralmente é feita de seda pura de um lado e de percal do outro, pesada, firme e reforçada no colarinho, cor de cereja na parte de fora e amarela no lado interior. São muito pesadas, tendo pequenos pedaços de cortiça presos nas extremidades da fazenda para auxiliar o matador quando ele levantar as bordas inferiores da capa e tiver de juntá-las quando a estiver balançando com as duas mãos.

CAPEA: tourada informal; provocação de touros nas praças dos vilarejos de que participam os amadores ou aspirantes a toureiros. Significa ainda uma paródia da tourada formal, feita em locais da França ou onde a matança dos touros é proibida, na qual não são usados picadores, e a morte do touro é simulada.

CHICUELINAS: um passe feito com a capa inventado por Manuel Jimenez "Chicuelo." O toureiro oferece a capa ao touro e depois que este ataca, passando por ele, o toureiro, enquanto o touro está virando, faz uma pirueta, e a capa se enrola em torno dele. Na conclusão da pirueta, o toureiro já está de frente para o touro, pronto para um novo passe.

CHULO: ver bandarilheiro.

CITAR: chamar a atenção do touro para provocar um ataque.

CORNADA: ferimento causado pelo chifre; chifrada, diferente de *varetazo* ou arranhão.

CORRIDA ou CORRIDA DE TOUROS: tourada espanhola.

252 ~ ERNEST HEMINGWAY

DESCABELAR: matar o touro pela frente com uma estocada quando ele já está mortalmente ferido, enfiando a ponta da espada entre a base do crânio e a primeira vértebra para seccionar a medula. É um *coup de grâce* desferido pelo matador quando o touro ainda está de pé. Se o touro já estiver quase morto e com a cabeça abaixada, o golpe não é difícil pois, com a cabeça próxima ao solo, o espaço entre a vértebra e o crânio fica exposto. No entanto, muitos matadores, sem se preocuparem com o risco de passar novamente pelos chifres depois de já terem desferido uma estocada, seja ela mortal ou não, tentam aplicar um descabelo quando o touro não está ferido de morte. Como o animal foi obrigado a baixar a cabeça, pode desferir um golpe com ela quando vir ou sentir a espada; nesse caso o descabelo se torna difícil e perigoso, tanto para os espectadores como para os matadores, pois, com o golpe de cabeça, frequentemente o touro lança a espada longe. Na Espanha não é raro espectadores serem mortos por espadas lançadas pelo touro.

A maneira correta de executar um descabelo com a muleta é colocá-la próxima ao solo para forçar o touro a abaixar a cabeça. O matador pode espetar a corcova do touro com a ponta da muleta, ou com a espada, para o obrigar a se abaixar. A lâmina da espada usada para esse fim é reta e não curva, como a normal; e quando sua ponta está adequadamente colocada, o touro cai tão repentinamente quanto o apagar de uma luz quando falha a corrente elétrica

ENCIERRO: transporte dos touros de touradas a pé, rodeados por novilhos, do curral original para o da arena. Em Pamplona é feita uma corrida de touros pelas ruas, precedidos pela multidão desde o curral, que fica nos limites da cidade, até a arena, onde entram no curral em que ficarão até a tourada. Os touros que se apresentarão à tarde correm pelas ruas às sete horas da manhã do dia em que se devem apresentar.

ESPONTÁNEO: ver Introdução, p. 13.

ESTOCADA: golpe da espada ou estocada, que o matador executa pela frente, tentando enfiar a espada do alto entre as espáduas do touro.

ESTOQUE: espada usada nas touradas. Possui um punho leve, coberto de camurça, com uma barra de guarda a cinco centímetros do punho, sendo que o punho e a guarda ficam enrolados em flanela vermelha. A lâmina tem aproximadamente setenta e cinco centímetros de comprimento e é curvada na ponta para baixo, a fim de que possa penetrar melhor e mais profundamente por entre as costelas, vértebras, omoplatas e outras estruturas ósseas que possa atingir. As espadas modernas são feitas com um, dois ou três sulcos ou canais ao longo das costas da lâmina, para permitir a entrada do ar no ferimento, evitando que ela ali fique presa. As melhores espadas são fabricadas em Valência, e seus preços variam de acordo com o número de canais e a qualidade do aço usado. O equipamento normal de um matador consiste em quatro espadas comuns e uma reta, com a ponta ligeiramente mais larga, para o descabelo. As lâminas de todas essas espadas, exceto a da usada para o descabelo, são afiadas como navalha em metade de seu comprimento a partir da ponta. São guardadas em capas de couro macio, e o conjunto completo é carregado num estojo também de couro, grande e geralmente ornamentado.

ESTRIBO: estribo de metal do picador; pode ser também dito das saliências de madeira, que ficam a aproximadamente cinquenta centímetros do solo em todo o contorno da barreira, pela parte de dentro, e servem para ajudar o toureiro a saltar por sobre a cerca de madeira.

FAENA: a soma do trabalho executado pelo matador com a muleta no último terço da tourada; significa ainda qualquer trabalho completo; uma *faena de campo* significa qualquer das operações feitas na criação dos touros.

FIESTA: feriado ou hora de diversão; *Fiesta de los toros*: a tourada.

HOMBRE: homem; como interjeição, expressa surpresa, prazer, choque, desaprovação ou alegria, de acordo com o tom empregado. *Muy hombre*: muito homem.

LARGAS: passes feitos com a finalidade de aproximar e afastar o touro do toureiro. São feitos com a capa completamente aberta e segura pela extremidade por uma das mãos.

LIDIA: a luta; *toro de lidia*: touro de luta. Também é o título do mais antigo e famoso semanário sobre touradas.

O VERÃO PERIGOSO ~ 255

MANO A MANO: ver Introdução, p. 13.

MATADOR: toureiro que mata os touros.

MEIA ESTOCADA: estocada em que apenas a metade da espada penetra o touro. Se for adequadamente executada num touro de tamanho médio, pode matar tão rapidamente quanto uma em que toda a lâmina penetra. Se, no entanto, o touro for muito grande, metade da lâmina pode não ser suficiente para seccionar a aorta ou outros vasos sanguíneos importantes, provocando morte instantânea.

MEIA VERÔNICA: também conhecida como *recorte*, é o abrandamento dos ataques do touro, que termina com uma série de passes com a capa, conhecidos como verônicas (ver explicação). A meia *verônica* é feita com o toureiro segurando a capa com as duas mãos, da mesma maneira que para a verônica e, quando o touro passa por ele movendo-se da esquerda para a direita, o toureiro aproxima sua mão esquerda do quadril, juntando a capa com a mão direita e levando-a até o quadril, diminuindo o impulso da verônica e fazendo com que a capa fique semiaberta, forçando o touro a girar em torno de si mesmo e fixando-o no local para que possa se afastar andando de costas para o animal. Para que o touro fique parado, o toureiro faz uma espiral com a capa, cortando o movimento normal do touro, pois é obrigado a tentar fazer a curva em uma distância menor do que a velocidade em que se encontra. Juan Belmonte foi o aperfeiçoador desse lance com a capa, que agora é o final obrigatório de qualquer série de verônicas. Os meios-passes, feitos pelo matador segurando a capa com as duas mãos e correndo para trás, de frente para o touro, balançando a capa de um lado para o outro para que o touro se desloque de um lado para o outro da arena, eram chamados de meias verônicas, mas a verdadeira meia verônica, atualmente, é a que foi descrita acima.

MOZO DE ESTOQUES: criado pessoal e carregador da espada do matador. Prepara as muletas na arena, entregando-as ao matador juntamente com as espadas no momento em que ele necessita delas, lavando as espadas usadas com uma esponja, secando-as antes de as guardar. Enquanto o matador está executando os passes para matar, deve acompanhá-lo na passagem, de maneira a ficar sempre de frente para ele e sempre pronto para entregar-lhe uma nova espada ou muleta por sobre a barreira quando dela necessitar. Quando o vento está forte, molha a capa e a muleta com água de um frasco que carrega consigo, cuidando ainda de todos os pertences pessoais do matador. Fora da arena, antes da tourada, carrega os envelopes contendo um cartão do matador e certa soma em dinheiro que se destina aos diferentes críticos de touradas; além disso, ajuda o matador a se vestir e verifica se todo o equipamento está sendo transportado para a arena. Depois das touradas faz os telefonemas — mensagens transmitidas pela companhia telefônica, escritas e entregues como se faz com os telegramas — e, mais raramente, envia mensagens verbais à família do matador, amigos, imprensa e a todos os clubes de entusiastas de touradas que possam estar organizados sob o nome do matador.

MULETA: pedaço de sarja ou flanela escarlate em forma de coração, dobrada e enrolada sobre uma vara cilíndrica de madeira equipada com uma ponta de aço aguçada na extremidade mais estreita e com um cabo entalhado na extremidade mais larga; a ponta aguçada fica espetada na fazenda, enrolada até um determinado ponto; um parafuso prende na madeira as dobras da fazenda. A muleta é usada como defesa pelo toureiro; para cansar o touro e regular as posições de sua cabeça e patas; para executar com o touro uma série de passes de valor mais ou menos estético e para ajudar o toureiro a matar.

NATURAL: passe feito com a muleta baixa, segura na mão esquerda do toureiro, que incita o touro pela frente; com a perna direita em direção do touro, a muleta segura pelo centro da vara com a mão esquerda, braço esquerdo estendido, o tecido aberto na frente do toureiro, vai sendo sacudida diante do touro a fim de o despertar; esse balanço é quase imperceptível para o espectador; quando o touro avança e chega até a muleta, o toureiro gira com ele, com o braço completamente estendido, movendo lentamente a muleta diante do touro, fazendo com que gire um quarto de círculo em torno dele; dá então uma sacudida na fazenda, juntamente com uma levantada do pulso na conclusão do passe, o que faz com que o touro se coloque em posição para outro passe. É o passe fundamental da tourada, o mais simples, capaz da maior pureza de linhas e, ao mesmo tempo, o mais perigoso de ser executado.

NOVILLADA: atualmente a *novillada* é uma tourada na qual tomam parte os touros que estejam abaixo ou acima da idade para uma luta formal, isto é, menos de quatro anos e mais de cinco, ou que apresentem defeitos de visão ou de chifres, enfrentados por toureiros que nunca possuíram título de matador de *toros* ou a ele renunciaram. Em todos os aspectos, excetuando-se a qualidade dos touros e a inexperiência ou fracasso assumido dos toureiros, uma *novillada* ou *corrida de novillos-toros* é semelhante a uma tourada regular. É nas *novilladas* que a maioria dos toureiros, que todos os anos encontram seu fim, morrem na arena, pois nelas homens com pouquíssima experiência enfrentam touros excessivamente perigosos em cidades pequenas, nas quais as arenas frequentemente oferecem instalações cirúrgicas apenas rudimentares, não possuindo cirurgiões habilitados na técnica toda especial de lidar com ferimentos feitos por chifres.

NOVILLERO: matador de *novillos-toros*, os touros descritos acima. Pode ser tanto um aspirante quanto um matador que falhou em fazer das touradas seu ganha-pão e renunciou à alternativa que possuía de buscar contratos.

NOVILLO: touro usado nas *novilladas*.

O VERÃO PERIGOSO ~ 259

PASE: passe feito com a capa ou com a muleta; movimento de sedução para fazer com que o animal ataque, passando com os chifres pelo corpo do toureiro.

PASEO: entrada dos toureiro na arena, atravessando-a.

PECHO: peito; o *pase de pecho* é um passe feito com a muleta na mão esquerda no final de um *natural*, no qual o touro, que fez uma volta no final do *natural*, ataca novamente, e o toureiro faz com que venha até seu peito, desviando-o com uma agitação da muleta. O *pase de pecho* deveria ser o final de qualquer série de *naturales*. Possui ainda grande mérito quando é usado pelo toureiro para se livrar de um ataque inesperado ou de uma súbita volta do touro. Neste caso, é chamado de *forzado de pecho*, ou passe forçado. É ainda chamado de *preparado*, quando executado como um passe separado, sem ter sido precedido por um *natural*. O mesmo passe pode ser feito com a mão direita, mas, nesse caso, não é um verdadeiro *pase de pecho*, pois o verdadeiro *natural* e o verdadeiro *pecho* são feitos somente com a mão esquerda. Quando qualquer desses passes é feito com a mão direita, a espada, que deveria sempre estar segura pela mão direita, abre a fazenda, exercendo uma atração muito maior, permitindo que o toureiro mantenha o touro a uma distância bem maior, bem afastado dele e enviando-o cada vez mais longe após cada passe. O trabalho feito com a muleta na mão direita e aberta pela espada é frequentemente muito brilhante e meritório, mas não apresenta a mesma dificuldade,

260 ~ ERNEST HEMINGWAY

perigo e sinceridade do trabalho feito com a muleta na mão esquerda e a espada na direita.

PEÓN: bandarilheiro; toureiro que trabalha a pé sob as ordens do matador.

PICA: lança usada nas touradas, composta de um dardo de madeira de dois metros e 55 ou 70 centímetros de comprimento, feita de freixo, tendo uma ponta triangular de aço de dez centímetros de comprimento. Acima da ponta de aço, a lança é envolvida por um tecido aveludado, e equipada com uma guarda de metal redonda para evitar que penetre mais do que 108 milímetros no máximo a carne do touro. O modelo atual de lança é muito doloroso para o touro, que, quando é realmente um atacante e persiste, mesmo sob sofrimento, raramente suporta mais do que quatro picadas sem perder as forças.

PICADOR: homem a cavalo que pica o touro sob as ordens do matador. Sua perna e pé direitos são protegidos por uma armadura sob os calções de camurça; usa uma jaqueta curta, camisa e gravata, como qualquer outro toureiro, e um chapéu largo, de copa baixa, com um pompom de cada lado. Os picadores raramente são feridos quando avançam para o touro, pois são protegidos pelos matadores com suas capas. Se são derrubados pelo touro, o cavalo os protege. Frequentemente sofrem fraturas de braços, maxilares, pernas e costelas e, muito raramente, de crânio. Em comparação com os matadores, poucos são mortos na arena, mas muitos sofrem permanentemente de concussões cerebrais. De todas as profissões da vida civil, acredito que seja a mais malpaga, difícil

O VERÃO PERIGOSO ~ 261

e mais constantemente exposta à morte que, felizmente, é quase sempre afastada pela capa do matador.

PODER A PODER: força a força; método de colocação das bandarilhas.

PONTILHA: adaga usada para matar o touro ou cavalo quando mortalmente feridos.

PONTILHEIRO: homem que mata o touro com a *puntilla*.

PRESIDÊNCIA: autoridade encarregada da conduta da tourada.

QUADRILHA: trupe de toureiros sob as ordens de um matador, incluindo picadores e bandarilheiros, um dos quais age como pontilheiro.

QUITE: de *quitar* — tirar — é o ato de tirar de perto do touro qualquer pessoa que esteja correndo perigo imediato. Refere-se principalmente ao ato de os matadores com suas capas, mas um de cada vez, afastarem o cavalo e o toureiro quando o touro ataca os picadores; cada um enfrenta o touro depois de um ataque. O matador que deve matar o touro faz o primeiro quite, e os outros o seguem em ordem. Antigamente consistia em aproximar-se com a capa, afastar o touro do cavalo caído e do toureiro e colocá-lo em posição para o outro matador; hoje, o quite mudou para uma série de lances com a capa depois do afastamento do touro, e isto passou a ser obrigatório cada vez que um quite seja executado; supostamente realizam uma competição entre si, para ver quem consegue os passes mais próximos e mais artísticos com o touro. Os quites executados para afastar o touro de um homem que ele esteja chifrando, ou que esteja caído no solo sendo atacado por ele, exigem a participação de todos os toureiros, e é nesse momento que se pode julgar o valor, o conhecimento sobre touros, bem como o grau de abnegação dos toureiros, pois um quite nessas circunstâncias é altamente perigoso e muito difícil de ser executado, uma vez que os toureiros têm que se aproximar tanto do animal para fazê-lo abandonar o objeto que está tentando atingir, que seu recuo de ataque nesse momento atraindo-o com a capa fica comprometido.

RECIBIR: matar o touro de frente, esperando seu ataque sem mover os pés do lugar; isso é executado com a muleta baixa na mão esquerda, e a espada na direita, o braço direito cruzando em frente ao peito, apontando em direção ao touro e, quando ele chega, o matador o atinge com a espada na mão direita, ao mesmo tempo que o distrai, sacudindo a muleta com a mão esquerda, como num *pase de pecho*, sem mover os pés até que a espada tenha penetrado. É a maneira mais perigosa, difícil e emocionante de matar touros, raramente vista nos tempos modernos.

REDONDEL: outro nome dado à arena.

REDONDO: *En redondo* — são vários passes feitos sucessivamente, como, por exemplo, os *naturales*, nos quais toureiro e touro executam no final um círculo completo; qualquer passe que tenha a tendência de fazer um círculo.

O VERÃO PERIGOSO ～ 263

SOBRESALIENTE: quando dois matadores lutam com seis touros, entre eles apresenta-se um *novillero* ou aspirante a matador, que faz sua entrada como *sobresaliente*, ou substituto, e está encarregado de matar o touro no caso de os dois toureiros ficarem feridos ou incapacitados para continuar. O *sobresaliente* deve ainda auxiliar com a capa na rotina da colocação das bandarilhas. Geralmente os matadores permitem que execute um ou dois quites quase no final da tourada.

SORTEO: distribuição das manadas e sorteio dos touros antes da tourada, para determinar qual touro deverá ser morto por qual matador.

TORIL: curral onde ficam os touros antes de entrar na arena.

TOUREIO: arte de tourear. Toureio de Salão: prática do trabalho com a capa e a muleta, sem a presença do touro; faz parte do treino de um matador.

TOUREIRO: matador profissional. Matadores, bandarilheiros, e picadores, são todos toureiros. Torera: relacionado às touradas.

TRUCOS: truques.

VARA: lança usada nas touradas.

VERÔNICA: passe feito com a capa, assim denominado porque originalmente a capa era segura pelas duas mãos do modo como Santa Verônica aparece nas gravuras religiosas, segurando o lenço com o qual enxugou o rosto de Cristo. Não se relaciona absolutamente com o ato de o toureiro enxugar a cara do touro, como foi sugerido por um escritor espanhol.

Para executar a verônica, o matador fica ou de frente ou de perfil para c touro, com a perna esquerda ligeiramente avançada, e oferece a capa segura por ambas as mãos, pela extremidade onde se encontram as cortiças, juntando-as para ter um bom apoio para cada mão, os dedos apontando para baixo, o polegar para cima. Quando o touro ataca, o toureiro aguarda até que os chifres baixem para atingir a capa e, nesse momento, move a capa antes do golpe do touro, com um movimento suave dos braços que são mantidos baixos, fazendo com que a cabeça e o corpo do touro passem por sua cintura. No momento em que o touro passa pela capa, o toureiro executa um ligeiro pivô nas pontas dos pés e, no final do passe, quando o touro gira, o toureiro já se encontra em posição de repetir o passe com a perna direita ligeiramente avançada desta vez, colocando a capa na frente do touro para que ele passe na outra direção. Há truques feitos na verônica: o toureiro afasta-se para o lado quando o touro ataca, para que seus chifres passem longe; o toureiro junta os pés no momento em que o chifre já passou e ele não corre mais perigo; o toureiro inclina-se ou dá um passo na direção do touro, depois da passagem do chifre, para fingir que este passou mais próximo do que na realidade. Quando um matador não simula a verônica, muitas vezes o touro passa tão perto que os chifres arrancam as rosetas douradas que ornamentam sua jaqueta. Muitas vezes, os matadores provocam o touro com os pés juntos e executam uma série de verônicas dessa maneira, com os pés tão parados como se estivessem presos ao solo. Isto só pode ser feito com um touro que gire e ataque novamente por sua própria conta e em linha reta. Os pés têm que ficar ligeiramente afastados para que o touro passe e repasse ao balanço da capa. Em qualquer dos casos, o mérito da verônica não é determinado pelo fato de os pés estarem juntos ou separados, mas por sua imobilidade, a partir do momento do ataque até o touro ter passado, e pela proximidade do chifre com o corpo do toureiro quando passar por ele. Quanto mais baixa, lenta e suavemente a capa for balançada, melhor a verônica.

Impresso no Brasil pelo
Sistema Cameron da Divisão Gráfica da
DISTRIBUIDORA RECORD DE SERVIÇOS DE IMPRENSA S.A.
Rua Argentina 171 – Rio de Janeiro, RJ – 20921-380 – Tel.: 2585-2000